生存

加拿大文学主题指南

A
THEMATIC GUIDE
TO
CANADIAN LITERATURE
SURVIVAL

上海译文出版社　　　［加］玛格丽特·阿特伍德 ——— 著　赵庆庆 ——— 译

目录

2012 年版《生存》序言：追忆生存 i

2004 年版《生存》序言 i

这里有什么？为什么是这里？这里是哪里？ i

如何使用本书 15

第 1 章 生存 21

第 2 章 自然：妖魔 47

第 3 章 动物：受害者 81

第 4 章 原住民：作为象征的印第安人和爱斯基摩人 105

第 5 章 祖先的图腾：探险者与定居者 133

第 6 章 家庭肖像：熊面具 159

第 7 章 无效的牺牲：不情愿的移民 183

第 8 章 意外之死：失败的英雄、可疑的殉道者和其他不幸的结局 203

第 9 章 瘫痪的艺术家 223

第 10 章 冰妇和地母：石头天使和缺席的维纳斯 247

第 11 章 魁北克：燃烧的庄园 273

第 12 章 越狱和重新创造 297

引文出处 317

作家索引 323

译后记：旧雨新知话《生存》 329

2012年版《生存》序言：
追忆生存

　　《生存》是一本关于"生存"的书。如我四十多年前所见，这尤其是一本关于加拿大文学的书。同样，如我四十多年前所见，该书亦关于加拿大本身。它秉持的一个公理是：文学与其创造者相关，而文学创造者又与其居住地相关。加拿大的特点之一是它的文学曾经默默无闻，罕有问津。所以，加拿大文学的创造者，即作家们，是在一个历来对他们无甚兴趣的社会里劳作，这个社会只关注如拉尔夫·康纳、罗伯特·威·塞维斯、露西·莫德·蒙哥马利之类的少数畅销作家。当时，学界虽对加拿大文学有所研究，但广大读者中闻者寥寥。小学、中学和大学鲜少教授加拿大文学，许多人以为它根本不存在。

　　《生存》于一九七二年出版，引发一时哗然。这多少匪夷所思：很难想象，一本书写了人们认为不存在或不值得存在的东西，怎么会引起轩然大波？可气的是，还卖了那么多册！事实偏偏如此。《生存》看似不可能的大红大紫，让我一夜之间，从发型别致的淑女诗人变成了北方的坏女巫，有人谴责我宣传了共产主义，有人说我对资本主义阿谀奉承，也有人表示欢迎，认为我锻造了从未诞生但大家期待已久的加拿大文学的良心。我认为，这些描述都不符合我的本意——我不过是就鲜为人知的话题写了一本有用的手册，一种《新手指南》吧，但是，意象投射的屏幕很少反映意象的本质，我也难逃其外。

然而，臭名可以促销，阿南西出版社多年来都靠营业收入维持，《生存》可谓目睹了它在二十世纪七十年代中期陷入瓶颈，几近歇业。实际上，要是它那时不出版《生存》，你现在多半就读不到这本书了。

今天，你要是出版一本题为《生存》的书，读者会期待如下内容：

✓一本小说，类似展现尔虞我诈、你死我活的热门电视连续剧。

✓一本回忆录，作者在童年受过侵害、父母酗酒或有其他问题，或逃离战火、沉没的客船，或幸免于自然灾难。

✓一本手册，给那些认为世界末日即将来临，想知道哪些植物根茎可以食用，或想知道怎样烤松鼠的人。同样的手册，也适用于野外探险爱好者。

✓一本小说，描写世界末日是怎么形成的，因为神秘的力量、气候变化、瘟疫、自然或人为的原因、由若干因素引发的社会大瘫痪，导致了军阀、暴行、生物变异和食人惨剧。

生存故事当下十分走红，特别是和世界末日有关的。我们处在千禧年的情绪中，这种情绪不无道理：有几种世界末日的图景很可能会变为现实。对之轻描淡写，或矢口否认，既让人十分头疼，也让人赖以逃避。

但是，四十五年前，刚具雏形的阿南西出版社对未来抱有迥然不同的想象。要是我们害怕被什么毁灭，那也是因为原子弹。古巴导弹危机才过去五年。我们还不知道这个事实：大量橙剂被运往越南，一两艘橙剂海轮的泄漏能杀死制造世界80%氧气的大洋藻类，那真的会导致人类灭绝了。[1]四年前，美国约翰·肯尼迪总统被刺，为亚瑟王圆桌骑士式的理想主义画上了句号[2]，但其他的理想主义仍然风行：美国民权运动方兴未艾、逃避兵役的美国人拥入加拿大、迷幻药被欢呼为通向极乐世界的捷径、避孕药有望带来的性自由愈演愈烈。女权运动暗流涌动，尚未形成明波大浪。迷你裙风靡一时。不久，从上往下扣扣子的传统男人蓄起了胡须，戴上了嬉皮士象征情爱的彩色珠串。郊区的家庭主妇开始品尝同性恋情，因为突然能以身试之了，她们悄悄地行动着——这样的荒唐仍然局限于波希米亚式的地下世界，尚未完全暴露在光天化日之下。

阿南西出版社因陋就简地上马了，既没有复印机，也没有传真机。那时，个人电脑还未诞生，打字机和复写纸是标配。

1　20世纪60至70年代，美国陷入越战的泥潭。为了改变被动局面，清除视觉障碍，美军用飞机向越南丛林中喷洒了7 600万升落叶剂。这些落叶剂封装在带有橙色条纹的铁桶中，被称为"橙剂"，含毒。
2　传说中，不列颠亚瑟王领导的骑士们围绕圆桌而坐，没有君臣之别，每个人都可以自由发言。圆桌意味着"平等"和"团结"。

没有电话应答机和手机。长途电话费昂贵。你想和其他地方的人联系交流，就写信吧。现今的加拿大文学经纪人还未出现。加拿大自认为是文化落后地区，一流的艺术品——书籍、电影和音乐都是舶来之物。回到二十世纪六十年代，如果你正儿八经要写作，你想当然地要离开加拿大，出国去闯荡。

然而，到了一九六七年，留在加拿大写作成了可能的选项。这一年，诗人丹尼斯·李和短篇小说家戴夫·戈弗雷创建了阿南西出版社，同年，我与它结缘。一九六六年，由诗人运营的联系出版社推出了我的诗集《圆圈游戏》，我用干转印纸和单面胶红点设计了封面。让大家也让我万万没想到的是，该诗集竟然荣获了总督文学奖的诗歌奖。到获奖时，首印的区区420册已经销售一空了。

一天，我正在多伦多哈特剧院看戏，戏名记不得了，中场休息时，大学时的老朋友丹尼斯·李不知打哪儿冒了出来，对我说，"我们在开一家出版公司，想重印你的《圆圈游戏》，作为我们首批推出的四本书之一。"

"打算印多少册?"我问。

"2 500册。"他说。我觉得这太疯狂了。可是，他似乎胸怀大计，揣着日渐高涨的理想主义，来扶植加拿大年轻作家的创作。阿南西出版的最初四位诗人，每人得到了650加元稿费，是丹尼斯·李的安排，但我们把稿费退给了出版社，加盟其中。（当时，我并不知道"加盟"意味着什么。）就这样，筚路蓝缕，凭着不到3 000加元的家底，阿南西出版社诞生了。

在加拿大，出版作品的年轻作家多为诗人或短篇小说家，因为别人告诉我们，没有英美出版界的合作，出版一本加拿大长篇小说，又贵又难。因此，像当时成立的其他小出版社一样，阿南西首先是一个由诗人们合伙运营的出版社。二十世纪六十年代早期，诗歌朗读从咖啡馆走进了大学校园，但还没有走进书店。文学节，还是将来时。然而，阅读加拿大文学的读者越来越多了。

一九六七年，加拿大成为热点。在该年的夏季和秋季，世界博览会在蒙特利尔举行，让加拿大举世瞩目。二战期间，加拿大战绩不俗，诚实斡旋，令人尊敬，约翰·迪芬贝克总理口才高妙，但加拿大表现得多少有点迷茫。一九六七年的世博会则给了加拿大以重新亮相的机会，证明了加拿大人能齐心协力，在国际舞台上做一番大事，不仅精彩纷呈，而且能用英法双语进行。

光明的未来，一如许多闪光之物，虚幻即逝。四年后，魁北克分裂主义抬头，女权运动像水雷一样爆炸，西部地区疏远联邦政府，发展了石油势力——文化区域主义开始对大一统的国家文化主义表示不满。

在这四年内，即从一九六七年末到一九七二年初，我离开了蒙特利尔，在埃德蒙顿居留两年，发表了我的首部长篇小说，并撰写第二部，出版了三本诗集。后来，我旅居欧洲一年，与人合作了一个剧本。然后，我搬回多伦多，任教于约克大学，酝酿出了《生存》的核心论点。

我一直通过书信，追随着阿南西出版社的成长，对一些书提出建议，并编辑了其他几本书籍。我们这些诗人，习惯在彼此的手稿上点点划划，供对方参考。非常随意的。第一次有人提醒我应该为此获得报酬时，我大吃一惊。你帮人把埋在雪里的汽车推了出来，你会要钱吗？

一九七〇年至一九七一年我在欧洲时，丹尼斯写信问我，是否愿意加入阿南西出版社的董事会。我不清楚董事会是做什么的，就傻乎乎地加入了。回到加拿大后，我发觉自己接手了出版书单上的大部分诗集，还有几本小说。（阿南西当时也出版小说了，第一本为格雷姆·吉布森的畅销书《五条腿》，该书由罗奇代尔学院的学生排印编辑，这个学院不久名声大噪。）

身为董事，我没参加过多少董事会议，而是分担着小出版社常有的令人棘手和吐血的焦虑。怎么付房租？（我们的地方其实并不大。）怎么发行？（我们经常在中学的体育馆卖书，收取现金，信用卡那时还不流行。）怎么促销？（我们夜里出动，在广告牌和电话杆上张贴告示。）怎样降低书价？（阿南西在用精装本和平装本分摊印数方面可谓首开先河。）雇员工资发多少？（从来没有发足，大家都在超负荷劳动，却拿不到相应的薪水。）

我在这篇准回忆录后的序言中写道，最初提议写《生存》，是为了缓解支付房租的燃眉之急，于是便紧锣密鼓地上马，写出了类似女童军指南成人版的一本书。若非为此，我是不会想到写这本书的。

《生存》对今天的读者意味着什么？他们在广播节目里也这样问。换个问题，对于多年前写《生存》的作者我而言，这本书又意味着什么？是怀旧吗？就像我在十二年级时身穿华尔兹长裙的照片，甜美的，又有点尴尬？书中描写的加拿大已经发生巨变，实际上，就在我上次为《生存》（2004）写序言时，加拿大就已改变了，而大部分并未变得更好。

《生存》在结尾处问道："我们生存下来了吗？"尽管我们称之为"加拿大"的情感空间边缘磨损，我们认为独属于加拿大的习俗正在不断消失，其解体速度连繁忙的渥太华小精灵拆卸队[1]都要自愧不如。在全球舞台上，气候变化造成的诡异天气备受关注，让我们有一种岌岌可危的感觉。自然界如妖魔的主题，在十九世纪和二十世纪初叶作家的心头萦绕不散，因而也凸显在《生存》一书中。尽管我们不再害怕妖魔会杀死我们，这种感觉依然存在。现在，情势逆转：倒是我们会毁灭自然，进而注定自己的毁灭。你呼吸什么，就会成为什么。我们和自然风雨同舟。《生存》出版后的四十年间，"生存"一词已经带上了几重更新更不甚祥瑞的新义。现在，我们不甚害怕恐惧本身，

1　现代西方传统中，精灵作为圣诞老人的助手，帮他制作礼物，也拆封来信。

而更害怕不可修复的自找的灾难。

　　阿南西出版社支撑了四十五年，从勉强生存走向了欣欣向荣，真是令人难以置信。我希望它能再持续发展四十五年，加拿大也蒸蒸日上，在那时，人们还会继续阅读书籍，读者仍然觉得在阅读中度过光阴怡然而有意义。倘若如此，那就意味着人类也会生存下去。为什么不呢？奇迹的确会发生。

　　现在，到乐观的结尾了。我重读这本小书时，想起了当初写它的乐趣，真的很好玩。那是一种艰苦的乐趣，犹如要把一个笨重的大雪球推过灼热的岩浆，推上山顶，但还是其乐无穷。而乐趣从来不该受到嘲弄，尤其是在加拿大。

　　感谢阿南西出版社，让我劳有所获，乐在其中。

2004 年版《生存》
序言

一九七二年，我三十二岁，撰写并出版了你手上的这本书。它引起了轩然大波，还像他们讲的那样，旋即成了畅销书，令所有人包括我自己大吃一惊。加拿大作品，有意思吗？在当时的读者群中，加拿大作品，即使在加拿大，大都默默无闻。在行家眼里，它常被视作无聊的玩笑，自相矛盾，让人大打哈欠，或被当成虚拟甜甜圈中的那个空洞。

《生存》一书试图扭转这样的加拿大文学观，展示出它的改变。二十世纪六十年代初，诗集的销量一般在几百册，小说卖到了上千册，就非常不错了。但是，在那个十年，世界日新月异。四十年代的战争和五十年代的枯燥乏味之后，加拿大重新对自身的文化表现出兴趣。一九六五年，加拿大议会开始热情地支持作家。在魁北克，"平静革命"[1]带动了文学活动的兴盛。在加拿大其他地区，很多诗人通过在咖啡馆和其他公众场合的朗读脱颖而出，更多的短篇小说家和长篇小说家为人知晓。一九六七年世界博览会在蒙特利尔的成功举办，让加拿大重新树立了民族自信心。加拿大文学的读者稳步增加，到了一九七二年，具有评判力的读者群希望更多地了解加拿大文学。

---

1 "平静革命"是20世纪60年代在加拿大魁北克省发生的一场现代化的改革运动，使魁北克在教育、政治、经济、文化等领域走向了现代化的道路。

运气、天时和好评三者合力，《生存》"一夜成名"，我本人瞬间变成了神圣的怪物。"现在，你成了众矢之的了，"法利·莫瓦特[1]对我说，"他们会向你瞄准的。"

他真有先见之明！谁能怀疑这一不起眼的文艺作品竟然一路攀升，震惊了一些前辈和高人？如果该书就像当初预想的那样卖出3 000册，便不会有人在意，岂料它出版后仅一年，竟然卖出了30 000册，这在当年可是一个大数目。突然间，加拿大文学受到了所有人的关注。有几位学者曾经在这块被人忽视的南瓜田里耕耘多年，觉得受到了冒犯，因为一个小毛丫头竟然摘取了一个他们认为属于自己的南瓜。而那些坚信加拿大文学不存在的人，也觉得受到了冒犯，因为我指出了的确有南瓜可供摘取。在《生存》出版后的头十年，我觉得自己活像游乐场里供人射击的机械鸭子，没被射中的我仍然嘎嘎叫着，因此无人赢得那个大熊猫奖品。

这些年来，我饱受了各种非议，从资本主义迷信到共产主义宣传，再到没有成为马歇尔·麦克卢汉[2]的追随者。我写这本书，或者说，组装成这本书时，沿用了前人的著作和同代人的观点，这让我更像是集成者，而非唯一的作者。当时，我丝毫

1　法利·莫瓦特（Farley Mowat，1921-2014），加拿大作家，以纪实文学和科普写作闻名，著有《从不嚎叫的狼》《鹿的民族》和《联队》等。

2　马歇尔·麦克卢汉（Marshall McLuhan，1911-1980），加拿大20世纪原创媒介理论家，著有《机器新娘》《理解媒介》等，提出"媒介就是讯息""媒介是人体的延伸"等著名论点。

不觉得它有什么了不起。毕竟，我是一个诗人兼小说家，不是吗？我不认为自己是真正的评论家，而仅仅是一个参加义卖的烘焙松糕的女性，用农家小作坊的产品，为一项有意义的事业聊作募捐罢了。

这项有意义的事业就是阿南西出版社。这家由丹尼斯·李和戴夫·戈弗雷两位作家在一九六六年创办的小型文学出版社，就像那些年成立的诸多小出版社一样，解决了新人新作缺少出版机会的难题。阿南西兼容并包，其作者包括奥斯丁·克拉克、哈罗德·索尼·拉多、罗奇·卡里尔、雅克·费隆，到了一九七一年，该出版社已颇有作为。同年，我的大学老朋友丹尼斯鼓动我加入了它的董事会。十一月的一个阴天，我们这个超负荷劳作的低薪小团体，惶惶不安，愁对着赤字刺目的收支平衡表。出版规则第1条：除非你出版等量的园艺书籍，小型文学出版社很难不背上债务。即使你的作者侥幸成功了，较大的出版社也会以高酬将他们挖走。小出版社总是为别人打开方便之门，自己却被关在门外。

为了偿付账单，阿南西出版了一系列使用方便的自助指南类书籍，销量不错。克莱顿·鲁比和保罗·科普兰合著的《法律宝典》告知读者怎么排除亲戚的继承权，怎样避免被分居的配偶强夺财产，等等。《花柳病》是首批性病普及书籍，详细解释了不受人欢迎的黏液和刺疣，尽管艾滋病在十年之后才暴发。我们发现，这样的书籍比我们首批推出的诗集旺销。

《生存》被视作另一种读之轻松的书籍。二十世纪六十年代，我游历加拿大，朗读诗歌，带着装有拙著的箱子，朗读完后就卖书。那时，罕有书店出售加拿大文学书籍。听众问我最频繁的两个问题是："加拿大文学存在吗？""假使存在，和英美真正的文学相比，是否只有二流水平？"在澳大利亚，他们称这种态度为"文化怯退"；在加拿大，则被称作"殖民心态"。在这两个国家，以及在世界上众多小国家，就是有种倾向，认为文化上的胜景佳地不在本国，而在他处。

一九七一年至一九七二年间，我碰巧在约克大学教书，为一位休年假的真正教授代课，惊见加拿大文学竟被纳入了课程内容。我不得不想出一条捷径，以便我和学生轻松操作。我先前接受的学术训练让我形成了维多利亚时代的文学趣味。我从未正式学过加拿大文学。（这并不奇怪：我读书时，加拿大文学也没什么人教。）我发现，做这个课题的前人凤毛麟角，也没有丰富的现成材料。当时，有出版社有意将已有的加拿大小说印成平装本出版，麦克勒南＆斯图亚特出版社、麦克米兰出版社首开了先河。没有他们，我将难以授课，也真的难以写出《生存》。

回到阿南西的会议上来。"嗨，我知道了，"我模仿影星米基·鲁尼喊道，"我们来做一本'花柳版'的加拿大文学！"我解释说，为普通读者出一本手册，服务于我在旅途中遇到的想更多了解加拿大文学却不知从何处入手的人们。这本书不是为学术界而写，不设脚注，不会用"另一方面"之类的语言，至少不会多用。它会有一个附录，列出其他书籍和音乐制品，人们到书店就能买到。这是一个非常革命性的想法，因为过去的加拿大文学作品已经绝版，现在的加拿大文学作品被束之高阁，和印有加拿大美丽秋叶的日历放在一起。

我们现在想当然地认为加拿大文学自成一体，已为世人所公认，但是在过去，加拿大文学并不总是不证自明的存在。为了证明其存在，我计划中要出的书要证明如下几点：首先，要证明有加拿大文学，它的的确确存在。（这个激进的提法在本书问世后，引起了众多的争鸣。）其次，加拿大文学并非仅是英美文学的无力翻版，它包含的法语文学作品，也并非仅是法国文学的分支。加拿大文学具有殊异的内涵，为其自身的历史和地缘政治所独有。这也是一个激进的提法，尽管按照常识，这种提法也不过是常识而已。如果你是一个北方国家，岩石密布，水域广袤，气候寒冷，幅员辽阔，人口稀少却族裔繁多，而且南邻一个虎视眈眈的大国，难道你的所思所虑不该和此大国有所不同吗？或者不同于那个人口密集、历史悠久的蕞尔小岛？它一度称霸海洋，近年来才失去帝国主义强国的地位。你会认为这三个国家互不相同，不是吗？三十四年后，此时此地，为了说明教授加拿大文学的理由，你仍然必须从同一个公理开始：1. 加拿大文学存在。2. 它独具风采。

再次回到阿南西出版社的会议上来。董事会一致认为，加拿大文学不会像性病刺疣一样令人着迷，但尝试一下也无妨害。

接下来的四五个月，我开工写书，每写好一章，就交给丹尼斯·李编辑。随着他蓝色铅笔的点点划划，提议中一百来页的手册增加到了近250页，更加结构流畅，方向明确。阿南西出版社的其他数位同仁也加入了这个集体项目，研究各种资料，核实信息，给予反馈。大家群策群力，与其说是在写书，倒更像是创作一出大学活报剧[1]。

这本书的副标题——加拿大文学主题指南，表示我们无意于包罗万象、设立交叉索引的全面研究，诸如一九九七年出版的1 199页的《牛津加拿大文学导读》，无意于对这个或那个作家进行系列研究，也无意于收集新批评式的文本细读或详析文本。我们的做法，类似于艺术史学家尼古拉斯·派夫斯纳在《英国艺术的英国性》一书中所做，或者类似于文学批评家莱斯利·费德勒对美国文学的考察，即指明文学的一系列特征和主题，比较其在不同民族和文化环境中的不同体现。我曾在哈佛研究生院跟随佩里·米勒研习美国文学，十分熟悉这条路径。

比如，在美国传统中，金钱表现为圣眷或天意，从清教徒到本杰明·富兰克林，到梅尔维尔的《白鲸》，再到亨利·詹姆斯，以及菲兹杰拉德的《了不起的盖茨比》，概莫如此。作家处理起这个主题来，时而一本正经，时而愤世嫉俗，时而带有悲剧感，时而暗含讽刺性，就像交响曲中的主题，以不同的音符

1　一种以应时性、时事性为特征的戏剧形式，就像"活的报纸"。

和速度呈现，并随着时代和环境而改变。十八世纪的富兰克林当然不是二十世纪的菲兹杰拉德。然而，这个主题始终占据支配地位，你也可以称之为一种持久的文化情结。

一九七二年问世的《生存》一书，认为加拿大文学持久的文化情结是生存。在现实生活中，无论是在英语区，还是在法语区，天气因素——比如暴风雪切断电力——往往就足以引起生存之虞。在魁北克地区的政治生活中，生存素来是显而易见的主题，到了二十世纪下半叶，则表现为对法语能否存活下来的焦虑。在加拿大其他地区，人们的焦虑更加广泛，从恐惧被大树压倒，到害怕被冰山毁灭，再到周围社会令你窒息的感觉。

因此，《生存》以这样一个基调开始，统辖加拿大文学中的其他主题，这些主题要么在用于比较的文学中根本不存在（比如，英国小说中几乎没有印第安人），要么确实存在，但处理方式不尽相同。加拿大"移民故事"包括流亡的保皇分子、被逐出家园的苏格兰人、爱尔兰饥民、二战后迁来的拉脱维亚人，以及之后的经济难民，和美国的移民故事截然不同。没有一个加拿大版本的故事会说：移民真心实意想进入加境，因没更好的选择才最终落脚美国。在我撰写《生存》时，只有通过"地下铁路"[1]从美国逃跑过来的奴隶，才会把加拿大视作乐土，其他

1 从19世纪初期起，许多人秘密解救美国南方种植园的黑奴，将他们带到美国北方的自由州和加拿大。这些拯救黑奴北上的路线，就叫"地下铁路"（Underground Railroad）。

人罕有此感。如今，众多移民把加拿大看作理想的目的地，可见世事大变矣。

《生存》指出，一九七二年前的传统并非什么令人振奋、盲目乐观的欢呼，恰恰相反。至少到二十世纪七十年代，加拿大文学多少还是毫无生气的混合物。一些解读不力的评论家认为，我在倡议保持加拿大文学的这种状态。其实不然。如果这本书要表明什么态度的话，那更像是：你在这儿，你确实存在，安于此处，加把劲，不要唉声叹气了。正如艾丽丝·门罗[1]所说，"随心所欲，承担后果。"或者，如《生存》最后一章所写，"脚下踏着荒地，强过一脚踏空……传统的存在未必埋没你，也可用以准备新的征程。"

《生存》首版后的三十四年间，发生了诸多事情。在政治上，魁北克问题、国家的失控，以及一九八九年《自由贸易协定》形成的美国主导地位，并非这本书中的危言耸听，而是日常的现实。众所周知，加拿大没有拥抱单一的"身份"，与其说是一种失败，不如说是一种相当勇敢的有意拒绝。在莱斯特·皮尔逊总理任期的国旗辩论会上，一些人郑重提出加拿大根本用不着国旗，可谓是反弹琵琶出新意，回忆起来颇有趣味。在文学批评领域，地域主义、女权主义、解构主义、政治正确、话语占有、身份政治，全都粉墨登场，留下了各自的印迹。来自

1　艾丽丝·门罗（Alice Munro，1931- ），加拿大著名短篇小说家，2013年获诺贝尔奖，成为首位折此桂冠的加拿大作家。

各种族裔背景的文坛新秀纷纷拿出了自己的故事。有关女性的那章，倘若现在写来，会完全不同。"失败的艺术家"那一章，在当时是适宜的，因为那时加拿大罕有成功的艺术家，而今此况不复存在。"原住民"那一章的情况亦是如此。在一九七二年，大概除了女诗人波琳·约翰逊外，土著作家阙无，少有的那些创作的也仅仅是传记类作品。现在，原住民中，涌现出了诗人、剧作家、小说家和短篇故事能手。

技术改变了我们的交流方式。昔日受人奚落的抱树环保狂，变成了今天受人尊敬的代用能源领袖。妖魔似的自然界，尽管仍然能致人死命，现在则更多被认为是受到了人类的威胁——首版《生存》已经预见到了这一点。过去对加拿大身份的提问——"这里是哪儿？"，已被"我们是谁？"所替代。在学术界，"话语"和"文本"成了取代"争论"和"书本"的新名词。"使……成为问题"（problematize）已作为动词使用。一度时髦的形容词——"后现代主义的"（postmodern）——逐渐失去风光。

世事沧桑，岁月流逝，《生存》一书显得古怪过时了，书中的一些愿望已经获准，一些预言也已成真。然而，书中关注的中心仍在我们身边，仍然必须面对。我们真的有别于其他任何人吗？如果是，有何不同？值得保存这份不同吗？

人们经常问我，要是现在写《生存》，我会做哪些修改？我常会开玩笑地说，自己会加些章节，分别写加拿大战争小说、

9

加拿大幽默小说、犯罪小说之类的类型小说。我肯定会多加关注莫利·卡拉汉、休·麦克勒南，噢，还有玛泽·德拉·罗奇。还有其他作家。然而，我真正的回答是——我现在无心重写《生存》了，不需要了。我原来想证明的，毫无疑问已经得到了证明。没有什么人会再严肃地争议加拿大文学不存在。我还有第二个答复：就是我无力重写了，不仅因为我大脑僵化，还因为现在出版的书籍数量、范围和品种都多得让任何重写绝无可能。莫迪凯·里奇勒著名的嘲弄之语，"仅在加拿大闻名世界"，已经不再好笑。许多加拿大作家现在真的闻名世界。

昔日小丘似的加拿大文学，已经隆成大山。渥太华大学加拿大研究院是一个英法双语机构，它列出在外国共有二百七十九个加拿大研究中心，法国二十个，美国六十五个，德国十六个，印度二十二个。加拿大作家定期在国外出版作品，荣获国际大奖，签署影视改编合同。对于人口仅相当于美国伊利诺伊州或墨西哥城的国家来说，我们岂止是表现出色，简直是蔚为奇观。加拿大作家在国内外大获成功，给了我们这批二十世纪五六十年代的起步者一个最大的惊喜。

这是加拿大，一个差异纷呈的地方。这的确是加拿大，一个地毯之国。艺术家脚下的地毯刚刚铺好，就被抽走了[1]。我们还没有走出旧日的狭隘——木秀于林，小镇必摧之。人们，至

1　此处化用了一个俚语，pull the rug out from someone's feet，指突然不再支持某人。

少是政府决策层，似乎没有明白如下事实：即出版、书籍发行、阅读和写作互有联系。加拿大是一个奇怪的国家，爱国主义总是遭到猜疑，就像在任何领地，你过于冒尖，就会触犯帝国的中心，导致生意受损。

但是，这又另当别论了。本书包括了首版《生存》的内容，删除了它已经过时的附录。《生存》属于它自己的时空，此前，此后，在其他地方，都不太可能诞生。它承担的特殊使命，就是引起大家就作者看重的一个话题，各抒己见。它做到了，尽管作者从此不得不几番避开口舌之争。《生存》另一个特别的动力，源自小型文学出版社的生存策略。怎么把这样的企业维持下去？

也许有人会问，为什么要维持？为什么你要"献血"？我的回答一如既往：一个国家如果要具备社会的自觉和正常运转的民主，就需要听到自己的声音。我针对文学的回答也一如过去：小出版社频频开启了作家通向未来的大门，关上它，一时还能捞到大鱼。但渔夫皆知，一旦湖中尽是大鱼，没有成长接力的鱼苗，麻烦也就产生了。

在困难时期，加拿大多数的小型文学出版社仍然会自问首版《生存》中提出的问题，加拿大这个国家也在问。几乎每年，主流杂志上都会登载特稿，诸如《加拿大：二十年后消失？》《加拿大应该并入美国吗？》。我们加拿大人，竟然带着这样忧郁的快感，思量我们未来的消失。同时，民意调查显示，我们越来越多地意识到自己的加拿大性（这个词在一九七二年开始使用了吗？），我们和南方邻居继续保持意见分歧。《加拿大流行文化之旅》和道格拉斯·库普兰的《加拿大纪念品》这样的书，说明了我们对自己的地标兴趣犹浓。

首版《生存》问道：我们生存下来了吗？

一九七二年，《生存》以这个问题完美地结束了全书，现在亦如此。

玛格丽特·阿特伍德

2003年10月于多伦多

注：该序言的另一版本首载于*Maclean*杂志第112卷，第26期，1999年7月1日。

生　存

（ 1 9 7 2 年 版 ）

献给

杰伊·麦克弗森、

诺思洛普·弗莱、道·戈·琼斯

詹姆斯·里尼、埃里·曼德尔、

丹尼斯·李

我们应该肢解我们的躯体

把各部分排成行统计

检查缺少什么

找出脱臼的关节

因为坐着

静待躯体的这种死亡

难以想象……

——圣-丹尼-加诺,《躯体的这种死亡》[1]

用平易的语言讲述

让我明白自己多么害怕谬误。

——玛格丽特·阿维森,《阿尼斯·克莱夫斯文件》[2]

1　圣-丹尼-加诺（Hector de Saint-Denys-Garneau, 1912-1943），加拿大法语诗人，画家。他的语言凝练、内省，充满死亡和绝望的意向，不同于以往的加拿大文学的地域性。

2　玛格丽特·阿维森（Margaret Avison, 1918-2007），加拿大诗人，曾两度摘获加拿大文学奖诗歌奖，以及格里芬诗歌奖。

致敬

　　本书受益于诸多方面的建议和评论，实质上为集体努力的结晶。我尤其感谢以下人士：詹姆斯·弗莱和 A. B. 荷杰特对本书构想的认同；马特·科恩的洞见和"错位"观念对我颇有帮助；詹姆斯·波尔克最先想到了动物受害者；迈克尔·卡特的小说标题《获胜者/受害者》提供了一个非常有用的短语；杰伊·麦克弗森、斯科特·西蒙斯、里克·萨鲁丁、查尔斯·帕切特、雪莉·吉布森、约翰·里奇、罗宾·马修斯和戴夫·戈弗雷给予了精神上和物质上的双重支持。感谢多伦多长屋书店的贝思·阿普多恩、多伦多大学出版社的哈拉德·波恩、多伦多 SCM 书店的卡罗尔·维恩和谢里丹学院的斯卡耶·莫里森。还要感谢杰克·沃威克和玛丽·罗·皮哥特冒着暴风雨，前来听取了处于雏形阶段的这些想法。特别感谢安·沃尔为"引文出处"部分整理了材料，加里·荷凡制作了索引，无比宝贵的丹尼斯·李帮助把混乱变成有序。

　　本书的准确和亮点多赖于大家之功，粗疏之论则为我的孔见。

玛格丽特·阿特伍德

1972 年 7 月

前言

他不想谈加拿大……加拿大人的困境，一句话就能概括。没有人想谈加拿大，就连我们加拿大人也不想。你说得对，老爸，加拿大乏味极了。

——布莱恩·摩尔，《金格·科菲的好运》[1]

寻找加拿大身份的人疏于意识到，你只能认同你所看见或你所认识的。若非别有所需，你需要的就是一个镜中的影像。没有其他国家特别在乎我们，要告知我们他们看我们是什么样的，哪怕这个形象会让我们憎恨。我们显然也无力打造自我，因为我们迄今的所有尝试都无异于盲人摸象。有些描述不乏价值，但汇聚在一起，就显得支离破碎，不知所云。我们该用什么认同自我呢？

——日曼尼·沃肯丁，《镜中的影像》[2]

1　布莱恩·摩尔（Brian Moore，1921-1999），爱尔兰裔加拿大作家，出生于爱尔兰，先后移居加拿大和美国，代表作《朱迪斯·赫恩的孤独感》被翻拍为电影，获1987年英国电影学院奖。

2　日曼尼·沃肯丁（Germaine Warkentin，1933-　），加拿大学者，多伦多大学英语文学系荣誉教授。

确实，特殊性不足以成为善的化身。然而，只有借助特殊之根，不管它是多么片面，人类才能初次了解善为何物，正是这些特殊之根的汁液滋养着大多数人，参与创造普世之善。此不亦真乎？

——乔治·格兰特，《技术和帝国》[1]

在我看来，加拿大人的理智受到了严重的干扰。干扰不仅来自我们无比重要、众所周知的身份问题，更多的，是来自关于那个身份的一系列自相矛盾的说辞。"这里是哪里"之谜，比"我是谁"这个问题，更让加拿大人困惑不已。

——诺思洛普·弗莱，《灌木园》[2]

地图丢失了，航行
在多年前被依法取消，
这儿成了无名之地。

——玛格丽特·阿维森，《不是吉拉德·赫宝的甜菜》

1　乔治·格兰特（George Grant，1918-1988），加拿大最具影响力的哲学家之一，代表作《民族之殇：加拿大民族主义的失败》（*Lament for a Nation: The Defeat of Canadian Nationalism*，1965）。

2　诺思洛普·弗莱（Northrop Frye，1912-1991），加拿大世界级的文学和文化理论家，神话—原型批评理论创始人，代表作《批评的解剖》（*Anatomy of Criticism*，1957）等。

这里有什么？为什么是这里？这里是哪里？

开始写作这本书时，我想写的是一本简短、易用的加拿大文学指南，服务对象主要是学生，以及中学、社区学院和大学的老师，他们蓦然发现要教授一门自己从没学过的课程："加拿大文学"。我也为同样的棘手问题纠结过，我知道可用的材料为数不少，却都是些包罗万象的历史报告、个人传略，还有艰深的学术论著，探讨的往往是绝了版的书籍。加拿大有很多作家，作品也多，然而，显而易见的经典寥寥无几。结果，编选、授课就要从长之又长的作家和作品清单开始，无论是读者，还是老师，都必须从中剔抉爬梳，挑出各自心目中的最佳作品。然后，问题迟早一定会冒出来，问法也许各式各样，内容不外乎是："我们为什么研究他（而不是福克纳[1]）？""我们为什么得读这位作家（而不是赫尔曼·黑塞[2]）？"要么，打破砂锅问到底："加拿大文学到底有什么加拿大性？我们为什么折腾它呢？"

回答这些问题前，我先说说，这本书不是一本什么样的书。

✓ 这本书不是穷尽一切、面面俱到的加拿大文学论著。那样的大部头已有几本，全面详实，已列在本前言之末。

1　威廉·福克纳（William Faulkner, 1897-1962），美国作家，1949年获诺贝尔文学奖。共有19部长篇小说与120多篇短篇小说，虚构了"约克纳帕塔法世系"，讲述约克纳帕塔法县不同社会阶层若干个家族的故事，时间从1800年到二战后。世系中600多个有名有姓的人物在各个长篇、短篇小说中穿插出现。代表作包括《喧哗与骚动》《我弥留之际》《押沙龙，押沙龙！》等。

2　赫尔曼·黑塞（Hermann Hesse, 1877-1962），德国作家、诗人，后入瑞士籍。1946年获诺贝尔文学奖。作品多以小市民生活为题材，主要作品有《彼得·卡门青》《荒原狼》《东方之旅》《玻璃球游戏》等。

我的这本小书，因篇幅有限，肯定会略掉不少重要的珠玑之作。我无意使自己的选录"均衡地"展现加拿大文学，原因有如下几点：

第一，我是一名作家，而非学者、专业人士。我挑选的例子并非研究所得，而是来自我个人的阅读经历。第二，这是一本关于作品分类的书，不是深究作家或某些作品，其意图不在于让每段选录都在书中占有等长的篇幅，而在于尽可能清晰地呈现把我们的文学凝聚在一起的主题、意象和态度的模式。如果那些模式确实存在，它们的各种变体就会体现在我可能未选的作品中。之所以有遗珠，要么是因为被选作品对模式的体现更加显明，要么是那些未入选的作品，我从没听说过。觉得我这种途径可取的读者，就不会止步于我所举出的例证，它们不过是抛砖引玉罢了。

✓这本书不是加拿大文学发展史。也就是说，它不是从加拿大出现的第一本书写起，一路写到现在。更有帮助的做法是，先认清你现处的环境，且不管它如何，然后回顾一下你是怎样到达这里的。因此，在这本书中，你不会读到围绕加拿大联邦诗人或加拿大早年皮草商日记的长篇大论，我不否认其重要性，只是觉得它们并非走近加拿大文学的最佳途径。我给出的例子，大多选自二十世纪的作品，有很多是最近几十年的创作。

✓这本书不是评鉴集。我努力克制自己不做颁发奖章之举。

读者对于自己仰慕欣赏的作家，不应喜其入选，也不应悲其未列。我尽量不选自己觉得味同嚼蜡的作品，但是，这本书无涉"佳作""风格卓越"或"在文学上出类拔萃"之类的讨论。

✓ 这本书不是传记。在这里，你不会找到无疑会令人着迷的作家私生活的任何信息。我对待他们的书的态度，就好像作者不是他们，而是加拿大。我希望你能暂时适应这个虚构，它纠正了一个偏颇的做法：众所周知，作家有私生活，但是直到最近，我们的作家都被当成只有私生活的人，而实际上他们也是文化的传播者。

✓ 这本书不是完全的原创之作。它所借鉴的若干想法，浮游八方，散落于多年来的学术杂志和私人谈话。它们的出处，有一些已列在本前言的末尾。和它们相比，拙著犹如一粒维生素片，而它们仿佛是珍馐大餐。维生素虽然好在价格便宜，容易迅速消化，但不具备层出不穷的回味和精致。拙作也没有尽收颇值采撷的累累果实，而将采撷之趣留给了或许以追寻为乐的人们。

你或许要问：既然我这本书不概述，不评鉴，不提供历史和生平信息，不具备独创的灵心妙运，那么它能做什么？它企图做一件简单的事情：介绍一些重点模式。我希望它们能发挥鸟类图鉴中的地标功能，帮助你把这种鸟和其他鸟区分开来，把加拿大文学和其他经常与之相比较或相混淆的国别文学区分开来。每个模式必须在整个加拿大文学中频频出现，从而凸显出其重要性。这些重点模式，汇拢在一起，就构成了加拿大文学的独特形貌，折射出加拿大的民族思维习惯。

这本模式大全有多种用法。你可以用这些模式去考察未入选的书籍，看两者是否吻合。或者，你会发现所有的模式可能在一本书的每个章节都有所体现。另外，你也可以就一两个模式深入学习。（有些老师生活在忌讳四个字母脏话[1]的地区，我建议他们选用本书的第三章，这一章写的是动物，它们幸运地不会讲英语、法语，也不会讲神圣或渎神的话。）还有一个提示：请阅读章首的引文，它们都是精挑细选出来的。

以下是我意图所写的：它能让学者、专家以外的人士了解加拿大文学之所以为加拿大文学的特质，而不仅仅是把其视为加拿大境内写成的作品，并且它要写得通俗、易懂、实用。然而，我也意识到，自己写的东西，还不止于此。它介于一己之见和政治宣言之间，而大多数书被默认为二者必居其一。由于学校不教加拿大文学，也不做这方面的要求，加拿大文学在公众场合甚至不被提起（除非是以揶揄的口气），所以，一直到近来，我和其他同好都是出于个人兴趣来阅读加拿大文学。和以

---

1 英语中，一些常见的下流、不雅单词由四个字母组成，如fuck、shit、damn等。

前，也就是一九六五年前接触加拿大文学的许多人一样，我是作为作家，而不是作为学生或老师，和加拿大文学打起了交道。我发现，我首先是通过自己的作品留意到加拿大文学中的几个模式——当然不包括所有模式。而且，我惊讶地发现拙作的关注点，也为其他作家所分享，而我仿佛和他们加入了一个从未被定义的文化社团。在这本书中，我没有多谈自己的作品，总觉得自写自评，最为吊诡。但是，我从作家的视角，处理了许多种模式及其相关问题，鉴于作家们本身也如此处理，这也许就是最佳的视角了。回答"在这个国家，读者要读什么？"，实质上就是要回答"在这个国家，作家都写了什么？"

加拿大文学创作历来是相当私人的行为，甚至没有读者的参与——长久以来根本就没有读者。而教授加拿大文学，却属于一种政治行为。做砸了，大家会比以往更觉本国乏味；做好了，或许会引发思考，为什么我们会被教得厌烦自己的国家，这种厌烦对谁有利。

回到我最初的问题吧。我希望，这本书能回答出第一问："加拿大文学有什么加拿大性？"至于第二问，"我们为什么要折腾它呢？"，根本没有必要回答。在任何一个自尊的国家，从来就不该有这一问。问题是：加拿大是一个缺少自尊的国家，于是有此一问。

你从文学中能得到什么样的答案，取决于你问的是什么样的问题。如果你问，"作家为什么写作？"回答会是心理或生平方面的。如果你问，"他们怎样写作？"你或许会得到这样的回答，"用铅笔"或者"带着痛苦"，也可能你得到的答案是书是怎么写成的，把书当成一个自足的文字模块，谈论它的风格或形式。这些问题完全合理，但是我关心的问题是："作家都写了些什么？"

詹姆斯·乔伊斯[1]的《青年艺术家画像》中有一个人物，斯蒂芬·德达勒斯，他看到自己地理书的扉页上，有他过去写下的一张单子：

斯蒂芬·德达勒斯

元素班

克隆欧斯·伍德学院

萨林斯镇

基尔代尔县

爱尔兰

欧洲

世界

宇宙

1 詹姆斯·乔伊斯（James Joyce，1882-1941），爱尔兰作家、诗人，自1920年起定居巴黎。后现代文学的奠基者之一，其作品及"意识流"思想对世界文坛影响巨大。代表作有短篇小说集《都柏林人》、自传体小说《青年艺术家画像》、长篇小说《尤利西斯》和《芬尼根的守灵夜》。

这张单子非常全面，包括了一个人能写的全部，继而也是能读的全部。从个人开始，续之以社会、文化和国家，终结于"宇宙"，即普世性的东西。任何一篇小说或一首诗歌，都有可能包括上述三个范畴的因素，尽管侧重会有所变化：情诗多半偏个人或普世之情，而和国家关系不大；小说可能写家庭，或政治家的一生，等等。加拿大从来倾向于强调个人和普世性，而忽略国家和文化的层面，至少在中学和大学教学中如此。这就好比仅仅通过观察人头和人脚来教授人体解剖学。此为阅读加拿大文学的一个原因——能使人更为全面地了解文学的创造过程。文学，由生活在特定时空的人们所创造，若你身在同一时空，就会更有同感。倘若单单阅读已故外国作家的作品，你当然就会强化如下观念，即文学只能出自已故外国作家的笔下。

阅读加拿大文学还有另一个原因，和读者是否为文学专业的学生无关，而和读者的公民身份相关。一件艺术品，创造出来不仅是为了让人欣赏，也（如日曼尼·沃肯丁所提议）可被视作一面镜子。读者从镜中看到的不是作家，而是自己，在自己的影像背后，是所生活世界的投射。没有如此镜子的国家和文化，就无从知道自己的样子，就会盲目前行。像在加拿大这个国家，长期提供给观看者的镜中影像，不是他自己，而是别人，却被告知他看到的影像是他自己，那么，他对自己真正的容貌就会产生极其扭曲的认识。他也会曲解他人的样子：不自知，难知人。自我认识当然是痛苦的。加拿大文学在本土备受忽视，

9

首先就表明了加拿大人害怕发现自己的真面目。加拿大文学中存在大量镜子和投射的意象，说明整个社会在徒劳地寻找一个有效的意象或投射，宛如亚·摩·克莱恩[1]笔下的疯子诗人，"整天盯着镜子，好像/为了认识自己。"

　　当然，在加拿大文学之外，也能找到我们的影像。在亨利·梭罗的《瓦尔登湖》中，有淳朴乐天的"加拿大人"，伐木，以土拨鼠为食。埃德蒙·威尔逊曾说："我年轻时，也就是十九世纪早期，我们会把加拿大想象成为美国提供便利的辽阔的狩猎场。"（对极了，埃德蒙。）在马尔科姆·劳里的《火山脚下》，加拿大是主人公幻想的清凉世外桃源，只要能离开蒸汽蒙蒙的墨西哥，到了加拿大，一切都会好起来。福克纳《押沙龙，押沙龙！》里的昆丁有一个舍友，叫施里夫，是个粉棕色皮肤的加拿大人，健康，爱运动，在昆丁的《古舟子》演出中扮演婚礼嘉宾。还有一个搞笑的：雷德克利芙·霍尔[2]的《孤独之井》是首部女同性恋小说，里面有一名加拿大男子，掳走了主角的女友，他强健，能干，刻板，是异性恋。这些多少呈现出"国际"文学中的加拿大形象：想象中的逃离"文明"之地、未被污染腐化的旷野，或是居住着欢快古朴的农夫、基督教青年会教员，他们要么奇特，要么乏味，要么二者兼具。看到加拿大啤酒广告和旅游文字，你常

1　亚·摩·克莱恩（Abraham Moses Klein, 1909-1972），加拿大诗人，记者，小说家，蒙特利尔文学社的成员，其创作多涉及犹太人文化与历史。
2　雷德克利芙·霍尔（Radclyffe Hall, 1880-1943），英国女作家，著有五部诗集和数部小说，《孤独之井》在英国引发了轩然大波，并一度遭禁。

会感觉不自在，制作者把他们的形象建立在这些投射物之上，因为那是大家想要相信的样子，从国内到国外都是如此。然而，加拿大文学本身述说的，则是迥异的故事。

必须阅读本国文学，以便自知，以免沦为文化白痴，不等于说其他什么都不要读，尽管"国际主义者"或"加拿大第一者"有时持此论调。读者不能光读加拿大文学，这不利于加拿大文学的发展。设想一个太空人落在荒岛上，只给他提供加拿大文学书，他将没有能力对加拿大文学做出任何有意义的演绎，因为他没有可比较物，而把加拿大文学当成了人类文学的全部。对加拿大文学应该做比较研究，对其他文学亦应如此。通过对比，鲜明的模式即可脱颖而出。认识自己，必须了解自己的文学；认清自己，则需要既将自己的文学视作世界文学的一部分，也要将之视作一个整体。

然而，弗莱建议道，在加拿大，"我是谁？"的答案，至少和另一个问题"这里是哪儿？"的回答部分重合。在有些国家，"我是谁？"是一个恰如其分的问题。这些国家对环境概念和"这里"定义明确，明确到甚至会给个体带来压垮身心的威胁。在众生万物各归其位的社会，一个人可能必须超脱其社会背景，才能避免沦为机制的功能性用具。

"这里是哪儿？"是一个不同性质的问题。一个人到了陌生地，才会如此发问。它隐含着另外几个问题。这个地方在其他地方的什么方位？怎么找到路？要是一个人真的迷路了，他或许首先想弄清楚自己是怎么来到"这里"的，原道返回，兴许能有找到对路或出路的希望。如果找不到路，他就必须利用"这里"为人类生存提供的条件，决定该怎么做才能保住性命。他能否生存下来，部分取决于"这里"的情况——是否太热、太冷、太湿、太干，部分取决于他自己的欲望和技能——会不会利用已有的资源，适应自己无法改变的环境，保持理智。"这里"可能已经住有其他人，比如土著，他们或合作，或冷漠，或敌对。"这里"也可能有动物，或被驯服，或被屠食，或要躲避它们。如果主人公的期待和环境之间存在着巨大的落差，他可能会产生文化休克，乃至自寻短见。

卡罗尔·波尔特的戏剧《野牛跳崖》[1]中，有一个精彩的场面：三十来岁的中学老师要求学生背诵亨利八世所有妻子的名字，与此同时，一支抗议队伍正从窗口经过。他告诉学生，上学可不是来看游行的。这恰恰代表了盛行多年的加拿大历史和文化观，即历史和文化发生在他处，若你刚刚在窗外看到二者，你就不该看。

亨利八世的太太们，不妨被视作代表着外来的、从"那里"——美国、英国或法国——涌进而泛滥的价值和老古董。它们的象征比比皆是，漫画书、女王像、埃德·沙利文秀[2]、渥太

1　卡罗尔·波尔特（Carol Bolt，1941-2000），加拿大剧作家。
2　埃德·沙利文秀（Ed Sullivan Show）是美国播出时间最长的综艺节目之一，CBS电视台从1948年到1971年播出了23年。

华的反越战游行……这些价值和老古董的隐含义是："那里"总比"这里"重要，"这里"不过为"那里"的低级版本，"这里"真正的价值和宝贝可以视而不见，结果，人们对"这里"熟视无睹，或将之误作其他什么东西。身在"这里"而宁可逃往他处，此人是流亡者或罪犯；身在这里而自认为身在他处，此人就是疯子了。

当你在这里，却因错误地标或定位而不知身在何处，你未必会变成流亡者或疯子，你就是迷路了。于是又回到这个问题：人在陌生之地，我们会觉得他是什么形象？对于加拿大居民而言，加拿大就是一块陌生的地域。我不是说，你没去过北冰洋或纽芬兰岛，没探索过旅行手册上赞美的"我们的伟大土地"。我是说加拿大的精神，因为加拿大不仅是你的身之居所，也是你的心之托寄。正是在这个精神空间，我们迷失了自我。

迷路的人需要地图，图上标出他的位置，对照其他地方，他就知道自己身在何处了。文学不仅是一面镜子，也是一张地图，一本心灵的地理书。我们的文学就是这样一张地图。我们是谁？我们去过哪里？我们的文学，就在解答这两个问题的过程中诞生了。我们亟需这张地图，需要了解这里，因为这里是我们生活的地方。对于一个国家和文化的成员而言，分享其居处和这里的知识，不是奢求，而是必须。没有那样的知识，我们就无法生存下来。

如何使用本书

《生存》是基于这样的一个想法：让尽可能多的人轻松了解加拿大文学的概貌。为此，这本书包括了如下几张表单，帮助你迅速找到需要的信息。

每章末尾有：

一张短书单。供时间紧张的老师和读者使用。每张书单一般不超过四本书，列出作者、书名、出版社和价格。入选的一个标准是该书要有平装本。价格标的是书店的零售价。记住：大部分出版社对教材打折。

一张长书单。包括该章提到的所有书籍，列出书名、作者和出版社，告知该书是否绝版。（若是，图书馆大都有存本。）

书末有：

引文出处。告知在哪里获得含有章首所引诗文的整部作品。（标出所引文章在原书中的页码，被引诗歌不标页码，因为它们在原书目录中一目了然。）

作家索引

常用出版社简称

AN House of Anansi Press（阿南西出版社）

M & S McClelland & Stewart（麦克勒南＆斯图亚特出版社）

NCL   New Canadian Library（新加拿大图书馆）

N   New Press（新出版社）

OUP   Oxford University Press（牛津大学出版社）

R   Ryerson, now McGraw-Hill-Ryerson（瑞尔森出版
       社，即现在的麦克格劳–希尔–瑞尔森出版社）

UTP   University of Toronto Press（多伦多大学出版社）

书中提及的其他出版社使用全称。

OP   Out of print（已绝版）

常用文集简称

G&B: Gary Geddes and Phyllis Bruce, eds., *Fifteen Canadian
Poets*; OUP, $3.95.

　　葛、布：加里·葛德士、菲利斯·布鲁斯编，《15位加拿大诗
人》，已绝版，$3.95。

ML: Eli Mandel, ed., *Poets of Contemporary Canada*; NCL,
$2.95.

　　曼德尔：埃里·曼德尔编，《当代加拿大诗人》，新加拿大
图书馆，$2.95。

PMC: Milton Wilson, ed., *Poets of Mid-Century*; NCL, $2.35.

　　《世纪中叶的诗人》：米尔顿·威尔逊编，《世纪中叶的诗

人》，新加拿大图书馆，$2.95。

W1: Robert Weaver, ed., *Canadian Short Stories*; OUP, $1.95.

威弗第1集：罗伯特·威弗编，《加拿大短篇小说集》，牛津大学出版社，$1.95。

W2: Robert Weaver, ed., *Canadian Short Stories*, Second Series; OUP, $2.95.

威弗第2集：罗伯特·威弗编，《加拿大短篇小说集》第2集，牛津大学出版社，$2.95。

第 1 章
生存

当你的爱情在嘴中

泛起酸味，需要

为之道歉，生存下去。

……

当你的面孔在银色的镜中

变得扁平，忍耐；

如果你能，忍耐，然后生存下去。

——约翰·纽罗夫，《如果你能》[1]

这是死亡的时刻

从未生活过的

恐惧

让年轻人精神错乱

逃过屠杀之劫的猪

啃咬着许多发酵的

苹果，醉醺醺地冲过

空荡荡的树林

猎手们在他处

1　约翰·纽罗夫（John Newlove，1938-2003），加拿大诗人，加拿大草原三省诗歌（prairie poetry）的代表人物，1972年获总督文学奖诗歌奖。加拿大草原三省（Canadian Prairie），是指在加拿大西部与中部的艾伯塔省、萨斯喀彻温省和曼尼托巴省，由于这三个相邻的省份多被草原覆盖，属于加拿大内陆平原地区，因此得名。

学习生意经

——艾尔·蒲迪,《秋天》¹

……莱昂内尔孤零零的,几个月过去了。莱昂内尔孤零零的,
几个月过去了。他们亲密无间。莱昂内尔想悄悄地爬到树上,
观看自己的葬礼。他对此一无所知……

——鲁塞尔·马洛斯,《电话杆》²

我只有在家中
或者只有在我月租六十元的贫民屋

才开始感伤
或者只有在亲吻别人屁股时,

才自觉像一个加拿大人。

——约翰·纽罗夫,《像一个加拿大人》

找到语词来描述我们的苦痛
享受我们必须承受的苦痛——

---

1 艾尔·蒲迪（Al Purdy，1918-2000），加拿大诗人，20世纪加拿大诗歌的领军
人物之一，其创作主题常为人生的短暂。
2 鲁塞尔·马洛斯（Russell Marois，1946-1971），加拿大作家，《电话杆》(*The
Telephone Pole*，1969）是他唯一的作品，由阿南西出版社出版。

不做蠢笨的野兽⋯⋯

　　⋯⋯

　　　⋯⋯我们会生存下来

我们会设法走进

夏天⋯⋯

　　　　　——道·戈·琼斯,《寻寻觅觅：1963年圣诞节》[1]

1　道·戈·琼斯（D. G. Jones，1929–2016），加拿大诗人，翻译家，学者，曾两获总督文学奖。

我儿时就开始阅读加拿大文学了，尽管当时我不知道自己读的是加拿大文学。实际上，我也不知道自己生活的这个国家有什么独特之处。在学校里，老师教我们唱"统治吧，不列颠"，画英国的国旗。几个小时后，我们开始翻阅一摞摞的漫画书，《惊奇队长》《塑胶人》《蝙蝠侠》，大人不赞成我们读这些，反倒增加了我们阅读的兴致。我们收到了圣诞礼物——是查尔斯·G. D.罗伯茨写的《流亡国王》[1]。我啜泣着，飞快地读完动物被关在笼里、落入陷阱、饱受折磨的揪心故事。后来，我读到了欧内斯特·汤普森·西顿的《我所知道的野生动物》[2]，这本书更让我难过，因为书里的动物更真实，在森林里，而非在马戏团生活。它们的死更司空见惯，死的也不是老虎，而是兔子。

没有人把这些故事称为加拿大文学，即便有人这么称呼，我也不会留意。我只知道，它们是我在沃尔特·司各特[3]、埃德加·爱伦·坡和唐老鸭以外的另外一些读物。我那时读书不挑剔，现在也是。那时和现在的阅读，大抵都是为了娱乐。我这样说并无歉意：我觉得，如果移除了阅读最初的直觉感受——

1　查尔斯·G. D.罗伯茨（Charles G. D. Roberts，1860-1943），加拿大作家，诗人，其作品包括诗、自然故事和历史，多为儿童文学，被誉为"加拿大文学之父"。1935年被英王封为爵士，为加拿大作家第一个享有此荣誉者。
2　欧内斯特·汤普森·西顿（Ernest Thompson Seton，1860-1946），世界著名野生动物画家、博物学家、作家、探险家、环境保护主义者、印第安文化的积极传播者、美国童子军的创始人之一。《我所知道的野生动物》于1898年出版后获得了极大的成功，其笔下的动物形象真实生动，充满生命的尊严。
3　沃尔特·司各特（Walter Scott，1771-1832），英国著名的历史小说家和诗人，写作了大量以苏格兰为背景的诗歌，后开始写作历史小说，代表作《艾赫凡》。

欣悦、兴奋，或是单纯的听故事的享受，而在一开始就尽力专注于作品的意义、形式或"宗旨"，那干脆就别读了。这太劳而无趣了！

　　无论是过去，还是现在，阅读的乐趣都有不同的分级。我读碎麦片包装盒上的文字，聊以休闲；读《惊奇队长》和沃尔特·司各特，是为了享受梦幻的逃离。即使在过去，我也知道自己住的任何地方都不是"那里"，因为我从未在漫画书的封套上看到过城堡，或皮特冰棒的奖品广告，它们在加拿大要不是买不到，要不就价格不菲。信不信由你，我读西顿和罗伯茨，是因为它们更贴近现实生活。我见过很多动物；一只濒死的豪猪，比全副盔甲的骑士或克拉克·肯特的大都会[1]，更让我感觉真实。在我生活的地方，很难出现苔藓密布的古老地牢或超人故事里的氪石，尽管我非常乐意相信它们存在于其他地方。但是，我们却能轻而易举地找到原材料，制成西顿故事中出现的木石物件，或按照《原始森林智慧》提供的野外食谱烹饪。我们做这些，轻而易举。只是按照这种食谱做出来的东西，大部分难以入口，你只要尝尝炖香蒲根或花粉煎饼，就明白了。夏天，加拿大人在度假地的房前屋后，就能采集到食谱上列出的原材料。

　　然而，让我感觉更为真实的，不只是这些书的内容，还有它们的形态和模式。动物故事讲的是挣扎着活命。西顿的实用

1　克拉克·肯特是美国DC漫画《超人》中主角的名字，大都会是他生活的城市的名字。

手册实质上是求生指南，着重讲述迷途、误食有毒根茎和浆果、激怒发情期麋鹿的危险。尽管书中提供了众多的解决方案，但也描绘了一个危机四伏的世界，就像动物故事中密布的陷阱和圈套。在这个世界中，没有超人在最后关头劈空而降，救你于大难；没有快骑带着国王的赦免令火速驰援。苟全性命，最最要紧。动物凭狡黠、经验和惊险的逃遁，人凭自己的聪明才智和资源，才能死里逃生。而在各种动物故事中，不会有最后的幸福结尾或终极拯救，动物侥幸逃脱了这个故事特设的危险，可你知道，它还会陷入下一轮的劫难，最终无法化险为夷。

儿时的我，当然做不出以上的分析和判断。我只是学会了期待什么样的结局：在漫画书中，还有《爱丽丝漫游奇境》和柯南·道尔《失落的世界》之类的书中，你获救了，从危险的世界回到了舒适安全的人间；而在西顿和罗伯茨的书中，危险的世界等同于现实世界，你不会获救或返乡。上中学时，我再次收到了圣诞礼物书，带有更为明显的加拿大文学的清晰标志，是罗伯特·威弗和海伦·詹姆斯编选的《加拿大短篇小说集》。这回我没感到惊讶，那些情景重复出现了。逃跑的动物——这次它们大多披上了人的外衣，以及追杀者。小错铸大恨，出事便致命，书中的世界充满了冰冻的尸体、死去的地鼠、大雪、去世的孩子，以及无处不在、来自你周围一切而非你的敌人的威胁。熟悉的危险，潜伏在每簇灌木丛后面，而我知道那些灌木丛的名字。我还是没把这些故事当成加拿大文学来阅读，不过是读读罢了。我记得有些故事（尤其是詹姆斯·里尼的《恶霸》）让我读得兴高采烈，其他故事没怎么让我特别动心。但是，我觉得这些故事真真切切，而我非常欣赏的查尔斯·狄更斯，却没有给我这种感觉。

我谈论自己早年的经历，并非我认为它有多么典型，而恰恰因为它没有典型性——这点至关重要。我怀疑，我的很多同龄人是否有过同样的文学接触，哪怕这种接触微乎其微，出于偶然。（那个年代之后，发生了很多变化。现在讲这些，我感觉是在上初级文学课。尽管加拿大全国各地风靡课程更新，我仍然无法信服，现在普通的加拿大儿童或中学生能接触到数量远超过我当年的加拿大文学读物。为什么如此？这无疑也是我们面临的问题之一。）

我读的加拿大作品有限，但我觉得它们自成一格，不同于我读的其他作品。随着阅读量的增多，它们显现出来的特点，以及它们对于加拿大的意义，就愈加清晰——这就是本书的主题。

*

我想从一个笼统的概论开始，即每个国家或文化都有一个统一、公认的核心象征。（请不要把我的极简化论述当成放之四海皆准、没有例外的教条，它不过提供了一个权宜的平台，用以观照文学。）这个象征，可以是一个单词、一条短语、一则想法、一种意象，或者包含以上种种，具备信念系统的功能。这个信念系统（尽管不总是正式的）能凝聚国家，促成该国人民为了共同目标而精诚合作。美国的象征，很可能是"边疆"（The Frontier）[1]，这个灵活的理念，包含了让美国人觉得亲切的诸多成分：它代表着可以抛弃旧秩序的新地方（比如，当一批愤愤不平的新教徒建立美国时，以及后来爆发独立革命时）。"边疆"代表着不断推进的前沿，占领、"征服"崭新的处女地（美国西部、美国以外的世界、太空、贫穷或心境）。"边疆"给予了乌托邦式人类完美社会的希望，从未实现，却总在许诺。美国二十世纪的多数文学作品，都在描述许诺和真相、理想和现实的距离，想象中完美的"金色西部""山上圣城"，清教徒规划的全球蓝图，现实却是肮脏的物质主义、落后的小镇、下流的城市，以及红脖子大老粗扎堆的内陆地区。有些美国人甚至将现实和许诺混淆起来：在他们心里，天堂就是装有饮料贩售机的希尔顿大酒店。

英国对应的现成的象征，恐怕就是"岛屿"（The Island）了，个中理由十分明显。十七世纪，诗人菲尼斯·弗莱切写了一首长诗《紫色的岛屿》，通篇使用岛屿即身体的隐喻。这首诗纵然沉闷，却写出了我想谈论的那种岛屿：英伦的岛屿犹如身体，自给自足，由器官组成了一个等级结构，国王是头，政治家是手，农民和工人是脚，等等。英国人的家犹如其城堡，也是蕴含着岛屿象征的常用表达。封建时代的城堡，不仅是像岛屿一样兀自孤立的建筑，还是整个身体政治中自给自足的微缩组织。

1　"边疆精神"在很大程度上意味着美国提倡拓展、创新、征服的精神。该词也包含"边境""国界"之意，此处尤指19世纪美国西部的开发地区，边远地带。

根据加拿大英语和法语文学作品中屡屡出现的例证，加拿大的主要象征无疑是"生存"（英语 Survival，法语 la Survivance）。和"边疆"、"岛屿"一样，"生存"具有多层含义，适用于不同情况。对于早年的拓荒者和定居者而言，"生存"意味着单纯的活命，垦荒求生，对付"充满敌意的"自然环境或土著人，或者同时对付二者。"生存"还意味着幸免于危险或飓风、沉船之类的灾难。许多加拿大诗作都以此为主题。你或许可称之为"残酷的幸存"，与"单纯的活命"相对应。对于被英国人接管的法裔加拿大人而言，"生存"就带有了文化意味，坚守民族性，在异己的统治下保持自己的宗教和语言。对于正在受美国人侵袭的英裔加拿大人来说，"生存"具有类似的含义。该词还可作另外一解：衰微秩序的残余——这种秩序，像原始的爬虫一样，已经过时，但仍然顽强地苟延残喘。加拿大人的思维中就存在这种想法，尤其是持加拿大过时论的人。

　　然而，"生存"的主要意思是第一种：坚持下去，努力活着。加拿大人，就像病榻旁的医生，永远给自己的国家把着脉，目的不是看病人能否康复，而是看其能否活下来。我们的中心思想，既不会激起"边疆"所带来的那种兴奋、冒险或危险感，也不会产生"岛屿"所提供的舒适、安全或按部就班，而是流露一种几乎忍无可忍的焦虑。我们的故事，一般不是编故事人的虚构，而是九死一生者的讲述——其他人都已在严酷的北方、暴雪、沉船中丧生。唯一的幸存者讲述不了辉煌的胜利，只能讲自己幸免于难的事实；经历过前所未有的大难，他几乎一无所有，只有感谢上苍让自己捡回了一条命。

生存情结，必然伴随着对生存障碍的密切关注。早年的作品中，障碍来自外界——土地、气候等等。在后来的作品中，障碍变得较难辨认，也比较内在化了，不再是身体存活的障碍，而是我们所说的精神生存方面的障碍，它导致生命停留在为人的最低层面。有时，对这些障碍的恐惧构成了新的障碍。恐惧让作品中的人物一蹶不振。（他以为的外界威胁令他害怕，或者他天性中的某些因素威胁着他的内心，令他害怕。）他甚至害怕生命本身。当求生变成对生命的威胁时，你就会陷入恶性循环。倘若一个人自觉他只有靠截肢、把自己变成跛子或阉人，才能活下来，那是什么样的生存的代价啊？

为了让读者迅速领会我的讲解，以下列出了几个加拿大故事梗概。有些包含失败的生存尝试，有些讲的是怎么活命，有些描绘受挫的成功（人物活下来了，但在求生过程中受伤致残。）

普拉特《泰坦尼克号》[1]：巨轮撞上冰山，大多数乘客溺亡。

普拉特《布雷伯夫和他的弟兄》：大难之后，牧师活了一小段时间，然后被印第安人屠杀。

---

1 埃·约·普拉特（E. J. Pratt, 1883-1964），加拿大诗人，擅长史诗创作，是同时代加拿大诗歌界的领军人物，曾三获总督文学奖诗歌奖。

劳伦斯《石头天使》[1]：老妇人一生磨难，最后去世。

卡里埃《菲利勃，它是太阳吗?》[2]：主人公逃离了农村难以置信的贫穷，逃离了可怕的城市，几乎发财了，死于自己引发的车祸。

马林《在死神的肋骨下》[3]：主人公在精神上自戕，以便发财致富，最终失败。

罗斯《我和我的房子》[4]：草原上的牧师憎恨自己的工作，没能在艺术上发展，最后获得了一线逃离的机会。

巴克勒《山脉和谷地》[5]：一直写不出作品的作家最后看到了憧憬，来不及实现就死了。

吉布森《圣餐》[6]：失去与人沟通能力的男子尽力救助病犬，没有成功，最后被烧死。

1　玛格丽特·劳伦斯（Margaret Lawrence，1926-1987），加拿大文学复兴时期的重要作家之一，其创作多描绘在男性占统治地位的日常生活中艰难寻求自我实现的坚强女性形象。
2　洛克·卡里埃（Roch Carrier，1937-　），加拿大诗人，剧作家，儿童文学作家，曾任加拿大图书馆长。
3　约翰·马林（John Marlyn，1912-2005），匈牙利裔加拿大作家，《在死神的肋骨下》（*Under the Ribs of Death*，1957）是他的代表作，也匿名发表科幻小说。
4　辛克莱·罗斯（Sinclair Ross，1908-1996），加拿大作家，其作品大多以加拿大草原三省为背景。
5　恩斯特·巴克勒（Ernest Buckler，1908-1984），加拿大作家，其创作主要以安纳波利斯山谷人民的生活与风光为素材。
6　格雷姆·吉布森（Graeme Gibson，1934-2019），加拿大作家，前加拿大笔会主席，文化活动家，环保主义者，也是阿特伍德的长期伴侣。

为了再详尽些，我们加上两部走红的加拿大英语故事片（除了艾伦·金导演的纪录片外）：《沿路向前》和《无赖》，两片对失败做了生动的演绎。两个主人公勉强生存下来，都是天生的输家，一事无成，一直苟活着。这和他们生活在加拿大的滨海省份[1]或"地方主义"没有任何关系。这就是纯粹的加拿大故事，从海洋到海洋，从东海岸到西海岸。

我提供的上述模版，选自加拿大各地区的小说和诗歌，时间跨度长达四十余年，从二十世纪三十年代到七十年代初期。它们涉及了"生存观"的另一层面：在某些时刻，没有生存下来，或者没有获得生存以外的任何成功，未必是外部恶劣的世界强加所致，而是内心选择的结果。进一步说，生存情结也会蜕变成不想活了。

加拿大作家无疑花费了过度的时间，来确保主人公的死亡或失败。许多加拿大作品暗示失败是必然的，因为它被有意无意地视作唯一"正确"的结局，唯一支持人物（或作者）世界观的证据。当这些结局处理得当，和整本书一脉相承时，从美学角度是挑不出任何破绽的。而加拿大作家写出笨拙、匠气的结尾，他们就更不可能往积极的方向靠拢，而是滑向消极的一面。也就是说，作家不太可能编出富有的叔伯突然留下一笔遗产，或者炮制

1　滨海省份（Maritime Provinces）多指加拿大东部濒临大西洋的新不伦瑞克省（New Brunswick）、新斯科舍省（Nova Scotia）、爱德华王子岛省（Prince Edward Island），有时也包括纽芬兰与拉布拉多省。

出主人公其实是伯爵之子的奇闻，而更可能设计出一起意想不到的天灾，或是失控的汽车、倒塌的大树、作恶的配角，好让主人公拥有无懈可击的失败。为什么会这样？难道加拿大人求败的欲望和美国人图胜的欲望一样强烈、持久吗？

或许可以这样为加拿大文学辩护：首先，多数加拿大文学作品诞生于二十世纪，而二十世纪普遍风行悲观、"愤世嫉俗"的文学，加拿大文学不过是反映了这一潮流。再者，在一首抒情短诗中单单表现欢快之情，这是可能的，但任何篇幅的小说都不可能只写欢快，而摒弃其他一切情感。描写纯粹幸福的小说肯定很短，或者很乏味："很久以前，约翰和玛丽从此过着幸福的生活，剧终。"这两种说法都有一定道理。加拿大人的忧郁肯定比大多数人的难以化解，死亡和失败的记录高得不成比例。任何一个象征物都有积极和消极的两面——大海是生命之母，也是你的沉船之所；树木象征成长，也会砸在你头上——加拿大人明显钟情事物消极的一面。

此刻，你也许可以断定，多数加拿大作家，矫揉造作的也好，一本正经的也罢，都有点神经质或病态的倾向，你能读进去的好书只有《绿山墙的安妮》（尽管是一本关于孤儿的书……）。如果这种巧合令你着迷——如此人口稀少的国家竟然有这么多作家，还都带有同样的神经质，我可以提供给你一种理论。像任何理论一样，它不能包解一切，但可以给你一些前进的线索。

*

为了方便论述，我们设想，整个加拿大是一个受害者，或是一个"被压迫的少数派"，或是一个"被剥削者"。简言之，我们设想加拿大是一块殖民地。殖民地可被部分定义为：一个生成利润的地方。然而，殖民地居民不会获得利润，殖民地的主要利润供养给帝国的中心。这就是殖民地的用处所在——为"母国"赚钱。从罗马时代以降，就是如此。到了近代，美国立国前的十三州，相当于十三块殖民地，也在为"母国"英国所利用。因之衍生的文化副作用，常被形容成"殖民心态"，也就是我们在这里所要探讨的，但其根源仍然在于经济。

作为一个受害者群体，加拿大就应该关注受害者的几个基本心态。它们像芭蕾中的基本站位或钢琴音阶：以之为基础，可以变幻出各种各样的歌舞。

无论你是受害的国家、受害的少数群体或受害的个人，表现出来的几个基本心态是一致的。

*

受害者的基本心态

心态 1：否认自己是受害者这一事实

这是一种殚精竭虑的心态，你必须花费许多时间，把明显的、压抑的愤怒搪塞过去，假装对事实熟视无睹。受害者群体中，情况略好于其他成员的少数人，通常具有这种心态。他们害怕承认自己是受害者，担心失去已有的特权，鄙视不如他们的同胞，被迫为后者的痛苦承担一定的责任。他们的心态大抵如下："我成功了，因此我们显然不是受害者。其他人懒惰（软弱或者愚蠢），他们不幸福是咎由自取。看，这么多机会摆在他们面前！"

抱有第一种心态的人，如果感到愤怒，多半是针对其他受害者，尤其是那些想谈论受害情况的同胞们。

第一种心态的**基本模式**："否认你的受害者经历。"

心态2：承认你是受害者这一事实，但将之归咎于命运、上帝的旨意、生物学的支配（比如，在女性案例中）、历史必然、经济学、潜意识的因素，或者任何其他强势的舆论。

在任何一种情形中，既然受害是大势使然，而非你自己的错误，你就不必为沦为受害者而自责，也无需有所作为。你甘心放弃，逆来顺受，或者你选择对抗，揭竿而起。但你自己都会觉得反抗既不明智，也不道义，你注定会失败、受罚。谁能搏胜命运（上帝的旨意、生物学规律）？

注意：

1. 第二种心态置换了压迫的真正根源。

2. 由于假的根源庞大无边，模糊不清，而且难以改变，你就得到了一劳永逸的借口：没有必要改变它，也没有必要弄明白你的处境（比如，气候）有多少不能改变，又有多少可以改变，没有必要澄清习惯、传统或者你自愿成为受害者的心态，到底导致了什么样的结果。

3. 愤怒也会被表现出来，还有嘲讽，既然受害者个个都被视作低人一等。愤怒或嘲讽会指向受害的同胞，也会指向自身。

第二种心态的**基本模式**：获胜者/受害者。

心态3：承认你是受害者这一事实，但是拒绝承认这个角色一成不变。

比如："看我遭受的一切，这不是命中注定，不是上帝的旨意。我不认为自己注定就要当受害者。"

换言之：你区分了受害者的角色（多半诱导你寻求没有必要的自我牺牲）和导致你成为受害者的客观经历，进而可以判断，通过努力，这些客观经历能够得到多少改变。

这是一种充满活力而非凝滞的心态，通向下一种更积极的心态。但是，如果你只是一味愤怒，改变不了自己的境遇，就可能退回到第二种消极的心态中。

注意：

1. 在这种心态中，压迫的真正根源首次得到说明。

2. 愤怒可以指向压迫的真正根源，能量则被导引成建设性的行动。

3. 你可以做出切实的决定：你的处境有多少可以改变，有多少改变不了（你不能让雪停下来，却可以停止抱怨雪为一切祸事之源。)

第三种心态的**基本模式**：弃绝受害者的角色。

心态4：成为超越受害心态的创造者。

严格说来，第四种心态不是为受害者所有，而适用于从未当过受害者，或者曾经当过受害者的群体：由于迫害的内外根源被移除，他们得以从第三种心态上升到第四种心态。(若你一直处在被压迫的社会中，你永远是受害者，除非整个社会的处境出现了变化。)

在第四种心态中，各种创造性行动成为可能。能量不再受到压抑(如第一种心态的情况)。也不像第二种心态的情况，能量由于错找根源而耗尽，或浪费在转嫁损失上(大人踢小孩，小孩踢狗)。能量也不会转换成第三种心态中活跃的愤怒。你能够坦然接受自己的经历，不必为了迎合他人(尤其是压迫者)的说辞而将之歪曲。

在第四种心态中，获胜者/受害者的游戏过时了。你甚至无需专注于抛弃受害者的角色，因为这个角色对你的诱惑，已经不复存在了。

(神秘主义者可能还有第五种心态。我假定其存在，但并不在此探析，因为神秘主义者一般不写书。)

我设计的这个模型，不等同于生命的奥秘或者万能答案

（尽管你可以随意应用于世界政治或者你的朋友），而是走进我们文学的一条有效路径。受害者模式的构建理由非常简单，就是我在加拿大文学作品中发现了异常丰富的受害者形象。如果我一直沉浸于十九世纪的英国小说，我会制作出"绅士特点"的表格；连续钻研美国文学，我会考虑流浪汉似的反英雄形象；孜孜于德国浪漫主义小说，我恐怕会制作出德国民间传说中的幽灵图表。然而，随意往加拿大文学上摁一个图钉，十有八九会扎到受害者的形象。这个模型，来源于我的加拿大文学经验，而非主观的削足适履之举。在勾勒了它的大概轮廓之后，我将简要说明怎么运用这个模型。

首先，关于这个模型有三大要点：

✓如前所述，这是一张语言类的图表，用于提示，不完全精准。人的感受绝不可能那么单一：你很少久耽于一种心态，而往往同时兼具几种心态。

✓在仍处于第一种或第二种心态的社会中，会出现已经发展到第三种心态的个体，他会有什么样的遭遇？（通常不会太好。）或者，在一个没有受到其他社会压迫的社会中，出现了受害的个体，比如美国的黑人，他会有什么样的遭遇？（同样不会太好。）如果你所在的社会整体处于第二种心态，除非你弃绝自己的社会，或者至少放弃它关于生命本质和行为规范的设定，否则，不太可能经由第三种心态上升到第四种心态。最终会让你觉得第四种心态虚无缥缈：罗马在哀吟，你还能乐陶陶地拉小提琴吗？

✓我所展示的这个模型，基于个人而非社会的经验。如果你用"我们""我们阶级""我们国家"来代替"我"，随着词语内涵的微变，你就会得到对加拿大人殖民心态的更为复杂的分析。我的做法比较初级，即简述出一个视角，用它来考察加拿大文学，阐发其令人惊奇的若干意义。

其次，将该模型应用于写作：

✓我设想，根据定义（我的定义，你不必尽信），作家在写作时，即在创造时，抱有第四种心态，尽管他书中的主体可能处于第二种心态，或者处于产生动力的第三种心态，而作家在其余生会像其他任何人一样变幻不定。（读者产生第四种心态的时刻，不在阅读时，而在形成见解时，即他把书读懂、读通的时刻。）除了上述评论外，我不欲细察作家的精神世界。我在前言中已提议过，我假设加拿大文学是加拿大的产物，因而小说和诗歌表现的是数种基本心态，而非作者。

✓我希望，通过这个方法，呈现出加拿大文学的框架。我会给你演示骨骼怎样组合在一起，但不会往上面添加血肉。也就是说，我这个方法提供了静态的解剖图，而不是动态地考察骨骼的运动情况。("静态"模型有助于分类，但建立动态模型也非常有趣。)

✓因为我无意颁发什么表示优秀的金星，在根据这个模型分析作品时，我尽量不对其多加褒贬。尽管在现实生活中，第四种心态比第二种心态受人欢迎，我却发现专注刻画第二种心态的诗歌力作，要胜过草率描写第四种心态的诗作。但是，仁者见仁，智者见智。

你也许要努力判断，在讨论的作品中，人物实际的生活状况是否足以给他们招来作者描写的厄运和愁苦。"单纯的活命"和"受害者"成为加拿大文学的主题，并非出于偶然。这块土地曾经是严酷的，我们曾经是（现在仍然是）饱受剥削的殖民地，我们的文学根植在这些事实中。但是，你也许要询问，在暴雪夺人性命的故事中，人物承受的痛苦能否仅仅归因于暴雪，作者是否误置了他们的痛苦根源，将其归因于暴雪，而事实上还有暴雪以外的因素。倘若如此，这就构成了描写第二种心态的故事：不论情节如何，它表现了不成熟的退缩心理，误认为受害者的命运不可改变，并且甘心承受。

另外，我还要指出，一本书可以流露或反映出某种心态（未必是坏书），也可以有意识地剖析某种心态（未必是好书）。后者似乎不那么听天由命，对受害者的经历，包括对成为受害者的需要，进行有意识的剖析，暗含了一种意图超越经验的真实欲望，即使书中对此不作明示。

*

我按照便于自己操作的方式，搭建了加拿大文学的框架，也希望这种方式易于读者理解。加拿大文学的主要模式分成四组。第2至4章（第一组）里的模式，涉及加拿大文学表现的白人抵加见闻：土地、动物和印第安人。第5至8章里的模式，涉及加拿大文学中的"老祖宗式的"人物。第9、10章描绘两类有代表性的人物，加拿大艺术家（通常为男性）和加拿大妇女，探索他们剖析自我不够深入的部分原因。第11、12章提供一些如篝火般散发出亮光的见解。

你需要一些亮光，因为身边的幽暗有时会愈加沉重。我们大量的文学作品（你大概已能猜到）要么是表现第二种心态，要么是对之进行剖析："我是受害者，我对此无能为力。"然而，作家的工作不在于告诉社会该如何生活，而是告知如何生活下去。

然而，在你投入加拿大文学模式分析之前，不妨先了解一些令人振奋的观点：

✓尽管有关主题和形象的负面例证居多，也存在成功逃生、积极改变、受到启迪的例子。

✓我们的多数文学作品演绎了人所不欲，知道你不想要什么，不同于知道你想要什么，但多少有所帮助。

✓说出自己的症状和疾病，不等同于默认其存在。诊断是第一步。

有了这些准则傍身，你就大胆迎接前方的混沌和深邃吧。

附录：历史和国家主义

浏览加拿大历史，可看以下两本漫画书：

《她叫它加拿大》(*She Named It Canada*)，The Corrective Collective 书店，不列颠哥伦比亚省东48大街421号（一次购50或50本以上，$0.35）。

《魁北克历史》(*The History of Quebec*)，朗德厄·贝耶龙（Leandre Bergeron）和罗伯特·拉瓦耶（Robert Lavaill）著，英语版或法语版，新加拿大出版社，多伦多116，A站，6106邮箱，$1.00。

刊登加拿大历史知识的报纸有《北方快讯》(*The Boreal Express*)，克拉克·欧文出版社，10期共$5.00。

有助于理解本章理论部分的四本书如下：

乔治·格兰特（George Grant）著，《技术和帝国》(*Technology and Empire*)，阿南西出版社，$2.50。

伊安·鲁姆斯顿（Ian Lumsden）编，《关闭北纬49°线[1]：论加拿大的美国化》(*Close the 49ᵗʰ Parallel: The Americanization of Canada*)，多伦多大学出版社，$3.75。

1　北纬49°线，美国和加拿大西部之间一条笔直的国境线，从伍德湖的西岸开始，向西直到太平洋边，长达几千公里，根据美英1818年条约划分。

凯利·莱维特（Kari Levitt）著，《沉默的投降》（*Silent Surrender*），麦克米兰出版社，$3.50。

格伦·法兰克福特（Glen Frankfurter）著，《邪恶的主宰》（*Baneful Domination*），朗曼出版社，$11.50。

戈弗雷（Godfrey）、福尔福德（Fulford）和罗斯特斯坦（Roststein）合编，《阅读加拿大人》（*Read Canadian*），$1.95。该书中，詹姆斯·刘易斯（James Lewis）和塞缪尔（Samuel）合写的"外国对经济的控制"（"Foreign Control of the Economy"）这个章节后附有更全面的书单。

第 2 章

自然：妖魔

加拿大诗歌中，有一种对自然的深深恐惧，令我印象长久……
并非自然界的危险、不适，甚或神秘，造成恐惧，而是它们表
明的某种东西，造成灵魂的恐惧。

——诺思洛普·弗莱，《灌木园》

活着，还是死去，丛林都在反抗：

活着，定会被斧头和锯子戕害，

死了，则在脚边缠绕虬结。

冰雪袭人，犹如击打着云杉。

甚至河流也揣着骗人的诡计……

——埃·约·普拉特，《朝向最后一颗道钉》[1]

……自然不过意味着大量的浪费和残酷，也许从自然界的角度
看并非如此，但从人类角度看就是这样。残酷是大自然的定律。

——艾丽丝·门罗，《女孩和女人的生活》

……但是，既然

　　森林已被伐倒，河流已标在地图上，

1　最后一颗道钉（the Last Spike）指加拿大太平洋铁路（Canadian Pacific
Railway）修筑工程中的最后一颗道钉被敲入铁轨，象征铁路正式落成，加拿大终
于有了贯穿东西岸的铁路，大大缩短了通行时间。加拿大太平洋铁路的建造耗时
数十年，既是加拿大西部发展的主导性因素，又是对抗美国扩张势力、支持麦克
唐纳国家政策的重要力量。在建设这条铁路的过程中，招募了数万名华工，他们
在极为恶劣的条件下铺就了关键路段，过程中有几千人遇难。

你还要转向哪里？还要跋涉到何方？除非

穿过眼皮底下令人绝望的野地，

　　那里充满了失落、阴暗和荒凉……

　　　　　　　　　　　——道格拉斯·勒庞，《毛皮贩子》[1]

……世界是一片叶子落净的荒林；我们惊望

苔原和天空——

在灵魂的边疆我们相聚，

唯我们自知

　　要有多大能耐抵御寂寞，

　　还有，这不毛之地的孤独。

　　　　　　　——道·戈·琼斯，《对着不在身边的朋友自言自语》

当我们思索以技术征服自然时，务必记住技术肯定也征服了我
们自己的身体。加尔文教义培养出了意志坚定、行事谨严的男
男女女，来统治被管控的世界，他们用以惩治自然界的做法，
首先会施加于他们自身。

　　　　　　　　　　　　　　——乔治·格兰特，《技术和帝国》

1　道格拉斯·勒庞（Douglas LePan，1914-1998），加拿大作家，外交官，文学教授。他的很多诗歌和小说创作都以自己在意大利参战的经历为灵感来源。

描绘山水风景和自然物体的诗歌，常被视作单纯的自然诗。其实，自然诗鲜少仅仅涉及自然，而通常与诗人对外在自然世界的态度有关。也就是说，诗中之风景常为内心之风景，宛如心境的图谱。有时，诗歌隐藏了这一事实，声称是对自然的客观描摹，有时则承认并探索了它所呈现的内心风景。同样的情形，存在于小说或故事描绘自然场景的段落。在本章中，我们将要欣赏加拿大文学中主要的自然风景类型，及其映照出的种种态度。

在一个地广人稀的国家，林木繁茂，湖泊密布，岩石嶙峋，自然的意象几乎无处不在，这毋庸称奇。这些意象汇总描绘出的自然界，通常死气沉沉、冷漠、不怀好意，在春夏时节则变得柔和而虚幻。加拿大文学让人感觉，冬季是这里唯一且真实的季节，其他季节要么是冬季的序曲，要么是掩藏冬季的幻景。艾尔登·诺兰[1]的三行小诗《新不伦瑞克省的四月》，对此做了完美的表述：

> 这里不信任春天，它会欺骗——
> 草坪上积雪消融，露出
> 去年秋天的片片枯叶。

1　艾尔登·诺兰（Alden Nowlan, 1933-1983），加拿大诗人，小说家，剧作家，1967年获总督文学奖诗歌奖，被认为是同时代人中最具原创性的作家之一。

这里的点睛之词是"不信任"。总的来说，加拿大作家不信任自然，总怀疑有什么阴谋诡计，动不动就感到自然不符期望，难遂人愿。

这种不信任和背叛感，或许可以部分追溯到文学上的期待。十八世纪，英裔移民零零星星地迁徙到加拿大，十九世纪上半叶，大量移民从英国涌入。由于埃德蒙·伯克[1]的影响，十八世纪晚期自然诗中盛行的文学趣味，是对崇高和优美的顶礼膜拜，突出令人激越昂扬的自然美景。到了十九世纪上半叶，华兹华斯[2]的浪漫主义渐占上风。在第一种文学趣味的影响下，你对自然的感受，"理应"是敬畏其壮美；第二种则会让你觉得自然宛如母亲或保育员，只要人类听从，她便进行引导。在大众心目中，这两种趣味常常交织在一起，但无论出于哪种趣味，自然都代表着"良善"，城市代表"邪恶"。自然——大地仁慈的母亲，有时代替了往昔一度形影不离的上帝——天国威严的父亲。后来，在美国，爱默生及其追随者梭罗和惠特曼，无疑成为这一潮流的余波流衍。

到了十九世纪中期，自然的特性有所嬗变。她仍然是女神，

1 埃德蒙·伯克（Edmund Burke, 1729-1797），爱尔兰的政治家、作家、演说家、政治理论家和哲学家，他曾在英国下议院担任数年辉格党的议员。他最为后人所知的事迹包括反对英王乔治三世和英国政府、支持美国殖民地和后来的美国革命，以及批判法国大革命。他经常被视为英美保守主义的奠基者。
2 华兹华斯（William Wordsworth, 1770-1850），英国浪漫主义诗人，桂冠诗人，推动了英国诗歌的革新和浪漫主义运动的发展。他是文艺复兴运动以来最重要的英语诗人之一。

但当达尔文主义渗透进文学，女神就长出了沾血的牙齿和利爪。不过，彼时多数英国移民已安全抵达加拿大，头脑中充溢着伯克和华兹华斯的余韵，见到的是辽阔多彩的自然风光。如果华兹华斯是正确的，加拿大就应该是大美胜地。初到此地，抱怨泥沼和蚊虫，简直就像批评《圣经》的权威性。

苏珊娜·穆迪描绘了格罗斯岛[1]附近"非凡的壮美景色"，读来好似一本十九世纪早期自然描写的形容词大全：

> 昨日，天色晦暗，暴雨倾泻。大雾蔽山，目不能见，形成了这一奇观令人惊叹的背景。云团翻滚过光秃的灰色山脊，将越来越浓的阴影投入环绕山脊的巨大林带。层峦叠嶂，崎岖壮美，屹立如孔武的巨人，它们是神话中的泰坦，现身地球——激动、赞美和喜悦，令我不能自已。此景幽然浮现，目遇极美而泪涌，乃至迷离。我左视右顾，望大河之上下，从未见过如此众多的伟物，交融如一，气势磅礴！大自然在造就这番胜景时，尽展了她所有最高贵的特质。

但是，你原本正经期待的感受，远非你抵加后实际的所遇

1　苏珊娜·穆迪（Susanna Moodie，1803-1885），英裔加拿大作家，其创作多描述自己作为丛林拓荒者的生活，代表作《丛林中的艰苦岁月》（*Roughing it in the Bush*）。格罗斯岛（Grosse Isle）在加拿大圣劳伦斯海湾，属魁北克省肖迪耶—阿帕拉什区，位于北纬47°02′，西经70°40′，长4.8公里，宽1.6公里，面积7.7平方公里。

所见，油然而生的上当受骗感愈来愈深了。

在《丛林中的艰苦岁月》一书中，穆迪夫人艰难地持守着华兹华斯式的信念，而自然一次次令她失望。结果，她对加拿大的态度就明显地反复无常起来：

> ……大自然曾经，我希望以后也能继续，**"给我的心灵注入伟大的力量"**。只要我们真诚对待大自然圣母，她就会永远忠实于她受苦的孩子们。
>
> 那段时期，我对加拿大的热爱，酷似被判刑罪犯对囚牢的感受，逃离的唯一希望，是通过墓地的入口，以死解脱。

两种情感——对圣母的信仰和无望的囚禁感，莫名地交融延绵。倘若圣母诚信，我们或许要问，为什么她的孩子们在此受苦？穆迪把自然一分为二来解决这个矛盾，赋予她欣赏的一半以美妙的形容词和圣母的品质，却无法解释另一半的残酷举动。

我们一次又一次地发现，她眺望着迷蒙的远方，雄伟瑰丽的大自然——落日、高山、宏伟的景色，可它们倏尔便会被眼前的丑陋所替代，诸如虫豸、沼泽、树根和其他移民。雄伟的自然可以接近，却永远无法到达；圣母式的自然也几乎无所作为。她就像上帝，可以信仰，却不能直接感受。她对打理菜园无甚帮助，而日常起居却很不幸地由沼泽、虫豸、树根和其他移民构成。

期望和现实的落差，不只是穆迪夫人深有体会。亚历山大·麦克拉克兰[1]的《移民》也穿插着离奇的失落感。森林之旅宛若迷宫，"跋涉过泥沼和烂淖，蹚过河流，跨过原木"，到了林中的一块空地，到处是不知名的斑斓鸟雀，没有一只会唱"歌"。（这些鸟雀不会唱歌，并非因为是哑巴，而是它们的啁啾不是移民麦克拉克兰听惯了的鸟鸣，就像北美人听东方音乐，只听到噪音。）期望和现实的落差，也潜伏在查尔斯·桑斯特的创作中，他试图将加拿大的风景浓缩于一首自然诗，该诗题为《圣劳伦斯河和沙格奈河》[2]，风格甜美，或者说带有英国文人利·亨特的多彩多姿。

这里，自然慷慨地挥洒财富，

把她缀有喘息着的小岛的裙裾，

铺展在歆慕她的河流的胸膛。

它们长成了佳人的形貌，将炽热给予

恋者的思想，仿佛唤醒了最美好的景象。

1　亚历山大·麦克拉克兰（Alexander McLachlan，1818–1896），苏格兰裔加拿大诗人，拓荒者，其诗多以爱尔兰移民的乡愁为主题。
2　查尔斯·桑斯特（Charles Sangster，1822–1893），加拿大诗人，被视为"首位在诗歌中以赞赏的手法处理加拿大"的诗人。圣劳伦斯河（the St. Lawrence）和沙格奈河（the Saguenay）为流经加拿大东部的两条河流，尤以圣劳伦斯河更为出名。它全长1 287公里，发源于安大略湖，流经蒙特利尔市和魁北克市，注入圣劳伦斯湾，有"加拿大的母亲河"之称。

接着，是这么一个奇怪的诗节：

> 这里，自然举办了岛屿狂欢节。
> 终日欢乐，沐浴着温暖的太阳
> 每棵树颔首，绿林泛出微笑，
> 头顶苔藓的魔鬼排成阴森的队行。
> 渔夫通宵将矛投向长鳍的猎物；
> 松枝样的大烛台照着泛红的海洋，
> 经过阴沉的岸边，爬上假想的海湾：
> 像古怪的匪徒，他们横扫向
> 惊恐的猎物，在睡梦中将它们捅杀精光。

狂欢节、慷慨、喘息、欢乐和佳人，几乎解释不了"头顶苔藓的魔鬼"的出现，以及黑暗中出其不意的屠戮。在其他任何一个国家，诗作意象莫名杂芜，多半就算劣诗了，而在加拿大，则称为准劣诗，因为诗中无疑暗含了分裂的自然观。

道格拉斯·勒庞的重要诗作《没有神话的国家》，显示了这种落差和分裂不只为十九世纪所独有，在该诗中，上述诗歌显示的模式几乎一点未变。"陌生人"朝一个不明目标行进，要穿过没有"纪念碑和地标"的荒原，遇到了沉默、忧悒、语言不通的"原始人"。"陌生人"必须靠采浆果和抓鱼活命，不放过任何一点果腹的东西，"忘掉了优雅和礼仪"。在异域的土地上，他看不到欧洲悠久文明的象征物：

> 教堂的大钟，花园里的日晷，
> 像圣人的节日一样消逝。
> 成年累月，这儿的原始森林绵延不断。
> 没有法律……

自然环境本身严酷、"狂暴"、尖刻、粗糙，冬季酷寒，夏季炎热。但是，旅行者内心珍藏着对华兹华斯式圣洁和友善自然的向往：

> 有时，也许在暮光将落未落之时——
> 一个信念悄然扎根：童年的圣洁，
> 将在河流拐弯处等着，还有惹人爱怜的群鸟
> 会用歌声把他变为清澈优雅的精灵。

> 层峦叠嶂将下降，荒野
> 将化为纯净闪光的衣裳
> 在生日那天穿上，婉曲微笑的
> 光芒下，一个金发的大天使。

但是，这样的美景从未发生。他继续行程，自然却没有呈

现出他憧憬的风韵：

> 现在，隧道开通了。然而，什么都没变样。
> 盘绕挣扎的树根延伸无数英里，
> 野麦、树桩、缠住独木舟的水草，
> 野雀在交错的树间歇斯底里鸣叫。

> 天空没有出现迹象或标记，
> 他行走时也没有枝柯对他示好；
> 为谁，在哪里停下？简陋的印第安土神
> 涂着战时的油漆，欲望的殷红，摇摇欲倒。

　　这首诗的结尾，当然可做不止一种解释。我们可以像"陌生人"一样相信，自然隐藏了所有的天启，或者相信自然本质虚空，不存在天启、"迹象"和"象征"，或者我们可以利用诗人给我们的提示：也许天启已经给了陌生人，但该人未能识别。自然风景中，存在一件神圣的礼物——印第安人雕刻的土神，但是由于旅行者只看向他曾被告知观看的事物，仰望天空；而且，由于要求天启以他在欧洲习得的方式呈现，他就错过了这块土地上真正的天启，这种天启的形态契合当地的自然，而不同于他认为它应该具有的样子。因为"印第安土神"这一神秘形象不是"金发的大天使"，它因简陋而见弃，甚至还会被当成不洁或危险而遭到排斥，毕竟，它的颜色是"欲望的殷红"。也许印第安土神的真正意义在于不管它是什么，它代表着这里，实实在在，代表着某种可能；而旅行者华兹华斯式的、欧洲基督教的幻想，不过是他的一厢情愿，而且带有破坏性：它们妨碍了他与实际环境进行有意义的接触。或许他始终身为局外人的缘由就在于此：在错误的地方寻找错误的东西。

倘如圣母引人瞩目地缺席，"优雅精灵"的景象拒不出现，圣母和精灵的需求者就会得出自然已死的结论（犹如十九世纪晚期的欧洲总结道，上帝死了，因为他不再制造奇迹或燃烧的战车）。在加拿大文学中，自然的常见形象是：死气沉沉，或者有生气但冷漠，或者有生气但与人类为敌。死气沉沉或冷漠的自然造成了孤独的被隔绝者，有敌意的自然则定会让人感到威胁，乃至致人死亡。

自然致死，勿要混同于"自然死亡"，比如心脏病。前者在加拿大文学中发生的频率之高令人咋舌，它在文学中造成的亡灵，似乎远远多于现实。自然致死，也就是自然环境中的某些因素杀死了个体，而实际上作者才是安排谋杀的真正元凶，还经常把其劣行伪装成一起事故。

加拿大作家有两个最喜欢的"自然"处理受害者的方法——溺亡和冻死。诗人钟情溺亡法，很可能是因为它可以隐喻沉入无意识，而小说和散文作者偏爱冻死法。考虑到本地的实际环境提供不了其他便利的死法，这两种死法的大行其道就显而易见了。加拿大多雪，多水，二者都是十分适宜的谋杀手段，也没有其他合情合理的凶器了。加拿大没有沙漠和丛林。你可以让石头掉下来把人砸死，或者让人落在石头上摔死（如厄尔·伯尼[1]的《大卫》），你也可以让大树把人压住，如伊莎贝拉·克劳福德[2]在《马尔科姆的凯蒂》中的手法，但这不太有效，被害人会康复。比起用作压人的手段，树木堆积堵塞河流，更为顺理成章——邓肯·坎贝尔·斯科特[3]的诗歌《雪松林》就是这么描写的。在加拿大，虽然响尾蛇增多了，但有毒爬虫和害虫却不多。我曾经读过一个神秘故事：在墨蚊猖獗的季节，一个倒霉鬼被绑在树上，遭叮咬而毙命，但我不认为这是加拿大的故事。出于加拿大人幽深的心理，野兽杀人极少见于文学（参见第3章）。死于印第安人之手，和自然致死相关，但不完全相同（参见第4章）。人也可能丧生于森林火灾，只是我想不到有什么作家这样写过。自然致死也可能以自杀的形式呈现，溺亡和冻死仍然是最受欢迎的选项，后者可见于辛克莱·罗斯的小说《油漆过的门》，也（多少）见于邓肯·坎贝尔·斯科特的诗歌《被弃者》。

1　厄尔·伯尼（Earle Birney，1904-1995），加拿大诗人，小说家，被誉为"加拿大的编年史家"。
2　伊莎贝拉·克劳福德（Isabella Valancy Crawford，1850-1887），加拿大最重要的女性诗人之一，以其诗歌中生动描绘的加拿大风景著称。
3　邓肯·坎贝尔·斯科特（Duncan Campbell Scott，1862-1947），加拿大诗人，小说家，加拿大联邦诗人，20世纪20年代曾任加拿大政府负责印第安人事务的副督学。

于是，水和雪就成了常见的两大杀手。除此，还有一个间接的自然致死法：丛林致死，即独居在荒野中的人变得神经错乱。印第安传说中的食人怪物温迪戈（Wendigo）[1]，就是一例。他看多了荒野丛林，变成了失去人性的野人。乔伊丝·马歇尔[2]的小说《老妪》也讲述了这种疯狂。另一佳例是厄尔·伯尼的诗歌《丛林综合征》：主人公起初在自然界中怡然地生活，后来渐渐觉得在他自建小屋旁的大山活了过来，对他产生了敌意：

> 但是，月亮在湖岸上
>
> 雕刻出神秘的图腾
>
> 猫头鹰在阴霾多熊的林中将他嘲弄
>
> 枝条犹如麋鹿角的云杉环绕他的沼泽
>
> 向群星扬起巨角
>
> 他知道，大山虽在沉睡，一阵阵风
>
> 却把山峰磨成箭镞
>
> 蓄势待发
>
>
> 现在，他只能
>
> 在栅栏后严阵以待

1　温迪戈（Wendigo）是一种食人的怪物，源自美国和加拿大阿尔冈昆语族（Algonquian）印第安人的传说。它们被认为是人类同类相食后变成的怪物。

2　乔伊丝·马歇尔（Joyce Marshall, 1913-2005），加拿大作家，翻译家。

伟大的燧石来对他的心儿歌唱

　　对待自然致死的态度各不相同，对自然应负多少责任的看法也因人而异。一个极端的例子是弗·菲·格罗夫小说《雪》所表现的宿命主义倾向[1]。故事情节简单，近乎无趣：生活在文明边缘地区的一名男子在雪地失踪，其他男人出去寻找，找到了他冻僵的尸体。他们把噩耗告诉了他的妻子和父母，妻子一贫如洗，要抚养六个孩子。妻子的母亲痛哭道："上帝当行他的旨意。"在小说中，死亡被呈现为一个事实，一个自行发生的事件，不对其试做解释，也不将之处理得稍微柔和委婉一些。那位母亲的惊叹，在上下文的语境中，颇有讽刺意味。这里的自然，与其说是与人积极作对，倒不如说是死寂的，冷漠的。它是一种情境，不具人意。

　　自然致死，在厄尔·伯尼的长诗《大卫》中，又有别样的展示。表面上，该诗写的是两个小伙子去爬山，想登上他们从未去过的"手指峰"。登上峰顶时，讲述这个故事的小伙子脚下一滑，他的朋友大卫伸手稳住了他，自己跌落到了崖石上。叙述者爬下悬崖找到大卫，后者身负重伤，但还活着。大卫坚持让他把自己推下崖石，摔死在下方600英尺的冰面上。大卫之死，明显起于偶然，但所有悔疚均系于讲述者，是他的粗枝大

1　弗·菲·格罗夫（Frederick Philip Grove，1879-1948），德裔加拿大小说家，翻译家，以其描绘加拿大拓荒生活的现实主义作品而著称。

叶（没有试探立足点）导致大卫坠崖，也是他亲手把大卫推下了崖石。

然而，该诗的意象令这个故事别具深意。"手指峰"本身状如人形：它"凌空伸出/如勾曲的巨爪。"它可以指向猛禽之爪，但随着情节的展开，显然更像人体部位：出事后，讲述者说，"手指峰的最后一个关节，凌驾在我们头上/向冷漠的苍天发出喑哑的召唤。"苍天或许是冷漠的，但手指峰不是：它发出了召唤，某种意义上，正是手指峰的召唤诱惑了大卫赴死。诗中巨掌的意象不止这一处，在诗歌第二部分，另一座高峰"像一个拳头，从冰冻的岩石之海举出……"自然圣母伸出了手，却鲜有赐福。

诗中的自然意象，在大卫坠崖前后出现了饶有趣味的变化：坠崖前，自然是冷漠的；坠崖后，自然变得充满敌意。坠崖前，一组组意象把山脉和海洋联系了起来：刚才提及的"冰冻的岩石之海"，连同"刺柏的滔滔碧浪""早晨的融冰"构成了"汩汩作响的世界，水晶、冷蓝的裂块/冰塔闪耀，就像凝固的咸绿波涛"。更显明的，是大卫用自己的地质知识，揭示了这块山地曾是一片汪洋，珊瑚和三叶虫的化石是"寒武纪海浪送给人类的信简"。这些意象把冰雪、海洋和岩石联系到一起，于是，自然给人的整体印象是巨大、"神秘"，但不会故意破坏。叙述者的无知，使自然这一面的呈现有了可能。如果他能多质疑一下自然的圣母形象，他就会更加留意他们在登山过程中碰到的残骸，坠山岩羊的骨架，以及伤重死去的知更鸟，它们都是自然的孩子呢。

大卫坠崖，是失去了天恩，也打破了认为自然至少旁观、不乏美好、如强壮谨慎就能享受其中的幻想。他坠亡后，意象发生了改变。石头"残忍的獠牙"插进了大卫的身体，"饥渴的地衣"吸吮着他的鲜血。叙述者从手指峰返程时，重见来时路上的景物，他必须爬下的狭缝化成了"空洞的恐惧"，雪被阳光照成了"溃疡"，裂缝张着"大嘴"，露出"绿色的喉咙"，冰塔犹如"利齿"，冰川长出了"长鼻子"。即使在比较坚实的地面上，先前蛙歌动人的沼泽现在"起伏不稳"了，秽气弥漫，毒菌"令人恶心"。自然活了过来，不再是普通的海洋，而成了吸血鬼、食人族或恶鬼般的实体，獠牙利齿，密布嗜血的地衣，散发出腐烂的恶臭。随着大卫的坠亡，叙述者坠入了自然为破坏性恶魔的噩梦。

大卫这个名字意味深长。在加拿大文学中，凡有大卫处，通常就有歌利亚[1]，这个邪恶的巨人（或女巨人），当然就寓指自然界。诗中的大卫挑战自然，奋力登山，但是，在加拿大版的大卫对阵歌利亚的故事中，胜出的是歌利亚。

在埃·约·普拉特的长诗《泰坦尼克号》中，歌利亚再次获胜，而且给了我们更多的启示。这些胜败的隐喻明确了如下一点：我们放下了因认为"自然死气沉沉、冷漠"而产生的宿命

---

1 歌利亚（Goliath），传说中的著名巨人之一。据《圣经》记载，他带兵进攻以色列军队，牧童大卫用投石弹弓打中他的脑袋，并割下他的首级。大卫日后统一以色列，成为著名的大卫王。

观，转而认为"自然与人为敌"，鼓起了抗击它的斗志。

泰坦尼克号，得名于希腊神话中的巨人"泰坦"，顾名思义，它是由人类创造的挑战自然的庞然大物。这在普拉特诗作的第二部分十分明显，它写到的巨轮有"心"，有"肺"，对它不会毁灭的信念是人类对抗自然的又一例证。

> 这个信念已经登峰造极：此时，
> 穿过未航行的清新波浪，
> 太空的幻想不仅开始
> 包纳天堂，而且重新激发
> 蛰伏人心的古老傲慢——
> 胆敢杀戮太阳神牛，
> 亦敢从宙斯的拳头里盗取闪电。

泰坦尼克号也是一艘诺亚方舟，运载着创造它的微观社会，从上层甲板的达官贵人到下等舱的济济移民。它是迷你版的人类文明，踏上了征服歌利亚的航程，却未能把乘客们从"大洪水"中救出，反与他们共沉洋底。[1]

1　泰坦尼克号曾是世界上最大最豪华的客轮，有"永不沉没"的美誉，但在从英国南安普敦到美国纽约的处女航中便遭厄运。1912年4月14日23时40分左右，它与冰山相撞，破裂进水。4月15日凌晨2时20分左右，沉入大西洋。2 224名船员及乘客中，1 517人丧生，仅333具罹难者遗体被寻回。泰坦尼克号的沉没为和平时期死伤人数最多的一次海难，其残骸直至1985年才被再度发现。

值得注意的是对撞沉巨轮的冰山的描绘。冰山是没有生命的，（尽管在撞击时，出现"不要撞上！不要擦上她的身体……"的拟人修辞），它是一个"物体"，无所顾忌地盲目漂移，具有物性；作为物体，它代表了我们在长诗《大卫》中所发现的宇宙三元素：冰雪、海洋和岩石。（此处，冰山被当作了岩石，而在《大卫》中，山岩被视作了海洋。）然而，它被赋予了两重隐喻。首先，它带有欧洲教堂建筑的意象，传递着对自然成为"优雅精灵"的愿望。勒庞的诗句表现了对这种优雅自然的渴望：

> 压力和冰川纪将冰山
>
> 分层为整齐的燧石，
>
> 保护冰墙和冰柱
>
> 在海潮和狂风的撞击中，不受侵犯
>
> 它们宛如教堂内的祭坛和钟塔……

然而，这仅仅是外界的表象，冰山融化，"教堂的最后一丝优雅"消失，在冰墙下，没有"教堂内的祭坛"，只有"野蛮/和旧石器时代面孔的轮廓"。那是一张妖魔的脸，一半显出野兽的呆板，一半是人面。妖魔的利爪扯断了泰坦尼克号。自然界中的歌利亚，远比挑战他的弱小大卫庞硕、剽悍。在诗歌结尾，当人类的勇气和恐慌随着沉船逝去，冰山巨人依旧岿然不动：

杳杳地，星辉璀璨，冰山上不见

它豪举的一丝丝痕迹，只有泰坦尼克号

激起的最后波浪在它的底部愁叹，

沉默、镇定，在一窝冰山仔的围拥中，

那长着旧石器面孔的灰色庞然大物

仍然是地球经度的主人。

　　这个冰山妖魔的性别不定（"冰山仔"暗示是雌雄皆有可能，"主人"则暗示是雄性，自相矛盾）。但是，普拉特另一首诗《朝向最后一颗道钉》中的自然妖魔，肯定是雌性的。对于雌性自然妖魔的讨论，详见第10章。这儿说明如下信息就够了：《朝向最后一颗道钉》中的妖魔指加拿大地盾[1]，它是北美洲板块最坚硬最稳定的核心，以雌龙或母蜥蜴的形象出现。加拿大总理约翰·麦克唐纳爵士曾向她宣战，要建造一条穿她而过的铁路[2]，她调动各种传统的自然武器还击，即冰雪、岩石、水（还有枯死和活着的树木），这次，渺小的人类战胜了巨人。

　　一旦人类开始获胜，且证据逐渐累积起来，显示"自然被不爱它的智慧所征服"（见弗莱《灌木园》），一件怪事就在加拿大文学中发生了。同情的天平开始从凯旋的英雄向失败的女巨

1　加拿大地盾，地理学和地质学术语，是北美洲板块最坚硬最稳定的核心，又称前寒武纪地盾区，或加拿大高地区。
2　指加拿大太平洋铁路。

人倾斜，问题不再是怎么避免被食人的自然所吞噬，而是怎么避免毁灭她。

向自然宣战的前提是自然先与人为敌，人类可能战败，也可能战胜。胜利就有回报：他可以征服并奴役自然，从实用的角度来看，就是可以掠夺她的资源。一些作家越来越清楚地意识到，现在，人类对自然的破坏力甚于自然对人类的威胁，而且，破坏自然相当于人类的自我毁灭。厄尔·伯尼的诗作《跨越大陆的铁路》(1945)重温了《朝向最后一颗道钉》的主题。诗中的叙述者乘坐豪华火车横穿加拿大，"匍匐穿过这座昔日的大花园"，身边围绕着五颜六色的旅游手册；他眺望窗外，发现"这位绝色的绿衣少女心生厌烦/人类和我辈……"大地又化身为女性，这次是"少女"，不是"妖魔"；人类成了她身体上的寄生虫，她伤痕累累，满身灰垢，染有疾病。伯尼的结论不是自然圣母会原谅人类，而是人类必须自己收拾残局：

> 诚然，自然庞大、强健，不会死于
> 这种疾病，但是她在迅速衰老
> 这位女士，在我们身边老去——
> 我们没有任何用以帮助她的抗体
> 除了她自己。

你或许不喜欢疾病、治疗之类的说法，但它至少能给予启

68

示。伯尼指出，权力不再属于自然，而是属于人类。

彼得·萨奇[1]的小说《辐射》进一步探索了人类的侵略。毫无信仰的机械技术蹂躏着大地，最终导致自然以飓风相报复。这里，自然的敌意不是无缘无故的，而是复仇，惩治罪行。道德的分量，作者的认同，无疑都在自然这边。

丹尼斯·李[2]在《平民的哀歌》中更进一层。他暗示，北美对自然的战争不但没有提升，反而阻滞了人类的文明，对土地的掠夺政策基于敌意的自然观，终会导致城市的死亡。

> 一个民族把威士忌和野蛮的机器
>
> 置于原始、淳朴的土地
>
> 带着贪婪的天真，将那片土地抢走
>
> 却不在其上生活。不拥有那片土地
>
> 甚至在拥有它前就将其出售……
>
>
> 那个民族毁坏了它的城市，它最伟大的广场
>
> 嘲笑它的金钱和声望，它用自己发明的工具
>
> 撬挖拓宽人居的空间

---

1 彼得·萨奇（Peter Such, 1939– ），英裔加拿大作家，以工人阶级的身份推动了20世纪70年代加拿大文学的复兴。

2 丹尼斯·李（Dennis Lee, 1939– ），加拿大诗人，编辑，评论家，教师，其创作致力于语言的重塑和意象的解放，以此摆脱加拿大受到的殖民影响；他还创作了大量童谣，主张从孩童时期改变孩子的语言习惯。

却发现那个空间已被死亡的物件填满

叙述至此，我想看一看，我们目前注意到的数种自然观，能否吻合我先前提过的受害者基本心态。为避免误解，我要特地说明，评判诗作不同于评判政客，不应该以它表现的心态为评价标准，而应该看重它怎样"表现"那种心态。

遭群蚊叮咬，或陷进沼泽，还在假想自然是完美的圣母，这是第一种心态。在加拿大恶劣的气候和地貌中，这种心态不会持久，华兹华斯的湖区，圣洁的母国，放在加拿大，仅仅是一个小小的温水塘。因此，我们大部分抱有第一种心态的自然诗，均诞生于十九世纪。

第二种心态有几种变体。如前所述，承认真实的状况总比遮遮掩掩可取；因此，谈论环境严酷和适应困难的诗作，迈出了可喜的第一步。假设你过去曾被欺骗而相信某种不同的东西，那么仅仅通过如实描写你在哪里、那里什么样，就是一种解脱，这就像小男孩和皇帝的新装[1]。如果冷，就说出来——大声说明你的状况。在许多加拿大早期的诗歌中，我发现了这种要说出来的欲望，艰难地和外来的、远不足以描绘实际所见的语词较劲。按年代顺序阅读加拿大诗歌的乐趣，部分就在于看到契合

---

1 《皇帝的新装》是丹麦作家安徒生创作的童话。通过皇帝被骗子愚弄，穿上看不见的实际上也不存在的新装，赤裸裸地举行游行大典的丑剧，揭露了皇帝昏庸及官吏虚伪、奸诈的本质，褒扬了说真话小男孩无私无畏的童心。

诗中描绘对象的语言逐渐形成。我想说，它最先在兰普曼[1]和邓肯·坎贝尔·斯科特这样的诗人那里取得突破。欲求佳例，读一读亚瑟·J. M.史密斯[2]的诗作《孤地》即可。这首诗佶屈拗口，仿佛带有加拿大名画家汤姆·汤姆森笔下小叶松的全部锯齿，但好歹说清楚了。

描写第二种心态的作品，不总是能推进到第三种和第四种心态。定义与你的期待相悖的自然，可能会引发自然死气沉沉或冷漠的感受，继而让你觉得自然虽有生气，却对人类抱有敌意。从这些态度，可以顺藤摸瓜到其他没有言明，但与居住在殖民地有必然联系的态度。也就是说，"自然死气沉沉"可能意味着"事情不是它们该有的样子，即不是'在母国'时的样子。因此，我是在流亡中。"而"自然有敌意，与我作对"可能意味着"我感觉渺小，无助，陷入受害者的处境，无力掌控自己的命运。我肯定是被什么陷害了，但无法指控敌人到底是谁，因而敌人必定是自然了。"

你可以轻而易举地看出，觉得人必落败于自然这一凶狠强敌的第二种心态，将会转化为求败的意愿。你想的不是"自然更强大，它可能会赢"，而是"我会输，肯定会输，因为事出必

---

1 阿奇博尔德·兰普曼（Archibald Lampman，1861-1899），加拿大诗人，被誉为"加拿大的济慈"，是加拿大自然派诗人中的佼佼者，擅写自然诗和抒情诗。

2 亚瑟·J. M.史密斯（Arthur James Marshall Smith，1902-1980），加拿大诗人，评论家，人类学家，蒙特利尔文学社成员，20世纪加拿大诗歌复兴的领军人物。1925年，他与F. R.斯科特共同创办了《麦吉尔评论半月刊》（*McGill Fortnightly Review*），这是加拿大本土第一本出版现代诗歌和评论的文学杂志。

然，命中注定。"宿命论者自愿充当受害者，因为这符合"宇宙有敌意"的模式，该模式也因受害者的主动配合而能使自身永远保持下去。不管这种宿命论态度源自何处，它看向的主要是我们生存的障碍，而其自身也成为生存的障碍。

决心"在与自然的战争中夺取胜利"，可以让你转入第三种心态（"受害者身份不是预先注定的，我拒绝当受害者"）。但是，在向第三种心态转换的过程中，只要角色变化，第二种心态就可能持续下去。不是强大的自然欺侮羸弱无助的人类，而是我们化身强大的人类欺侮了羸弱无助的自然，如果你与自然共情，认为它陷入了难以逃脱的困境，你很可能又扮演了受害者的角色。（"二十年后，污染会威胁我们所有人，我们除了**忍受**，别无他法。"）这恰恰让你又回到了第二种心态，茫然无助，注定失败。再强调一遍，我们仍然有必要说出可怕的真相，然而，视其为理所当然则会导致软弱无能，劳而无功。真正的第三种心态，多半是"我拒绝扮演自然之战中的获胜者或受害者"，它应该有助你转向第四种心态——完全排斥争战的戏码。

自然不总是与外在的一切有关。乔治·格兰特在本章开头的引言中指出，人类对待自然的态度，不可避免地与其对待自己身体和性的态度有关，只要这二者同样被视为自然的组成部分。认为自然"死气沉沉"或"抱有敌意"的观点，将会怎样影响一个人对待自己身体和对待女性的看法，无需太多思虑就能得出结论；你将在第9章和第10章读到相关论证。

在第四种心态中，自然是什么样子呢？它既非百分之百美善的圣母，亦非邪恶的妖魔。我估计，它就是它自身，不是孤立、无行动力物体的集合，而是一个包纳对立的生命流程，有生，有死，有"温柔"，有"敌意"。

抱着第四种心态，人类就会自视为自然进程的一部分，不是相对于敌对自然而言的"善者"或"弱者"，也不是凌驾被动、软弱的自然之上的"恶者"或"侵略者"。他接受自己的身体，包括性，为自然进程的组成部分，认可自然进程所必需的多样性和易变性。既然他认为生命可以冲破堡垒，且不必以排斥自然和性为代价，那么，他就可以在自然之中行动自如，而不是把自己封闭在一个自造的坦克内，与自然对抗。

这样的时刻，罕见于加拿大诗歌，但确实存在。能被想象出来，就能被表现出来。譬如，欧文·莱顿[1]的作品就有这样时刻的重要表现。在他"社会题材的"诗作中，莱顿通常沉湎于第三种心态的愤怒，狂热地试图摆脱两类假想敌——抱有第二种心态、沉闷而刻板的英裔加拿大白人新教徒，以及抱有第一种心态、肥胖的犹太富人。他的许多诗作旨在表现"我可不像他们"的态度，而且我们注意到，他把自己的性器当作珍奇之物的那种强硬和执着，若非有助于理解真正的民族焦虑，是会令人感到索然乏味的。大多数时候，莱顿接受了获胜者/受害

1　欧文·莱顿（Irving Layton，1912-2006），罗马尼亚裔加拿大诗人，短篇小说家，曾两度被提名诺贝尔文学奖。

者的游戏，做出了认同获胜者而不是受害者的非加拿大化选择。但在一些自然诗作中，他超越了那些选择项，转向对生命力本身的感受。在《致毛泽东：关于苍蝇和国王的沉思》中，他拍扁了苍蝇，"嘲弄"丛林，同时从对太阳、森林的认同中体会到一种"狂喜"。在《悲剧的诞生》中，他写道：

> 在我心里，自然界分裂的物体——
>
> 　　树木、树上的霉菌
>
> 　　都有结出果实的时刻；
>
> 我是它们的核心。让它们交换，
>
> 传播，像火焰突然转向
>
> 我就是它们的嘴巴；我尽嘴巴之职。

这首诗，与比尔·比塞特[1]《为栖息地祈祷》的距离，或许不像你想象的那么遥远：

> 但是，我们都需要彼此
>
> 鹅卵石、果园，哦，甜美的歌声
>
> 　　是什么带领我们，快乐地穿越
>
> 　　水银、从身边流过的海洋、

1　比尔·比塞特（bill bissett，1939-　　），加拿大诗人，艺术家，出版人。

咸涩的波浪，我们怎样触摸、触摸

　　　　　我们理解的细线

……

　　　这些祈祷，还有余下的所有祈祷

　　　　　在火里，歌唱，我们

　　　　　从何而来，归向何处。

关于雪的附录

　　加拿大人对待冬季的态度，最能充分彰显他们的自然观。我在本章伊始就说明了，冬季是我们"真正的"季节。你可以把冬季的主题和意象作为一种试金石，收集关于冰雪、暴风雪和以不同手法处理这些主题的作品，在受到教益之余，会得到警醒。

　　我自己收集的冬季作品，或许会以格罗夫的短篇故事《雪》和兰普曼的诗歌《在十一月》开头。当然包括帕·凯·佩奇[1]的三首绝妙好诗《雪人》《滑雪者》和《雪的故事》，三首诗都先写冰雪友善，继而成了孤绝、恐惧、冷酷、虚空和死亡的隐喻。我还会收录艾尔登·诺兰的诗歌《新不伦瑞克省》，它这样结尾：

1　帕·凯·佩奇（P. K. Page, 1916–2010），英裔加拿大诗人，画家，小说家，1954年获总督文学奖诗歌奖。

牛群身后的牛粪堆冻结实了，

寒风像弹跳的树枝抽打着脸庞

谁能谴责流亡的人抓紧

冰凌柱，以它为矛，刺进

他的心脏？噢，耶稣，我们的信念坚强

冬季永恒，长而又长。

　　还可以看看雪被用作死亡或终结的意象，例如，在恩斯特·巴克勒小说《山脉和谷地》的结尾，以及艾丽丝·门罗短篇小说《死亡时间》的结尾。雪的这种用法，贯穿于格雷姆·吉布森的小说《五条腿》，表现了无止无尽的暴风雪之旅和漫长的雪中葬礼。（另一场雪中葬礼，可见洛克·卡里埃的小说《战争，是的，长官！》。）

　　笔调积极的作品，包括玛格丽特·阿维森的《新岁之诗》。诗中，"我"从"宜居的暖意融融的房子里面"向外张望，雪景怡人。再加上阿维森的另一首诗《雪》。还有亚·摩·克莱恩的《雪靴》，以及杰伊·麦克弗森[1]诗集《船夫》中的雪里牧羊人组诗。在这两位的作品中，大雪不是死亡的意象，而是冬眠生命的温床和守护者。在格罗夫《草原小路的上空》，雪和冬天本身

1　杰伊·麦克弗森（Jay Macpherson, 1931-2012），英裔加拿大诗人，其创作常化用神话和寓言的意向，结合了现代与古典的想象。

最终得到了人们的接纳。

在我汇编的作品集之末，我想引用道·戈·琼斯的诗句，选自《寻寻觅觅：1963年圣诞节》：

我该诅咒

冬天没让我建成房子吗？

我该憎恨

雪的寒冷吗？

如果你对自然抱有虚幻的期待，或抗拒其状况，而非接纳，学习与其和平共处，自然恐怕就变成妖魔了。雪，不一定是你的葬身之地，或憎恨之由，你也可以在雪中建造房屋。

短书单：

厄尔·伯尼，《大卫》(David)，《厄尔·伯尼诗集》(*The Poems of Earle Birney*)，新加拿大图书馆，$1.50。
弗·菲·格罗夫，《雪》(*Snow*)，威弗第1集，$1.95。
苏珊娜·穆迪，《丛林中的艰苦岁月》(简写版)(*Roughing It in the Bush*, condensed)，新加拿大图书馆，$1.95。
埃·约·普拉特，《诗选》(*Selected Poems*)，麦克米兰出版社，$1.95。

长书单：

厄尔·伯尼,《大卫》(David),《厄尔·伯尼诗集》(*The Poems of Earle Birney*),新加拿大图书馆。亦见《世纪中叶的诗人》(PMC)。

厄尔·伯尼,《灌木丛生》(Bushed),《厄尔·伯尼诗集》,新加拿大图书馆。亦见葛、布;《世纪中叶的诗人》。

厄尔·伯尼,《跨越大陆的铁路》(Transcontinental),《厄尔·伯尼诗集》,新加拿大图书馆。

比尔·比塞特,《为聚居地祈祷》(Prayers for the One Habitation),《无人拥有地球》(*Nobody Owns the Earth*),阿南西出版社。

伊莎贝拉·克劳福德,《马尔科姆的凯蒂》(Malcolm's Katie),《19世纪叙事诗》,大卫·辛克莱编(*Nineteenth Century Narrative Poems*, ed. David Sinclair),新加拿大图书馆。

诺思洛普·弗莱,《灌木园》(*The Bush Garden*),阿南西出版社。

弗·菲·格罗夫,《雪》(Snow),威弗第1集。

欧文·莱顿,《悲剧的诞生》(The Birth of Tragedy),《诗集》(*Collected Poems*),麦克勒南 & 斯图亚特出版社。亦见《世纪中叶的诗人》。

欧文·莱顿,《致毛泽东:关于苍蝇和国王的沉思》(For Mao Tse-Tung; A Meditation on Flies and Kings),《诗集》(*Collected Poems*),麦克勒南 & 斯图亚特出版社。

丹尼斯·李,《平民的哀歌》(*Civil Elegies*),阿南西出版社。

道格拉斯·勒庞,《没有神话的国家》(A Country Without a Mythology),《加拿大诗选》,亚瑟·J. M. 史密斯编(*The Book of Canadian Poetry*, ed. A. J. M. Smith),盖奇出版社。

苏珊娜·穆迪,《丛林中的艰苦岁月》(简写版)(*Roughing It in the Bush*, condensed),新加拿大图书馆。

艾尔登·诺兰,《新不伦瑞克省的四月》(April in New Brunswick),《在冰下》(*Under the Ice*),瑞尔森出版社,已绝版。

埃·约·普拉特,《泰坦尼克号》(The Titanic),《诗选》(Selected Poems),麦克米兰出版社。

埃·约·普拉特,《朝向最后一颗道钉》(Towards the Last Pike),《诗选》,麦克米兰出版社。亦见《两次大战之间的诗人》(Poets Between the Wars),米尔顿·威尔逊编,新加拿大图书馆。

辛克莱·罗斯,《油漆过的门》(The Painted Door),威弗第1集。

第 3 章

动物：受害者

野生世界就没有道德和法律权益吗？人类有什么权利把如此长久、恐怖的痛苦强加在动物同胞身上，仅仅因为它们不会讲人话吗？

——欧内斯特·汤普森·西顿，《红脖子松鸡》

死去的野兽，被翻过身
（背毛棕色，腹部白色）
躺在公路上，
四爪伸向空中——
筋疲力竭地祈祷。

它是车水马龙公路上美丽的
死去的黑嘴唇：上帝救救我，
我甚至不知道它是什么动物。
我当时一直走向城市，
早早启程，脑中只有我自己的名字。

——约翰·纽罗夫，《车水马龙的公路》

……在任何一次狩猎中，我都站在猎物一边……

——艾尔登·诺兰，《夜鹰坠落的声音像打哆嗦》

噢，剥了动物的皮，做成我们的衣服

我拨弄着被剥皮的动物

　　浅坑中的腐尸。

　　寻找救了我的那一只。

　　　　　　　　——斯图亚特·麦金农，《去动物园的路上》

　　没有一件事做对的

　　受损者和失败者

……

按照自己的形象制成了

　　受残害动物的雕刻……

　　　　　　　　——艾尔·蒲迪，《雕刻家》

"你知道我为什么一直想要像小王后这样的狗吗？告诉你，我特别想要一只没人要的可怜的残疾小狗……"

　　　　　　　　——格雷姆·吉布森，《五条腿》

你可能会想，既然加拿大文学流行"自然是妖魔"的观点，那一定会引出全套令人毛骨悚然的传说吧，熊撕咬人、目光邪恶的麋鹿用大角顶死人、报复心强的豪猪往人身上扎满尖刺——它们将构成典型的加拿大动物故事吧。事实并非如此。加拿大故事中的山脉和冰峦长出了獠牙和利爪，这倒不假；但以真实动物为主角的故事情节更加匪夷所思。我在本章中就是要探究这一非常古怪的模式。在追索的过程中，我想要展示给读者，欧内斯特·汤普森·西顿和查尔斯·G.D.罗伯茨爵士创作的"现实主义"动物小说，并非像阿莱克·卢卡斯在《加拿大文学史》中所言，是"一种孤立的次要的文学作品"，而是一种文学类型，能为解开加拿大人心理中的重要层面提供密钥。寻找有"鲜明加拿大特色"文学作品的人们，不妨从这里起步。

加拿大文学类型，及其处理主题的方式，实在是戛戛独造。诚然，英国文学中不乏假托的动物故事，但是，读过吉卜林的毛克利故事[1]、肯尼思·格雷厄姆的《柳林风声》[2]、毕翠克丝·波特的童话[3]，任何人都能看出，这些故事里的动物，就像《爱丽丝漫游奇境》里的大白兔一样，本质上都是穿着毛茸茸的拉链衫

---

[1] 毛克利（Mowgli）是英国作家、诗人约瑟夫·鲁德亚德·吉卜林（Joseph Rudyard Kipling，1865-1936）小说《丛林之书》中的人物形象，是一位被遗弃后由狼抚养长大的印度男孩。

[2] 肯尼思·格雷厄姆发表于1908年的儿童文学作品，以几个动物为主角，文笔典雅，描写细致，富含哲理。

[3] 毕翠克丝·波特（Beatrix Potter，1866-1943），英国著名的儿童文学作家，创作了彼得兔系列故事。

的英国人，通常裹了一层人类的服饰。它们英语流利，被安置在英国社会的等级秩序中（在毛克利的故事中，则是英国殖民地）。蟾蜍大厅里的癞蛤蟆代表上流社会的笨蛋，侵入它庄园的白鼬和雪貂代表工人阶级中的小痞子。这些书轻而易举就被改编成了戏剧、芭蕾、动画片，加上歌舞、配音和服装，这本身就暗示了动物主角们的人类本质。另外，值得注意的，是一成不变的大团圆结局。

美国文学中的动物，不穿衣服，也没有讲英语的能力，不过它们很少成为行动的主宰，而是被追逐的对象，因为这些"动物故事"其实是狩猎故事，故事的重心完全聚焦在猎人身上。梅尔维尔《白鲸》中的白鲸、福克纳《熊》中的大熊、海明威《弗朗西斯·麦康伯短暂的幸福生活》中的狮子、梅勒《我们为什么在越南》[1]中的灰熊、詹姆斯·迪基《解救》[2]中叙述者瞥见的鹿——所有这些动物和其他许多动物都被赋予了神奇的象征品质。它们象征着自然、神秘、挑战、他者、边疆那头的一切：狩猎者希望杀死它们，吸纳其神奇的品质，诸如精气、暴力和野性，来使自己与它们旗鼓相当，进而制服它们，"打败"自然，提升自己的地位。美国的动物故事是关于寻觅的故事——要找的圣杯是死亡，从猎人的角度而言，通常是找到了，

1 诺曼·梅勒（Norman Mailer，1923-2007），美国著名作家，记者，两度获得普利策奖。
2 詹姆斯·迪基（James Dickey，1923-1997），美国20世纪最重要的诗人之一，《解救》是他出版于1970年的小说代表作。

从动物的角度则刚好相反。因此，美国的动物故事体现的是美国思维模式中的帝国主义。当美国人写出了表面上与西顿、罗伯茨笔下类似的动物故事时，它们更可能表现为动物类的成功故事，即动物成功地适应了与人类相处。在杰克·伦敦的《白牙》中，幼时受到虐待的狼狗憎恨人类，但最后转化成爱人、救人，到了加州生活。

西顿和罗伯茨写的动物故事，远不是什么成功者的故事，而几乎是一成不变的失败记录，以动物的死亡而告终。但是，这种死亡远非值得欢庆的寻觅的成功，而是悲剧的，令人同情的，因为故事是从动物的角度讲述的。这就是问题的关键：英国的动物故事关乎于"社会关系"；美国版本的，关乎于人们杀戮动物；加拿大版本的，则关乎于动物被杀，就像飞禽走兽自己的感受。你能看得出来，白鲸讲述的《白鲸》肯定会是完全不同的版本。（"那个陌生人为什么老拿着尖叉追我？"）加拿大版本鲸鱼对抗捕鲸人的故事，参见埃·约·普拉特的《抹香鲸》，我们哀悼的是鲸鱼之死，而非捕手之死。（那个捕鲸人，碰巧来自美国的新英格兰州。）

"这些故事都是真的，所以它们都那么悲惨。野生动物总得不到善终。"西顿在《我所知道的野生动物》前言中如是写道。他辩称自己是现实主义者和真相保存者。但是，将"现实主义"与动物故事联系在一起，肯定多少有些失真，原因很简单，动物不会讲人话，也不会写作。这么说吧，你根本不可能从马的嘴里听到真正的内幕。"动物"故事，肯定是人写的关于动物的故事，一如直到最近，"印第安人"的故事都是白人写的关于印第安人的故事。在后者中，印第安人往往被塑造成一个象征，白人借助他投射自己的欲望或恐惧。人类写的动物故事亦然。"我们与动物是同类。"西顿之言，承认了这种联系。

在西顿和罗伯茨版本的自然世界里，动物总是受害者。无论它多么勇敢、狡猾和强壮，最终要么被其他动物所灭（对此作者们似乎无动于衷，这是自然规则的一部分），要么死于人手。尤其是在《狼王洛波》《春田狐》和《红脖子松鸡》中，西顿颠覆了"自然是妖魔"的模式。人类变成了威胁者和坏蛋，他们用圈套、陷阱、铁链和毒药给动物带来的痛苦，远超过其他动物所为，起码动物造成的痛苦很快就会结束。对动物尸体的哀情，渗透在西顿和罗伯茨的字里行间，这似乎表明用"悲剧性的"来形容动物之死并不准确，"令人恻隐"可能更恰当。文学意义的悲剧，必须是主人公自身的某种弱点所致，而文学上的恻隐就是针对无辜者的苦难。西顿和罗伯茨很少给可怜的动物一线存活的希望。詹姆斯·波尔克[1]在文章《被猎者的生活：加拿大动物故事和民族身份》中描述道：

　　艰难生存的麋鹿、悲惨的熊、雪中死亡的松鸡、被

1　詹姆斯·波尔克（James Polk，1795-1849），美国政治家，律师，美国第11任总统。

吞食的土拨鼠、逆流而上不成的鲑鱼、痛不欲生的狼、叽叽叫唤死去母亲的雏鸟幼兽——这些为数不少的动物，加之悲哀的故事结局，在读者心中笼上了某种宿命主义的阴影……

如果文学中的动物总被当作象征，而加拿大的动物故事总把动物表现为受害者，那么它们象征了我们民族心理的什么特征？至此，谜底应该不难揭开。但在完全揭秘之前，让我们先从文学类型角度，考察一下两则后来出现的现实主义的动物故事。

卢卡斯曾经声称，"自然题材的作品，尤其是动物故事，在十九世纪末到二十世纪初发展至鼎盛"，而后就"长久式微下去了"。但是，此后出现的两本广为阅读的作品打破了他的结论。这两本书是：弗雷德·鲍兹沃斯[1]的《最后的杓鹬》和法利·莫瓦特的《从不嚎叫的狼》。鲍兹沃斯小说的主角是两只杓鹬，是该鸟种的最后一对。小说追踪再现了它们的生活，最后，雌鸟死于人类的枪口之下，雄鸟孑然一身。莫瓦特的书是作者观察一对北极狼的真实记录。它们是野性十足的食肉动物，也是值得高度褒扬的生命体，但同样未逃脱灭亡的结局。在后记中，作者告诉我们，在他离开那对北极狼后不久，一名猛兽控制员[2]就

---

1 弗雷德·鲍兹沃斯（Fred Bodsworth，1918-2012），加拿大作家，记者，业余博物学家。
2 猛兽控制员（Predator Control Officer），专职追踪城市中的危险猛兽并对其加以控制。

在狼穴中放入氰化物，想必是将它们处理掉了。

早期的西顿和罗伯茨的故事，有别于后来的鲍兹沃斯和莫瓦特的故事，前者讲的是动物个体的死亡，整个种群犹在。而《最后的杓鹬》之书名，则隐含了物种灭绝的故事。莫瓦特指出，白人的短视和破坏性做法威胁的不仅是狼群，还有驯鹿，以及整个北极生物圈的生态平衡。人类再次成了坏蛋，而且作恶范围显著扩大了。

不过，加拿大对走投无路和被屠杀动物的关注，远远超越了"动物故事"的范畴，这一点在诗歌中也十分明显，甚至最近还出版了一部"动物诗歌"选集。诗集的题目——《断裂的方舟》——连同书套上的文字，都揭示了编者迈克尔·翁达杰[1]的立场深深根植于西顿和罗伯茨建立的传统中：

> 这些诗歌，从动物而不是从人的角度，看待动物。我们不想把它们归类于宠物，或者待之如宠物。我们希望诸位自行想象一下——怀孕的动物被追赶，被铲雪车轧死，希望你们能感受到笼子和肩膀上的毛皮。

实际上，这本书中收录的诗作并不都这么极端，有一篇写的是遛狗，有一篇是关于蜜蜂，还有一篇关于快乐的大象

1 迈克尔·翁达杰（Michael Ondaatje, 1943-　），加拿大诗人，作家，凭借《英国病人》获布克奖。

们。然则，多数诗作继承了我们认同的加拿大传统：动物们死了，或者濒临死亡，罪魁祸首通常是人。在艾尔登·诺兰的《公麋》一诗中，麋鹿受虐后被宰杀，用来描述它的意象令它成了就义的神物，只不过它的牺牲没有拯救任何人。欧文·莱顿的《该隐》是对自己用气枪打死青蛙的反思，题目源于该隐弑弟的《圣经》故事，似乎说明了作者对青蛙怀有兄弟的情感。帕特·莱恩[1]的《山牡蛎》讲述了阉割公羊的常规过程。在比尔·比塞特的《虎鲸》中，鲸鱼遭人俘获，显然将要死去。每首诗作都令我们同情动物，而不是虐待或杀戮它们的人。

还有其他很多动物诗歌没有被《断裂的方舟》收录。个中佼佼者，有欧文·莱顿的《公牛仔》，如同诺兰诗中的麋鹿，其中的动物成了无谓的牺牲品。另外，还有艾尔·蒲迪的杰作《动物之死》，将动物的死亡和人类漫不经心的琐事并置（尽管作者讽刺性地声称二者"风马牛不相及"）：人类正在占据上风，取代动物。

> 深穴里的狐狸突然想象
>
> 赤裸的女子穿上自己的红皮毛
>
> 莹亮的指甲用力，把它推挤出去
>
> 冲着地底，尖叫。

1　帕特里克·莱恩（Patrick Lane, 1939–2019），加拿大诗人，作家。

还有艾尔登·诺兰的诗作《上帝弄酸了乡下姑娘的牛奶》，再次涉及了阉割动物的主题。

转而看看最近的小说吧。我们发现戴夫·戈弗雷[1]的《死亡与可口可乐更相配》对受害动物的形象做了强有力的描写，这本书是他的处女作，收录的基本上是一些狩猎故事。作者的态度见于以下三处：一是书名，将美国饮料巨头可口可乐和死亡联系在一起；二是他在开篇引用的一段话，摘自生物学家康拉德·罗伦兹的《论侵略》，其中提到，所谓的"高级"文化对"受压迫文化"具有毁灭性的影响，"处于征服地位的民族的文化通常如此"。三是书中的第一篇小说，《猎人的一代》，讲的是一个男孩向父亲学习用枪打熊，长大后成了海军陆战队员。而书中最后一篇《冷静的收藏家》则明确了一点："征服者民族"，即美国人可以取人性命，加拿大人则被杀。书中还有几处写到人类对麋鹿和鱼的屠杀，有时是加拿大人下的手，从而使他们处在一个讽刺性的位置：加拿大人只是对付自然的猎手，美国人却是对付加拿大人的猎手。而唯一"真正的"猎手是那些仍然必须以猎物为食的人，"真正生活在这儿"的印第安人和当地居民。其余的猎人都是冒牌货，或者是为了弄点纪念品而来打猎。比如，在《飞鱼》中，有一个人去钓飞鱼，结果能让他钓的只是泡沫塑料做的鱼。他说："好歹可以挂在我家墙上。"

1　戴夫·戈弗雷（Dave Godfrey，1938–2015），作家，出版人，学者。

艾尔登·诺兰有一首题为《猎人》的好诗，对美国人的狩猎者本质做了进一步刻画。猎人们是"穿着猩红色马裤的美国人"，他们枪杀了一头熊，用绳子绑在汽车上，一个人从车子里出来检查绳结，一脸"孩子气"。诺兰评价道：

> ……可以感到，这头惊恐万状的肮脏野兽
>
> 令他亢奋，它的痛苦和走投无路的愤怒
>
> 在黑暗的树林里已被制服，
>
> 装点了他的世界。那头熊就像野蛮霸道的孩子，
>
> 如今驯服、听话，
>
> 成了装饰品……

杀死动物，向来是美国人"驯服"自然的惯常做法。然而，这个过程不再那么真实，黑暗的树林仅仅成了一种装饰，死去的野兽也变成了装饰品，不可能再被视作是它自己了。

> ……他觉得它失去了野性，
>
> 而是一具行尸走肉。他满可以
>
> 买下它，也许会的：
>
> 向导会设圈套，将它们论重量
>
> 卖给不想打猎的猎人。
>
> 一头死兽——跑不了，车子往家开吧。

熊皮变成了地毯，熊窝空空如也。

在这首诗中，加拿大和美国扮演了有趣的角色。尽管死去的动物仍能刺激美国人血脉偾张，他们的狩猎精力正在消退。加拿大成了美国人的游猎之地。被打死的熊象征加拿大人，一个从"这里"带到"那里"的战利品。"那里"是一个文明、安全、驯服的地方，失去意义的仪式依旧举行，带着虚伪的表面，将有生命的毛皮制成地毯。加拿大"向导"的作用令人好奇，他们是掮客，把自己真实的生活打造成各种没有生命的纪念品，以便出售。叙述者的立场在对熊的同情和畏惧之间游移不定，令旁观者颇感着急；但不管怎么说，对他而言，熊有着美国人感受不到的真实。

我们已经推定，受害的是加拿大文学中持续出现的意象，个中意味还可循着更多的线索探究。生物学家戴斯蒙德·莫里斯调查过人们对动物的反应，结论并不叫人意外，即人们对动物的认同取决于他们的体形大小和年龄。小孩喜欢"父母型"的大个动物，如熊和大象；稍大的孩子喜欢小白鼠、松鼠等体形小于自己、可以摆布的动物；青少年喜欢可以做伴或性能力健旺的动物，如狗或马；没有孩子的夫妇往往青睐猫咪、宠物狗和家养鸟，权当孩子照顾。喜欢或讨厌某种动物，极少是因为它们自身，而是因为它们拟人化的象征价值。

英国的老年人倾向于认同受到威胁的或濒临灭绝的动物，显然，他们感同身受。而加拿大全国都投入了拯救动物的运动，例如抗议屠宰海豹幼崽，保护狼群。我想，这或许被误认为是一种国家层面的愧疚——毕竟，加拿大靠皮毛贸易起家，而动物不可能被无痛剥皮。从动物的角度来看，加拿大人的邪恶，堪比奴隶贩子或异端裁判所；如此看来，加拿大5分硬币上的海獭，25分硬币上的驯鹿，就衍生出一层新的意味。不过，更大的可能是加拿大人感觉自己的国家受到威胁，濒临消亡，作为个体也觉得生活无望——文化威胁着他们体内的"动物性"，他们对动物的认同是根深蒂固的文化恐惧的表现。用西顿的话来说，那些动物就是我们自己。对于加拿大动物而言，能活下来就是生活的要旨，单个动物的死亡不可避免，种群的灭绝也完全可能。

寻找魁北克文学中的动物受害者，则引出了一个有趣的现象：几乎找不到"现实主义"版本的动物被害的故事。其中出场的动物，多半是伊索寓言中的拟人形象，如雅克·费隆[1]短篇小说《梅丽和公牛》里的公牛。原因嘛，或许是魁北克地区悠久的法国寓言传统，又或许是法裔加拿大人更愿意把自己看成被征服和剥削的受害者，而英裔加拿大人压抑了这样的自我定位。后者曾在亚伯拉罕平原上打了胜仗[2]，不是吗？他们只有通过自己塑造的动物形象，才能体现出获胜的感觉。

1　雅克·费隆（Jacques Ferron，1921-1985），法裔加拿大大作家，医生，政治活动家。
2　亚伯拉罕平原战役于1759年9月13日在魁北克城城墙外打响，法军约4 000人，英军约为4 800人，双方死伤各约650人。英军战胜，英法七年战争结束。战争遗址被辟为魁北克市的国家战场公园。

但是，在法裔加拿大文学中，有一例与动物的遭遇，写得颇有欧内斯特·汤普森·西顿的神韵，我想到的是加布里埃尔·罗瓦[1]的《隐山》。书中，皮埃尔追踪一头驯鹿，最终置它于死地，它回头凝视他的目光充满了屈服和痛苦。猎人和濒死或受死亡威胁的动物——通常是鹿、麋鹿或驯鹿——之间的凝望，频频见于加拿大文学。在凝望中，猎人认同了猎物为正在忍受痛苦的受害者。西顿《沙丘鹿的踪迹》中就有这么一例：叙述者经过漫长的追捕，终于把一头公鹿逼到绝境，却开不了枪，由于那意味深长的凝视，他意识到公鹿是他的兄弟。

　　在《灌木园》中，诺思洛普·弗莱指出，"动物故事在加拿大盛行不衰，其中的动物形象酷肖人类的行为和情感。"我想补充一点，这里所说的人类行为和情感，仅限于逃亡、恐惧和疼痛。运用莫里斯的发现，我们就可以推导出英裔加拿大人把自己投射在动物形象上，自感为受到威胁的受害者，面对着优越的陌生技术，感到弱小，无力还击，尽管熬过了每一次危机，最终还是归于失败。

*

　　这并非是在说，不应该以人道的态度对待动物或保护狼；

1　加布里埃尔·罗瓦（Gabrielle Roy, 1909-1983），加拿大法语女作家，曾三获总督文学奖。她的作品大多以工业化进程中的城市为背景，描写下层民众的困苦和贫穷，具有鲜明的批判现实主义倾向。

人们应该这样做，尽管这样的言论可能仅仅彰显了我自己的加拿大主义。在你自视为受害的动物时，要说出你的状况，这是摆脱无视的第一种心态的关键，然后才能具备有知有觉的第二种心态，进入自尊的第三种心态。然而，倘若自视为受害的动物内化为一种需求，你就会被困在第二种心态中，止步不前。格雷姆·吉布森在两部小说《五条腿》和《圣餐》中，已对这种看法做了无情的精确剖析。两本书的中心意象都是动物，而吉布森对动物意象的处理，归拢了我到目前为止就加拿大文学中的动物受害者所说的全部内容。

第一部小说的题目，《五条腿》，指的是墨西哥动物园里一头畸形的水牛，一个令人讨厌的女人参加安大略省南部的葬礼时，看到过这头水牛。它有五条腿，而不是四条，人们嘲弄它的畸形，向它扔石头。这个女人发誓要收留残疾动物，她已经设法搞到了三条腿的狗，又在寻找一只残疾猫。她盯上了小说的另一个主角，菲利克斯·奥斯瓦德，他惊恐地意识到，她对他的兴趣和对畸形动物的兴趣如出一辙，她把他看作瘸子、可怜虫、怪物。她非常敏锐，实际上菲利克斯就是这么看待自己的。这个女人有寻找受害者的病态需求，而菲利克斯有当受害者的病态需求，二者刚好合拍。

后来，菲利克斯的心态有所变化：他幻想自己变成了一头自由的野生麋鹿，而不是被囚的畸形动物。在幻想中，麋鹿好不容易摆脱了一群追猎者。（值得注意的是，菲利克斯对麋鹿的

97

印象来自一个醉鬼的自言自语，这个可怜的醉鬼一事无成，他在书中第一部分喋喋不休地谈论他获准牵走的一头麋鹿，还有被他射杀的一头鹿，并为此内疚。）

麋鹿这个意象，在后来讨论打猎的谈话中重又出现：其中一方是强调猎杀之乐的老派商人——"老天，那真叫人心满意足！"另一方是麦克斯，一位古怪的波希米亚老人，说自己决不会杀死一头麋鹿，或"这个圆形地球上的任何动物"。他还说，自己曾经看到一只麋鹿"在岸边跌跌撞撞地走着，像身上着火的人栽进灌木丛"，它看着他，"含血的泪水从暗黑的眼角流了下来"。（又是那个牺牲的受害者意象，还有猎手和猎物相互的凝视。）这个麋鹿的故事，其实是书中第一部分那个醉酒司机说的，老人借来加在了自己身上。要是美国人，就会扣动扳机了，而小说中的男人群起攻击麦克斯是个颠覆分子，声称狩猎是"我们社会构成的重要基础"，并坚称他们之所以成功，是因为"我们知道怎么把事情做成"。他们继续吹嘘自己的作用，"我们是猎人，没错……社区需要我们这样的人。这个国家……整个自由的世界！"看样子，这些"处世实际的"人不仅是资本家，还是国际主义者。就像戈弗雷故事中的那些猎人，他们出于象征性的原因去打猎，而非需要以死去的动物为食。

归总吉布森的模式，我们发现两类人：一类是按照"国际"（或美国）社会标准来判定的成功者，比如猎人、士兵和野心勃勃的金融家；另一类是失败者——醉酒的司机、麦克斯、菲利克斯之流，同情被猎的动物，不忍杀死他们。菲利克斯，实际上就是动物，逃亡中的受害者；"猎人"就是追逐不舍、一有机会就要捕杀他的社会势力。他不可能积极行动或防守，只能逃之夭夭。事实上，在小说结尾，他真的逃跑了。

即使他的逃跑没有什么明确的目的地，《五条腿》中的菲利克斯的确成功逃脱了。但是，我们从西顿的作品中了解到，动物故事，至少是加拿大的动物故事，总是以悲剧结尾。在《圣餐》一书中，吉布森打消了我们可能会有的菲利克斯能永久逃脱的印象。其原因仍然是菲利克斯想当被追猎的动物的需求，他的状况，尽管部分反映了他生活的环境，其实一半是他自愿所致，一半才是外力强加。在《圣餐》中，吉布森将动物—受害者的对等关系演绎到了极致，即你若决意当一名受害者，那你就会成为受害者。

在《圣餐》中，菲利克斯仍然在逃避，不仅避世，而且逃避所有的人类情感和与他人的接触，包括性关系。他爱上了公墓里的两尊石雕，对自己工作的兽医诊所里生病的动物，比对任何人都要有感情。他特别怜惜一条生病的哈士奇犬，后者就像《五条腿》中的跛足水牛，患上了不治之症。水牛还能将就活着（尽管活得很不快乐），这条狗却病得很重。菲利克斯幻想把狗带出去，在冬天的林子里放了它——或许也是释放一部分的自己，释放他被困和受伤的生命力。然而，当他真的采取行动，把狗偷出来，开车将它带到城外，它却拒不下车，就像菲

99

利克斯一样，自愿受困。最终他设法把狗弄下了车，而它在车边跟着跑，被他意外撞上，痛苦地死去。他的拯救尝试失败了，若他想成功，或许应该选择一个更容易拯救的对象。

他的第二次拯救尝试也失败了。事已至此，他逃避一切事物，搭上了虐待狂卡车司机的车，最后落脚到了美国。在《圣餐》的加拿大部分，毁灭生命的力量主要是个人的，内在的：摧垮人的负疚感、得过且过、遇强即逃、性冷淡、无归宿和流亡感、缺少真情体验——所有这些都是个人的隐秘，甚至很少用言语表现出来。然而，一旦越过国界，在加拿大被压抑、转向自我的暴力和破坏力，到了"那里"，到了真实的世界，就会外在化，猝然冲破藩篱。《圣餐》里的"美国"人物瑞特森，是另一个被追猎的动物。但他的动物处境是名副其实的：住在地下室里，夜里出来讨食，和其他像动物一样生存的人斗殴。美国城市，显然是达尔文生存法则大行其道的新场地。在美国，犹如动物般的人，不仅仅是受害者，也是负隅而斗的凶猛野兽。

在一次由一帮混小子蓄意引发的火灾中，菲利克斯竭力想把这个美国版的自我从火中救出，为此送了命。他在阻止这帮孩子时，致死了其中一个孩子，就像上次意外撞死那条狗一样，他惊恐地以为自己成了捕猎者，而非受害者，重压之下，他完全崩溃了。瑞特森幸免于难，菲利克斯则葬身大火，替他受死——讽刺的是，他救出的这个人几乎没有人性。

吉布森在这两本书中所写的，进一步探明了究里。我们的状况，也许是"被剥削的受害者"，但是现在看来，我们真正的状况，可能是"有些人内化了成为被剥削的受害者的需要"。这更为棘手：第一种状况会随外界环境的改变而改变，第二种状况的改变，就要改变自我和自我认知的方式。菲利克斯在性、情感和现实中一败涂地，端赖于他不认可受害者以外的任何其他角色。

*

我曾许诺，在每章结尾给予一线光明，对于这一章，却非易事。

关于动物形象的其他用法，可以参见迈克尔·翁达杰的一些动物诗。侵略者—受害者的状况仍在延续，不过，他诗中的动物生气勃勃，精力旺盛（让人类感到威胁），而不太像受苦受难的牺牲对象。你也可以看看乔·罗森布拉特[1]的《熊蜂赞歌》，内有一些动物诗。罗森布拉特也将动物们视作一个个不可压抑的生命力的中心，尽管有时他仿佛只能借助动物走近这种对人封闭的生命力。他的语言饱满激越，令动物代他行人类所不能行，达人类之不能至。它们成了欲望而非恐怖的化身。

最后，我想看看莱顿的另一首诗，《高个男子开玩笑》。该诗令人震惊，以我的动物受害者论观之则尤甚。田地里，无端咬人的小虫滋蹭，高个男子思绪万千。他走出了田地，站着，等待神的启示。而他等到的启示也是一种"诱惑"——他看到

1　乔·罗森布拉特（Joe Rosenblatt，1933–2019），加拿大诗人，艺术家。

"一条被侵虐的草蛇/肠子拖出，像一只红色行李袋。"令人吃惊的是他对这一幕的反应：

> 男子流泪了，怜悯一无用处。
> "你的玩笑过火了；苍蝇像风筝似的飞来了。"他说。
> 注视着草蛇爬向树篱，
> 抽搐着游进黑暗
> 皮囊装满诅咒，诅咒地球、
> 暖莎草的味道，还有太阳，
> 垂死天空中的血红器官。
> 它向后跌进了长草的地沟，
> 露出腹部，白如牛奶，
> 被上下颚间咬着的一小捆干草嘲弄。
> 然后僵硬，拉长了身体。
> 然而，尽管它张开小嘴尖叫，
> 那沉默的尖叫震撼了苍穹，
> 坚定而疯狂，高个男子却没有诅咒。

　　高个男子受到的诱惑，是可以把自己看作那条痛苦至死的草蛇："被侵虐"，受害，视生如死，认为唯一的权宜之策是对一切还以绝望的诅咒。然而，使高个男子高出一筹的，是他拒绝了这种诱惑：他目睹痛苦而未诅咒。认同受害的动物是加拿大的伟大传统，面临该传统几乎无坚不摧的压力，这种自我克制堪称英雄。

短书单：

弗雷德·鲍兹沃斯，《最后的杓鹬》（*The Last of the Curlews*），新加拿大图书馆，\$1.95。

格雷姆·吉布森，《圣餐》（*Communion*），阿南西出版社，\$2.50。

法利·莫瓦特，《从不嚎叫的狼》（*Never Cry Wolf*），戴尔出版社，\$0.95。

查尔斯·G. D.罗伯茨，《最后的障碍》（*The Last Barrier*），新加拿大图书馆，\$1.95。

欧内斯特·汤普森·西顿，《我所知道的野生动物》（*Wild Animals I Have Known*），朔肯图书，\$2.95。

长书单：

弗雷德·鲍兹沃斯，《最后的杓鹬》，新加拿大图书馆。

雅克·费隆，《梅丽和公牛》（"Mélie and the Bull"），《不确定之国的故事》（*Tales from the Uncertain Country*），阿南西出版社。

格雷姆·吉布森，《圣餐》，阿南西出版社。

格雷姆·吉布森，《五条腿》（*Five Legs*），阿南西出版社。

戴夫·戈弗雷，《死亡与可口可乐更相配》（*Death Goes Better with Coca-Cola*），鲍塞比出版社。

欧文·莱顿，《高个男子开玩笑》（A Tall Man Executes a Jig），《诗集》

（*Collected Poems*），麦克勒南 & 斯图亚特出版社。亦见《世纪中叶的诗人》。

阿莱克·卢卡斯，《加拿大文学史》，卡尔·克林克编（*A Literary History of Canada*, ed. Carl Klinck），多伦多大学出版社。

法利·莫瓦特，《从不嚎叫的狼》，戴尔出版社。

艾尔登·诺兰，《上帝弄酸了乡下姑娘的牛奶》（God Sour the Milk of the Knacking Wench），《在冰下》（*Under the Ice*），瑞特森出版社，已绝版。亦见葛、布；《世纪中叶的诗人》。

迈克尔·翁达杰编，《断裂的方舟》（*The Broken Ark*），奥伯伦出版社。

詹姆斯·波尔克，《被猎者的生活：加拿大动物故事和民族身份》（"Lives of the Hunted: The Canadian Animal Story and the National Identity"），《加拿大文学》，1972年夏季号（*Canadian Literature*, Summer 1972）。

埃·约·普拉特，《抹香鲸》（The Cachalot），《诗选》（*Selected Poems*），麦克米兰出版社。

艾尔·蒲迪，《动物之死》（The Death of Animals），《给安妮特一家的诗》（*Poems for All the Annettes*），阿南西出版社，已绝版。

查尔斯·G. D.罗伯茨，《最后的障碍》（*The Last Barrier*），新加拿大图书馆。

乔·罗森布拉特，《熊蜂赞歌》（*Bumblebee Dithyramb*），鲍塞比出版社。亦见曼德尔。

欧内斯特·汤普森·西顿，《我所知道的野生动物》，朔肯图书。

第 4 章

原住民：作为象征的印第安人和爱斯基摩人

……这儿居住着一个狂野多于野蛮的灵魂，

桀骜不驯的灵魂——晒得黝黑的自由的野人，

自由，未受贪婪的玷污：

伟大自然之子，满意于自然之善。

——查尔斯·梅尔，《特库姆塞》[1]

年岁逝去，牧师们被展示

休伦部落[2]怎样让被俘的敌人

受死。此前，武士们已经令

一群易洛魁族人震惊，留下

唯一的俘虏活口，为篝火盛会助兴。

古罗马凯旋背后的机巧，

梅第奇供认所施的折磨，

无一超过微妙的野蛮艺术

它让祭祀的服饰

成为对牺牲者常规的嘲弄。

——埃·约·普拉特，《布雷伯夫和他的弟兄》

1　查尔斯·梅尔（Charles Mair, 1838-1927），加拿大诗人，记者，积极的加拿大民族主义者。特库姆塞（Tecumseh），北美肖尼族酋长，以骁勇善战，试图在中西部地区组建印第安部落联盟著称。

2　休伦族，操易洛魁语的北美印第安人，从事农业，与下文提到的易洛魁族为敌对关系。15世纪开始与白人首次接触，原定居在安大略湖北岸，1534年，法国探险家卡蒂埃（Jacques Cartier）发现他们住在圣劳伦斯河沿岸。

《布雷伯夫和他的弟兄》首次出版时，朋友对我说，现在要做的事情就是从易洛魁人的视角，写一个同样的故事。

——詹姆斯·里尼[1]，《加拿大诗人的困境》

他们的过去在商店里出售：饰有珠子的鞋子、

香草编的篮子、稀奇的印第安玩偶、

烧过的木头、鲜艳的衣服、英寸大小的独木舟——

都是游客麇集处的战利品和残留。

有时，他们真的跳舞，不过是为钱；

一番讨价还价后，披上脏兮兮的羽毛服饰

欢迎白人市长光临部落。

——亚·摩·克莱恩，《印第安人保留地：卡纳瓦加》

我们走进落基山脉，可能会感觉神祇就在那里。但是，即便如此，他们并不像我们的神灵一样显身。他们是他族之神，因为我们自身和我们的所行所为，我们无法了解他们。

——乔治·格兰特，《技术和帝国》

我对这族失败者的兴趣，暴露了自己的性格。

——莱昂纳德·科恩，《美丽的失败者》

1　詹姆斯·里尼（James Reaney，1926-2008），加拿大诗人，剧作家，学者，其作品"将安大略省的小镇生活纳入梦境与象征的领域"。

直到最近，加拿大文学中的印第安人和爱斯基摩人，都是出于白人作家写的书。因此，作者和他们的关系，酷似动物故事的作者和动物的关系。外来的白人，观察陌生的自然和土著生活方式，将之采纳为象征。印第安人和爱斯基摩人很少被视作其自身，服务其自身，而通常被转化为加拿大白人心理的某种投射，或是恐惧，或是欲望。

美国文学中的印第安人题材有两种传统的处理方法。（因为地域原因，爱斯基摩人罕见于美国文学作品。）一种是把印第安人理想化为卢梭所说的"高尚的野蛮人"，最明显的，莫过于费尼莫·库柏"皮袜子传奇"中的钦加哥[1]。印第安人比白人原始，接近自然，因此更容易具备白人失去的某些本能和道德：勇气、忠诚、适应环境的能力等等。另一种传统，是视印第安人为劣等民族（如弗朗西斯·帕克曼《俄勒冈小道》[2]里丑陋肮脏的印第安人），或者认为他们是邪恶的，如《汤姆·索亚历险记》里的印第安人乔、霍桑《红字》中奇灵沃斯结交的印第安人。库柏笔下也有坏的印第安人，通常是易洛魁人，野蛮、堕落，无出其右。他写的印第安"好"人，钦加哥，属于濒临灭绝的部落，

1　詹姆斯·费尼莫·库柏（James Fenimore Cooper，1789-1851），美国作家，创作了大量印第安题材的小说，对后来的西部小说产生了很大影响，也对美国小说的发展做出了巨大贡献。钦加哥是一名印第安勇士，原为莫西干部落酋长，在本族人流散后，生活在特拉华人中间。
2　弗朗西斯·帕克曼（Francis Parkman，1823-1893），美国历史学家，对18世纪英法在北美的历史进行了深入研究，写作了不少描绘美国西进历程的作品。俄勒冈小道是当时人们迁移到美国西部的主要路线。

他和儿子是最后的莫西干人。也许这点颇为重要。印第安人只有在即将消失时，才会被理想化。

当然，赋予印第安人以什么价值，取决于白人作家对自然的感觉。美国人对自然总是百感交集：一端是亨利·梭罗，希望享受全身心浸润在湿地的感觉；一端是憎恶自然的本杰明·富兰克林。他认为，印第安人烂醉于白人的烈酒，固然不幸，但未尝不是好事，他们醉酒早亡，可以为文明让路。大部分西部电影站在富兰克林的立场，愉快的结局通常是印第安人吃了败仗。

加拿大也有对待印第安人的双重的文学传统，但是，你也许能预料到，不是好人/坏蛋型的传统，而是获胜者/受害者型。这个区别，值得划分。美国的印第安好人令人钦佩，不总是遭受白人的迫害；美国的印第安坏人对白人构成威胁，但在边疆争战中并不常胜，反而处处失利，**因为**白人对他们的定义就是邪恶。然而，认为加拿大印第安人是获胜者，不是因为他们彻头彻尾邪恶，而是他们折磨和屠杀白人，加拿大作家自己也是白人。认为加拿大印第安人是受害的对象，不是因为他们良善或优越，而是因为他们遭到了迫害。美国人会归结到道德定义，这个定义以美国人认为印第安人具备的内在品质为基础，带有种族主义色彩。加拿大人则以遭受侵略为衡量尺度，寻找印第安人和白人所在的相对位置。请注意，这种需求，和美国人、加拿大人在**历史上**如何对待印第安人无甚关系。（实际上，加拿大人的记录略好些。）我们要考察的是，两国在接触北美原住民时所采用的不同模式的意象和象征。

查尔斯·梅尔的诗剧《特库姆塞》，类似于那些试图将自然圣母化的写作：印第安人被视作大自然的孩子，直到白人出现前，都过着无忧无虑的快乐生活。即便如此，受害的印第安人主题也已露出端倪。不过，特库姆塞的演讲侧重于印第安人性格温和，行为端正。约瑟夫·豪[1]的《米克马克之歌》与此同调，诗中的印第安人，有如沃尔特·司各特历史小说中的英雄好汉。欧洲的旧瓶装上了加拿大的新酒，产生了令人瞠目结舌的迷幻效果。

> 啊！在山脉、平原和海洋，
>
> 米克马克人手臂挥舞，谁敢与之对仗？
>
> 谁能和勇者的儿子，一起掷出锋利的长矛？
>
> 谁能张弩挽弓，如此力强？
>
> 谁能追踪麋鹿，或野生的驯鹿，
>
> 脚步轻快，不知疲倦，像他一样？
>
> 谁能一箭射下潜鸟，百步穿杨？
>
> 谁能划动木桨，穿越惊涛骇浪？
>
> ……

1　约瑟夫·豪（Joseph Howe, 1804-1873），加拿大记者，政治家，领导成立了新斯科舍省责任政府，成为英国北美殖民地上的第一个责任政府，也是整个大英帝国殖民地的第一个责任政府，为加拿大联邦的成立奠定了基础。

森林的自由之子，歌声嘹亮，

直到每座山谷、每块岩石把胜利传扬，

我们英雄的魂灵，飘忽倏往，

凯旋的微笑，永驻他们倒下的地方。

　　但是，此类对欢快、无害恶作剧的展现，很快就让位于另一版本的印第安人：印第安人的纯真少了，威胁多了，成了施虐的化身。印第安人为获胜者、白人沦为受害对象的模式，无疑和将自然妖魔化的情结有关。这一模式，完美地体现于埃·约·普拉特的长篇叙事诗《布雷伯夫和他的弟兄》。从某种意义而言，这是一首地地道道的加拿大诗作：来自纽芬兰、讲英语的加拿大白人新教徒目睹了印第安人处决一名讲法语的天主教神父。普拉特眼里的大自然，具有持久的毁灭性，因此，人类的任务不是接受大自然，而是与之斗争。普拉特用于斗争的武器，就是秩序井然，象征勇气、奉献、仁爱和牺牲的人类社会。耶稣会士努力使印第安人皈依，是否体现了上述品质，无关宏旨；该诗认为他们体现了。处在大自然这边的印第安人，代表了无情的破坏、残酷和暴力，一如普拉特笔下的飓风和冰山。诺思洛普·弗莱在《灌木园》里写道，"……巨人般的布雷伯夫和其他传教士的殉职，是一种献祭仪式：印第安人代表了自然状态下的人性，及其无意识的野蛮。"

　　于是，普拉特专注展现的，不仅是自然界令人不悦的方方面面，还捎带上了印第安人的种种劣迹。布雷伯夫看不到湛蓝的天空、庄严的树木，他在加拿大荒野中的经历，堪比城里人噩梦般的独木舟之旅，其中包括：

岩石、瀑布、货物运输，
双脚被河里的石头割伤、泥泞
恶臭，巨石、原木、缠绕的杂草树丛，
暑热让他渴望夜晚，
他敲击着当作床铺的岩石——蚊群
让他怀疑黎明是否永不会来临。

同样地，印第安人，甚至是那些起初对他友好或至少容忍他的人，也远非"高尚的野蛮人"。其中与他们共居的描述，兼具贫民窟清除倡议和抗酸剂广告的措辞风格：

……烟火的烧燎
迫使他不时将鼻孔贴近地面
喘气，或提供死亡方法的选择：
或在外面冻死，或在里面窒息；
不得不忍受群狗的做伴，
吃他的盘中餐，睡在他的腿上
或脖颈上；玉米糊糊反胃恶心，

无盐、沙碛，还有感觉浮肿……

医师们腐败恶毒，武士们以虐为乐，"小孩子臭气烘烘"，他们和印第安婆娘的身上都爬着虱子。

典型的美国版"印第安人故事"旨在表现两种对抗文化在"边疆"前沿的冲突。白人进军，战斗，获胜，在行进中征服土地；印第安人败北，后退——这种态势被视作理所当然。在普拉特的"印第安人故事"，以及把印第安人归属于妖魔化自然的类似故事里，没有边疆，也没有白人文明长驱直入，横穿北美大陆。白人的远征进展不大，陷于敌区的包围之中，印第安人高奏凯歌。

布雷伯夫深入将他吞没的荒野，他必须假装融入异己的社会。身在荒野，却讨厌荒野，讨厌印第安社会，布雷伯夫最终建起了要塞——一座方屋，绕以防护墙，屋内隔出一块，用来招待归顺的印第安人。他为自己造了一个保护壳：墙外是敌对的势力、自然界和印第安人；墙内是他引进的基督教和法国文明。（早期作家作品的类似"要塞"，参见约翰·理查德森的传奇小说《瓦库斯塔》[1]。）布雷伯夫的目标是将墙外扩，最终容纳所有的印第安人，将他们转化为说法语的天主教徒。休伦族人后来认为他是"邪魔头"——从他们的视角，是的；从普拉特的视角，非也。

1　约翰·理查德森（John Richardson，1796-1852），加拿大士兵，作家，《瓦库斯塔》以原住民酋长彭提亚的传奇经历为素材，讲述了一个关于阴谋与背叛的故事。

除非你旨在改造，让加拿大成为欧洲的复制品，让印第安人成为欧洲人的复制品，布雷伯夫对自然的恐惧并非是白人对自然的唯一态度。他其实拒绝承认加拿大这块土地，这块土地也毁灭了他。但是，在陌生的国度旅行，可以不以改造为目的，而是去探索或观察。这样的立场，至少在表面上，不会导致敌对情绪，而是中立的态度。近来的一些作家就采取了这样的态度。作为观察者的作家，出现在艾尔·蒲迪的新闻纪实性组诗《夏季的北方》中，蒲迪置身于爱斯基摩人中间，不臧否其好坏，而只把爱斯基摩人当作他者。蒲迪一向习惯弱化象征的使用，如果他用爱斯基摩人象征什么的话，那他们就象征着在白人文化噱头中显得微不足道的原始文明。

然而，在加拿大作家中立态度的表象之下，潜伏着无所不在的受害者主题，在蒲迪的其他三首诗中都有呈现。《哀悼多塞特一家》《玻璃柜里的博撒克印第安人骨架》和《印第安村庄遗址》，每首诗都是对已绝灭族裔的哀歌。前两首的主角是已消失的巨人族，他们竞争不过"小个子男人"和白人；第三首描写了一个被疾病摧毁的村庄。蒲迪觉得爱斯基摩人本身怪异，难以沟通或认同（除了作品见弃或受损的雕刻匠、老人等等）。倒是死去或灭绝的原住民，真的对他说过什么，给了他颇有意义的自我反思，他能听见他们"破碎的辅音"。

始于中立观察，归于认同的另一示例是法利·莫瓦特的《鹿的民族》。同样，他选择了受到威胁、在劫难逃的部落，仿佛从他们身上找到了认同的可能。表面上，这本书纪实地叙述了荒地爱斯基摩人的衰亡，该部落以驯鹿肉为主食，因驯鹿的数量下降，挨饿而死。此书实际上是一个濒危种族的悼文，他们惨遭技术"优越"种族的入侵和破坏，接受了并不适用于当地的价值观念。莫瓦特笔下的北极地区，就像蒲迪所写的，散落着早期甚至失落文明的遗物：骨头、石制帐篷环、遗落的雕刻。书中的一则轶事具有神话的向度：萨满巫师的儿子迷恋上白人的种种能耐，长途跋涉到最近的贸易站，带回了一堆没有价值的玩意儿——留声机、锅、小摆设，还有摧毁整个部落的疾病。莫瓦特见到他时，他已垂垂老矣，悭吝，孑然一身，身边堆着收集来的生锈废品。它们是白人做派的象征，最好的结果是派不上用场，最糟的下场是致人于死命。他带进部落的不仅仅是白人的垃圾，还有白人对获胜者和受害者的观念区分。他内化了白人的贪婪，沦为牺牲品，又威胁恫吓其他族人，制造出更多的受害者。

但是，整个部落难逃宿命，最终全员死亡。莫瓦特眼睁睁地看着，深怀同情，无能为力，有力也无济于事。他能找出问题，但无法解决。其书不妨称作民族之殇。

还有一本更早的书，从不同角度谈及了正在消失的土著文化，就是艾米莉·卡尔所著的《克里·维克》[1]，收录了她与西岸

1　艾米莉·卡尔（Emily Carr，1871-1945），加拿大女作家，画家，擅长描绘自然风景和不列颠哥伦比亚海岸自然文化，有"自然女诗人"之称。《克里·维克》（*Klee Wyck*）1941年出版，获当年度加拿大总督奖。

印第安人交往的一系列随笔，篇幅短小，其重要性一直以来都被低估了。如同《夏季的北方》和《鹿的民族》所写到的，白人主人公生活在森林的异族之间，返回后讲述见闻。我们再次看到了被弃、朽化的物件，以及此地腐烂的巨型动物图腾柱[1]。我们再次走进包裹一切、隐隐透出威胁之意的环境，这次不是天寒地冻的北方，而是位于不列颠哥伦比亚省茂密的雨林。那里的印第安人没有灭绝，而仅在衰亡。尽管没有明言原因，但精描了诸多细节：传教士老师强迫印第安儿童学习他们毫无兴趣、对其无甚用途的文化；牧师来了；哈得孙湾贸易站无孔不入。其结果是肮脏、冷漠、未完工的房屋，印第安人被迫用"皮钦语"[2]和白人讲话。最令人记忆深刻的是，印第安婴儿以可预见的规律夭折，一个接一个地入葬印第安墓地。

对于卡尔接触的印第安人而言，被冷落的图腾柱，是对已逝过去看得见摸得着的回忆，这段过去肯定比现在美好。一旦连图腾柱也不复存在，加拿大文学中的印第安人就完全沦为社会压迫和剥夺的牺牲品。黑人充当了美国文学中这一艰难的角色，加拿大也有几个黑人贫民区，但作家不情愿写这一题材。美国文学中的印第安人，不管是好人还是坏蛋，总是多少游离于白人文明之外，黑人则生活在白人文明之中。比如，《汤

1 图腾柱是雕刻和绘画着代表家世血统的木柱，常展现神话或历史事件的标志形象，多立于北美洲西北海岸印第安部落的房屋前面。
2 两个群体之间为彼此沟通而发展出的语言，又称混杂语言，通常不讲语法，词汇量少。

姆·索亚历险记》中的印第安人乔，在荒林僻野，划舟为生；《哈克贝利·费恩历险记》中的黑人吉姆则是家奴——二者差异显而易见。这一区别还可见于福克纳《喧哗与骚动》中的黑人妇女迪尔西和《熊》里的山姆爸爸：前者是她为之服务的白人家庭的维护者，后者徒有"爸爸"之名，其实无亲无故，掌握着另类、原始、晦涩的知识。在加拿大文学里，社会图腾柱上的下等人位置是留给印第安人的。

印第安人沦为社会的牺牲品，可见于乔治·里加[1]的戏剧《丽塔·乔的狂喜》、玛格丽特·劳伦斯的小说《房中鸟》和《火里的居民》。在里加的戏剧里，印第安女主人公在经济、文化和肉体上饱受蹂躏，最后被奸杀。她逆来顺受，孤立无助，唯一的办法就是躲避、逃跑。此处，白人充当了富有进攻性的野蛮人，粗暴变态，代表了整个外在宇宙的敌意。固然有一位白人法官尽己之力救助丽塔，但也只能以白人社会认可的方式。另外，由于丽塔自己深溺于受害者角色，不能自拔，法官的帮助也变得徒劳无功。他的陈词，对强化印第安人社会受害者处境的种种状况做了概括：

> 城市对你们敞开，你们来去自由，可你们就是离不开贫民窟、破旧的街道、小镇的棚户区，当婊子、醉鬼、滥

1　乔治·里加（George Ryga，1932–1987），加拿大剧作家，小说家。

用毒品……顶好是病死，营养不良而死……顶不济的，是被哪个发怒的白人混蛋踢死，打死，他发现你比他还堕落，就把自己的霉运发泄在你身上。有什么能做的？你们印第安人看来只好是破罐子破摔了。

在玛格丽特·劳伦斯的书中，混血的梅蒂斯人[1]汤奈利一家代表了印第安人。小说《房中鸟》讲述白人姑娘瓦妮莎带着皮凯特·汤奈利到她的夏季小屋，发现两人有天壤之别。该书和《火里的居民》叙述了皮凯特的悲惨经历。她嫁给了一个"英国人"，遭抛弃，迫使她回到她原以为可以逃离的穷家破屋。一次，她发酒疯，烧了房子，她和孩子全都葬身火海。史黛西，《火里的居民》的女主人公，听皮凯特的妹妹瓦尔讲述了这起悲剧。瓦尔站街卖色，穷困潦倒，未老先衰，丽塔·乔如果活了下来，最终的下场也将和她一样。史黛西本该心生同情，但印第安人沦为牺牲品的常态令她尴尬。她做什么都帮不上忙，也完全不清楚该做什么，甚至连她都觉得印第安人无可救药，意志消沉，毫无出息。这种想法，也由书中的另外一个人物道出，他谈到了加拿大西岸一个僻远的村落：

1　梅蒂斯人（Metis）是印第安人与白人通婚的后代。最早的梅蒂斯人是印第安女子与今日马尼托巴省的欧洲皮毛商人所生的子女。1869年，加拿大人准备接管西北地区，梅蒂斯人在领袖路易·里尔的率领下武装反抗，并建立了临时政府。1870年，该临时政府与加拿大政府谈判，建立马尼托巴省，成为加拿大联邦的第五个省。

……印第安人的村子，都是些破茅屋，什么都灰蒙蒙的，孩子灰头土脸，连狗都浑身是灰，它们看上去有几百岁，也许它们就是那么老，也许快要死了，肯定活不长了。他们看着你……憎恨就开始了，有什么奇怪的？……如果我是他们中的一员……我保证也会恨死了我这样的人，从外界闯进来……你不问这些人任何问题，你没受够苦，不知道他们知道的东西，你没有权利探头探脑。所以，你瞅一瞅，就离开了。

最后，印第安人成了苦难的标杆，白人比较后发现，自己受的苦要少些。无论他们自己有什么样的痛苦，印第安人总苦过一筹。"呸，史黛西，你愁什么？"瓦尔问，"说出来听听，笑死我了。"

我们也许期望，作家们能把受害的动物主题和受害的印第安人主题联系起来，他们确实做过这样的联系。印第安人一度被视作自由、野性和美丽的动物，现在则困于樊笼，无法逃离，赢弱多病。此种隐喻出现在两位貌似不同的作家笔下，一位是"现实主义作家"休·加纳，另一位是隐喻大师亚·摩·克莱恩。克莱恩的诗作《印第安人保留地：卡纳瓦加》[1]明显使用了上述隐喻，往昔的印第安人犹比令人钦慕的动物：

1　卡纳瓦加（Kahnawake）是位于加拿大魁北克省的莫霍克人保留区。

那些部落在哪里？长有羽毛的动物寓言集在哪里？

伊索寓言里的动物，挺直，鲜红

长有毛皮的名字令所有生物成为同族

奔鹿酋长、黑熊兄弟、老牛头？

　　诗歌自问自答：被捉住的动物，庶几灭绝的动物，大概都在动物园和笼中（或者称之为保留区）：

野草丛生的隔离区，没有家园。

这些是博物馆保存的动物，

好猎人胜出了。猎物

流尽了鲜血，这些地方存放着它的尸骸，

苍白，皮毛失去了光泽……

　　在克莱恩的诗歌中，原始过往的遗存仍然历历可见，但已变成向游客兜售的小玩意。加纳的短篇小说《一个、两个、三个小印第安人》中的大个儿汤姆，就像动物园里的动物一般，把印第安人的过去变成了可耻的模仿。故事以大个儿汤姆的自述开始，一个充斥"胜利字眼"的传说。可听众却是一个少不解事的小孩，在故事最后夭折了。大个儿汤姆依稀记得"古老的方言"，戴着插羽毛的帽子，在公路边卖篮子赚钱。他不得不装扮成"印第安人"，满足那些想领略地方色彩的美国游客。

"'我希望他能看相机,'"一名游客说,"仿佛在对笼子里的动物说话。"汤姆的"印第安人"身份正如樊笼,紧紧地束缚着他。

有意思的是,游客是美国人,诺兰诗歌《狩猎者》中的猎手也是美国人。实质上,加拿大白人对处于受害者地位的印第安人的认同,可能掩盖了如下推论:"我们之于美国人,犹如印第安人之于我们。"在戴夫·戈弗雷的短篇小说《河上》里,白人主人公对一位问他是谁的老妇人谎称"我是印第安人"。他所说的是玩笑话,但联系该书上下文(美国人是侵略者),或许就不甚好笑了。伊芙·台里奥[1]的两本书《阿加古克》和《阿西尼》,以原住民主人公为伪装,多少反映了法裔加拿大人面临的问题。阿加古克的儿子摒弃了父辈的近亲繁殖和停滞的文化,试图找到自己的路,妻子则要求"做母亲"的权利,他忙于处理家事和内政,却也受到白人贸易公司(合法的)和白人私酒商(非法的)盘剥。《阿西尼》明里讲述受害的印第安人抵制外来文化的入侵,暗里更多涉及外部"英裔"世界对魁北克的威胁。《阿加古克》碰巧有一个皆大欢喜的结局,而《阿西尼》结局悲惨。但它们都指向了身份认同的问题,推论如下:"我们法裔加拿大人之于英人,如同原住民之于白人",都是被剥削的、面临灭绝威胁的牺牲品。

在小说《美丽的失败者》中,莱昂纳德·科恩表现了受害的

1　伊芙·台里奥(Yves Thériault, 1915-1983),加拿大最高产的作家之一,著有1 300多部电台和电视剧本,50多本图书。

印第安人主题，其手法和格雷姆·吉布森表现动物受害者的手法如出一辙，一步步推出极其合理的结论。《美丽的失败者》不仅描述了受害者的苦难，也涉及加拿大旁观者需要认同受害者的心理。主人公是一位民俗学家，特地挑选了一个十分凄惨而失败的印第安部落为研究对象。这个部落叫"A——"（他们甚至不能以全名出现），仅剩下最后十名成员，完美诠释了书名中的"失败者"：

> 他们的历史简短，以连吃败仗为特色。部落的名字"A——"，竟然是邻近部落语言中表示"尸体"的词语。这个不幸的民族没有一次战胜的记录，而其敌人的歌曲和传奇，几乎充满了不绝于耳的凯旋的喧嚣。

"我对这族失败者的兴趣，暴露了自己的性格，"主人公自我评价道，"F向我借钱时，经常说，多谢，老A——！"

简而言之，主人公自己需要把自己变成一个受害者，他对"A——"部落的兴趣，就是这种需要显现出来的症状。他迷恋的两名女性，进一步说明了其病症。二女都是受虐狂，印第安人，早故。一个是他的前妻伊迪丝，十四岁时遭四名白人男子奸污，后来以让电梯压死自己的方式自尽。另一个是加拿大早年的"圣女"凯瑟琳·泰卡威塔，她擅长鞭刑和禁欲，嗜穿荆棘做的衬衣并斋戒，主人公沉溺于对她的幻想，陶醉不已。他所认同的，正是她们受苦受虐的能力。"我钻进图书馆，寻找受害者的新闻，"他问，"这奇怪吗？"敏锐的读者准会回答，"不。"

凯瑟琳·泰卡威塔的书面史料由主人公的亡友捐赠给他。这位F是他的情人，也是他妻子的情人兼另一自我。F曾参加魁北克解放运动，在炸毁英国女王雕像时失去了拇指，因精神错乱犯罪被送进医院，在那里度过余生。他回想起自己和伊迪丝受到布雷伯夫神父殉道之文（以及其他事情）诱发的性实验，这些实验也将他俩推向了毁灭的边缘。F在精神病院沉思冥想，其中一段不啻是对获胜者/受害者关系链的完美展示（从法裔加拿大人而不是英裔加拿大人的视角）：

> 英国人对我们做的，就是我们对印第安人做的；美国人对英国人做的，就是英国人对我们做的。我要求为每个人报仇。我看见一座座城市在燃烧，我看见一块块电影屏幕变得漆黑……我看见耶稣会士惩罚别人。我看见树木抽回了长屋的屋顶。我看见胆小的鹿杀人，夺回它们的毛皮。我看见印第安人惩罚别人。我看见混乱吞吃了议会大厦的金色屋顶。我看见水流溶化了喝水动物的蹄子。我看见尿液盖住了篝火，加油站被整个吞没，一条又一条高速公路沉入了荒野的沼泽。

按照F的臆想，为了颠覆获胜者和受害者的关系链，为了替每个人"报仇",人类文明的所有载体全都得推翻,回归大自然的混乱,回归"荒野的沼泽"。在这个臆想中,印第安人不过是众多受害的对象之一,普天之下皆是受害者,万物皆是受害者,甚至被动物喝下去的水。恐怕很难比这再进一步了。

*

到目前为止,我们已经看到了,加拿大文学中的印第安人被用于两个主要目的:一是作为妖魔化的自然的工具,折磨和杀戮白人受害者;二是令他们成为受害者主题的变体。加拿大作家似乎对印第安人和爱斯基摩人本身的兴趣不浓,而热衷于作为外人走进他们中间,参与自己最喜欢的游戏。这两种用法都将印第安人限定于第二种心态,即获胜者和受害者的出现不可避免,印第安人注定要受虐,施虐,因为此乃宇宙之道。无论印第安人是受虐者,还是施虐者,作者都一致认同受害的一方,不管这方是白皮肤,还是红皮肤,而且抱有受制于必要性的观点。要想摆脱获胜者、受害者角色无休无止的轮换,就必须转到第三种心态,即拒绝认同苦难不可避免。这并不意味着毁灭一切,如同F的臆想,而是摒弃获胜者/受害者游戏本身,印第安人也可以摒弃这种游戏。是否可行,尚是问题,且待试行于社会吧。但是,以下有一些例证说明,在文学上存在其他可能。

在《美丽的失败者》和《克里·维克》这两部小说中,印第安人不单纯是受害的对象,还可以是魔力之源,自然和超自然世界的知识之源,白人在"文明化"时,已宣布与这些魔力和知识决裂。霍华德·奥哈根[1]的传奇小说《塔伊·约翰》的主人公就有神授的力量，他是一个奇妙的混血儿，先人有异禀，但遭白人社会排斥。倘如白人社会接受他的话，或许就能接触到自然的伟力，重获能量，正常发展。

在白人以及给予生命而非扼杀生命的自然之间，印第安人被用作二者之媒介，与这种用法并行的，是在印第安传说中寻找神话材料，供加拿大作家遣用，犹如欧洲人长期使用希腊神话和《圣经》一样。印第安人和爱斯基摩人堪称我们真正的"祖先"，因此，我们应该从他们的传说中汲取诗文的素材。数位加拿大作家转用了印第安传说，显著者，有乔治·鲍威林[2]的两首长诗《温迪戈》和《哈马特撒》[3]。麻烦的是，欧洲作家可以假定读者知道他使用的神话原型，而印第安传说并不广为人知。这就意味着，在实际写作时，加拿大诗歌通常分成两部分：重述传说和"应用"传说。所谓"应用"，就是诗人对传说进行诠释，或者将它融入自己的文化经验。温迪戈是冰石心肠的妖魔，而我们都处在变成他的危险中；食人族的哈马特撒，"下山了/藏在我们眼睛的森林里"，则象征着我们社会的弱肉强食。

---

1 霍华德·奥哈根（Howard O'Hagan，1902-1982），加拿大作家，首批出生于当地并对加拿大文学产生影响的美国西部人。
2 乔治·鲍威林（George Bowering，1935- ），加拿大诗人，小说家，评论家，编辑，是除了玛格丽特·阿特伍德和迈克尔·翁达杰外唯一同时获得总督文学奖诗歌类和小说类奖项的作家。
3 哈马特撒（Hamatsa）是加拿大西北岸原住民夸嘉夸部族（Kwakwaka' wakw）的一种传统舞蹈仪式，又称"食人舞"，反映了一个未成年者的社会化过程。

然而，对印第安祖先最生动的运用，见于约翰·纽罗夫的两首诗作《资源，土壤》和《骄傲》。第一首诗是一首复杂的杰作，讲述了诗人对生死真谛的渴求，海岸印第安人的文化成了诗人眼中的生死象征：

> ……这些
> 偏执的民族，海岸边的撒利希族、
> 夸扣特尔族、努特卡族、钦西安族、海达族
> 我必须为了什么向他们道歉？
> 他们的恐惧、恶作剧的传说、
> 颜色和面具、林中野姑娘
> 发间戴蜂鸟的故事、死亡，
> 也是我的，因为我也是一个人，
> 被卷在里面。一切加于
> 我身。

第二首诗《骄傲》的内容更加广泛明了，带领读者走进加拿大西部印第安人的历史，从主宰土地，到日渐衰落，最后被白人取代。问题是，假如你是一个初来北美大陆的白人，无根无基，你能为过去做些什么？

> ……他们万事俱备

　　　　等着被发现，传说、

　　　　民族，或者

　　　　他们所有的神灵和记忆，

　　　　一切强健的

　　　　能被记住的……

　　请注意，印第安人的传说还未被发现，只是"一知半解""晦涩模糊"。要想解决无根无基这一问题，关键在于接受这片土地，至少可以部分地通过传说、故事和语言，借此，我们可以发现：

　　　　我们的起源，

　　　　我们真正来自哪里

　　　　这是谁的土地，

　　　　将来又会是谁的土地。

　　这首诗的结尾，白人神奇地转型为印第安人，死去的印第安人则化为泥土，"最后我们成为了他们"，"他们/成为我们真正的祖先，/被同样的风雨塑造，/在这块土地上，我们/成为他们的族人，重新/复活。"

　　当然，"接纳"印第安人为祖先的危险是，你可能只认同他们是受害的对象，而非土地上的真正居民。上述两首诗表明，纽罗夫至少部分认同了偏执、死亡、失落和失败，以及对所在地的自豪、归属感和起源。但是，《骄傲》重在强调接受一个人的所在地，借之获得新生，对我们"事实上"在哪里执着求索。

不妨争议一下，了解我们的起源，"事实上"，很可能要求去挖掘已故苏格兰长老会教徒和法国天主教徒留下的一堆故纸。不过，之后的章节将完成挖掘的重任。

短书单：

艾米莉·卡尔，《克里·维克》(*Klee Wyck*)，克拉克·欧文出版社，$1.50。

莱昂纳德·科恩，《美丽的失败者》(*Beautiful Losers*)，班坦图书出版公司，$0.95。

法利·莫瓦特，《鹿的民族》(*People of the Deer*)，麦克勒南 & 斯图亚特出版社，$1.25。

埃·约·普拉特，《布雷伯夫和他的弟兄》(*Brébeuf and His Brethen*)，麦克米兰出版社，$0.95。亦见《诗选》，麦克米兰出版社，$1.95。

乔治·里加，《丽塔·乔的狂喜和其他戏剧》(*The Ecstasy of Rita Joe and Other Plays*)，新出版社，$3.00。

长书单：

艾米莉·卡尔，《克里·维克》，克拉克·欧文出版社。

莱昂纳德·科恩，《美丽的失败者》，班坦图书出版公司。

诺思洛普·弗莱，《灌木园》，阿南西出版社。

休·加纳，《一个、两个、三个小印第安人》（One, Two, Three Little Indians），威弗第2集。

约瑟夫·豪，《米克马克之歌》（Song of the Micmac），《加拿大诗集》（*The Book of Canadian Poetry*, ed. A. J. M. Smith），亚瑟·J. M.史密斯编，盖奇出版社。

亚·摩·克莱恩，《印第安人保留地：卡纳瓦加》（Indian Reservation: Caughnawaga），《摇椅》（*The Rocking Chair*），瑞特森出版社，已绝版。

玛格丽特·劳伦斯，《火里的居民》（*The Fire Dwellers*），流行图书馆。

玛格丽特·劳伦斯，《房中鸟》（*A Bird in the House*），新加拿大图书馆。

查尔斯·梅尔，《特库姆塞》（节选）（Tecumseh, excerpts），《加拿大诗集》（*The Book of Canadian Poetry*, ed. A. J. M. Smith），亚瑟·J. M.史密斯编，盖奇出版社。

法利·莫瓦特，《鹿的民族》，麦克勒南 & 斯图亚特出版社。

约翰·纽罗夫，《资源，土壤》（Resources, Certain Earths），《孤身进入》（*Moving in Alone*），接触出版社，已绝版。

约翰·纽罗夫，《骄傲》（The Pride），《黑夜之窗》（*Black Night Window*），亦见葛、布；曼德尔。

埃·约·普拉特，《布雷伯夫和他的弟兄》，麦克米兰出版社。亦见《诗选》，麦克米兰出版社。

艾尔·蒲迪，《玻璃柜里的博撒克印第安人骨架》（Beothuk Indian Skeleton in a Glass Case），《野葡萄酒》（*Wild Grape Wine*），麦克勒南 & 斯图亚特出版社。

艾尔·蒲迪，《爱斯基摩墓地》（Eskimo Graveyard），《夏季的北方》（*North of Summer*），麦克勒南&斯图亚特出版社。亦见葛、布；曼德尔；《诗选》。

艾尔·蒲迪《哀悼多塞特一家》（Lament for the Dorsets），《夏季的北方》，麦克勒南&斯图亚特出版社。亦见葛、布；曼德尔；《诗选》。

艾尔·蒲迪，《印第安村庄遗址》（Remains of an Indian Village），《野葡萄酒》，麦克勒南＆斯图亚特出版社。亦见葛、布；曼德尔。

约翰·理查德森，《瓦库斯塔》（Wacousta），新加拿大图书馆。

乔治·里加，《丽塔·乔的狂喜和其他戏剧》，新出版社。

附录：印第安人的作品

本章提到的书籍均为白人所写。印第安人自己的所思所想，与之不同，已开始付诸文字。欲先睹为快，可尝试以下书籍：

哈罗德·卡迪纳尔，《不公平的社会》（The Unjust Society），何廷出版社。

特里·麦克卢汉，《触摸大地》（Touch the Earth），新出版社。

皮特塞奥拉克，《皮特塞奥拉克》（Pitseolak），牛津大学出版社。

杜克·雷德伯德、马蒂·邓恩，《白里透红》（Red on White），新出版社。

瓦巴谢哥，《唯一的好印第安人》（The Only Good Indian），新出版社。

第 5 章

祖先的图腾：探险者与定居者

……真正时时刻刻

在他们自己内心的

就是他们正在寻觅的

可是没有气压计和指南针

一个人可以

探索自身吗……

——艾尔·蒲迪，《西北航线》

　　　　　……它们起伏

我们说，起伏不断的山脉，

　　　　　但是，我们拥有的是

直线、

　　　　油井架、升降机、铁轨、

白人的足迹……

——乔治·鲍威林，《石油》

……后来，它摧垮了在此安家的人，一年年

把他们拖进砂砾密布的土壤，越来越深，

男人耕耘农场

　　　　　一辈子

只要意志消失，就会在一个月内虚弱下去，

尽管严酷的环境仍在继续……

——丹尼斯·李，《平民的哀歌》

……湖区、岩石地、山乡

邻近世界所在的地方

在城市所在的地方稍稍向北

某个时候

我们可以回到那里

我们曾经失败的乡野……

——艾尔·蒲迪，《贝尔维尔北边的乡野》

……我们是人，我们要求

世界要有逻辑，不是吗？

——格温·麦克尤恩[1]，《恐怖和幽冥》

1　格温·麦克尤恩（Gwen MacEwen, 1941–1987），加拿大诗人，曾两获加拿大总督文学奖。

到目前为止，我们考察了我们初来北美所遇事物在加拿大文学中呈现的模式。现在，我们将要看看遭遇那些事物的人：本章中的探险者和定居者。表现这些经历的文学模式不同于经历本身，这毋庸多言。比如，我们关注的不是探险者的日志，而是考察后来作家对探险人物的塑造。不过，你怎么看待表现这些经历的文学模式，除了美学鉴赏外，还部分取决于你对原初经历的评价。

举例而言，倘若你认为加拿大的自然环境确实是人间天堂，遍地流淌着现成的奶和蜜，而你发现我们的作家反复告诉你大自然是多么可怕，你就会甚觉荒唐。但是，如果你已认定这块土地的确环境恶劣，气候严酷，生存艰难，你便会不耐烦那些描述自然甜美的作家，而为竭力讲述其艰难坎坷的作家鼓掌喝彩。如果你觉得加拿大不是殖民地（或集体受害者），你会恼火于对受害者主题的重申，指责作家病态、神经过敏。抑或你是"国际主义人士"，就会指责他们"乡土气"，纳闷他们为什么不写些振奋人心的东西。然而，假若你认定加拿大作家讲述了加拿大人的真实处境，你至少可以赞美他们实话实说；但他们要是坚持存在即合理、人物或读者都无路可走，倒也让人沮丧。

我将要考察的是，作家实际"表述"了些什么，形成了什么样的模式。是否喜欢这些模式，认为它们是否准确（喜欢和准确不是一回事），完全由你定夺。我自己容易被那些逃避、修正或遮遮掩掩的作品弄得情绪低落，而更欣赏遵从模式并从中产出固有结局的作家。我宁可读到悲惨而非愉快的结尾，如果情节要求如此。然而，仅仅因为文学习俗或国民心理要求一个受害的对象，作者就草草了结人物的性命，这也非我所喜。关于这个话题，显然需要更多的篇幅。我会在第12章中详谈，同时，接着详谈过去。

*

你现在置身哪里，部分取决于你曾到过哪里。你若不确定自己身在何处，或者能够确定，但不喜欢这个地方，就会在心理治疗和文学上产生同一种趋向，即回溯你的历史，看看你是怎么来到这个地方的。

本章标题"祖先的图腾"，指的是图腾柱的功能，它们以具象的方式表现神话中的先祖人物，象征着团结与身份，对过去和部落的认同。这部分解释了作家为什么转向过去——挖掘图腾，或至少是用以雕刻图腾的树木。加拿大文学中存在鲜明的考古主题，挖掘被埋没被遗忘的过去。在我看来，艾尔·蒲迪的诗歌，对此表现得最为淋漓尽致，在安大略省的古老农舍、墓园、印第安村落的遗址和其他类似的场所，都有人在探访寻找。

蒲迪找到的并非什么图腾，而更有可能是一块骨头或一件旧物。比如，在诗作《私人财产》中，他写道，"我在泥土里扒寻／如同它是一个衣柜"，他找到的不是"石器时代或青铜"，而是一个残旧的铁门闩，"一块上百年的骨头"和"一片蓝色碎瓷"。可是，他很快将它们转换成图腾：它们维系着他的文化过往，等到他离开工地时，他想象着"地下的家庭/一直在延续"。

向过去寻根的作家不止蒲迪一人；"根"是一个合适的用词，挖掘者通常都要找到"根"，如果他们要寻的不是"根"，作家可能会从旧时经历的模式中提炼出一些隐喻，以表现他们当下的个人经历。借古说今，并非加拿大人所特有，但你能够创造出什么样的隐喻，部分取决于哪些东西能真正为你所用。寻根并无任何独特之处，根遍布地下，不必踏破铁鞋就能找到。可是，无论你计划它作何用，也只能地下有什么，你就挖什么。在加拿大，穿过覆盖着近代祖先的表层薄土，你碰到的不是什么理查三世、美国革命或者法国革命，而多半是定居者或探险者。

这两类人都是第一次踏上这块土地，但性质不同。定居者要在土地上开荒安家，探险者则是首度到此漫游，无意定居。他或许要专门寻找什么——印度、西北航线、金矿，他的探险不啻是寻觅；或许他要勘测新的地区，探其究竟。无论哪种情形，他都是冒险进入未知之地。

探险者

在十九世纪英国文学中，"探险"传奇的内容丰富多彩——《男孩年鉴》[1] 里的简单冒险故事、吉卜林笔下这些故事的复杂版

---

1 《男孩年鉴》（*The Boy's Own Annual*）是伦敦漫画周刊《男孩之报》（*The Boy's Own Paper*）的年度合刊。

本、"长生不老药"的传说及其演变版本，如瑞德·哈葛德[1]的小说《她》。探险家游历的"未知"之地，通常是非洲、印度或阿拉伯，还有丛林、沙漠或其他异域。"当地人"，或怀有敌意，或迷人可爱，或两者兼具，探险家遇到的麻烦或得到的回报中，都有当地人的份儿。再深入一层，"探险"故事还带有踏上心灵未知之旅的意味：旅程通向自我的未知部分、无意识、各种各样潜在的危险和精彩。在这种情形中，"英国"或"欧洲"象征日常的自我，或无意识混乱的反面——理性思维的秩序。探险者必须放下理性的秩序。约瑟夫·康拉德在《黑暗的心》中描写的主人公在丛林中不敌自我的诱惑，堪称心理探索冒险故事的顶尖之作。翻阅一下十九世纪的英国诗集，你会发现十几首这类主题的名篇，我立刻就会想到的两首是——勃朗宁的《罗兰骑士来到黑暗的塔楼前》和丁尼生的《尤利西斯》。

倘若作者要把人物送到加拿大的"未知"领域，不管是要写一个单纯的探险故事，还是进行心理方面的探索，他必须排除沙漠、<u>丛林</u>，以及瑞德·哈葛德擅写的隐秘的古埃及式的异域文明。可用的地点有森林、山脉、北方和北冰洋；可用的文明则来自印第安人和爱斯基摩人，但也可能是臆造出来的某种生物（我记得几部以加拿大北方地区为背景的恐怖科幻小说，虚

1　亨利·瑞德·哈葛德（Sir Henry Rider Haggard，1856-1925），生于英国诺福克郡，早年于南非求职。1885年，凭借第一部小说《所罗门王的宝藏》而成名。此后，他创作了一系列以冒险故事及异域风情为题材的作品。

构了居住在坑穴内的怪物，但作者不是加拿大人）。其他可能展开冒险的地方，就是海洋、五大湖[1]及大江大河，水上、水下都可以。探险者在这些地方的行动，包括发现未知的地域、接受环境考验、认识以前不知的自我。在任何一种情形中，就是这些地点——荒野、北方和水域——成了加拿大"浪漫主义的"现场，也是这些地点，而非城市或小镇，成了加拿大传奇的惯常发生地（相对于现实主义、讽刺或喜剧的模式而言）。

描写"探险者"的小说和诗歌，不必尽同于"自然即妖魔"的小说和诗歌。在格罗夫的《雪》和普拉特的《泰坦尼克号》中，自然是杀人凶手，但受难者并未进行什么特别的探险活动。不过，探险故事显然也会涉及自然造成的死亡，如伯尼的诗歌《大卫》就同时包含了两个主题（山脉、死亡）。实际上，受作家派遣去探险的加拿大主人公，很少肤发无损地回来。对他们而言，自然界、或无意识的环境、或他们要与之对抗的一切，都太强大了。探险故事的主人公有别于本书第8章讨论的英雄人物，前者通常出于个人目的探险，后者则是为了整个社会。

"探险"是加拿大文学的常见主题。我相信，个中缘由和"这里是哪里"的困窘不无关系。如果作家觉得自己置身不明之地，借用亚·摩·克莱恩的《诗人的风景肖像》之语，就是置身于一个"罕被言说的"世界，他会自发地产生两种冲动：探险

1　即北美洲的苏必利尔湖、密歇根湖、休伦湖、伊利湖和安大略湖五个相连湖泊的总称，又称大湖，有"北美大陆地中海"之称，大多在加拿大和美国交界处。

与命名。（若诗歌提及了图表、地图——那些标注地名的方位指南，就是一条线索，提醒你在阅读的是一首探险诗。）我将对加拿大的探险主题会形成的类型加以推测，也仅是推测而已。我想，有两种主要类型：

✓一无所获的探险。
✓注定失败的探险，即探险者死亡。

在加拿大文学的灌木丛里翻翻捡捡，我发现了如下诗句：

> 穿过缠结的丛林，摁下沾着露水的车闸，
>> 返回我们出发的地方
> 我们默默经过，离开
>> 那个我们未命名的湖

上引诗句选自弗雷德里克·乔治·斯科特[1]的《未名湖》，是早期诗歌对第一种探险的完美阐释。余诗仅仅是对刚被发现的湖做了一番描写，有趣的是探险者的态度：他们来了，看了，无所事事，除了湖以外什么也没"发现"，然后默默离开。离开，不给湖命名，相当于拒绝命名。

1　弗雷德里克·乔治·斯科特（Frederick George Scott, 1861-1944），加拿大诗人，以自己的战争经历写作了大量诗歌，有"劳伦森的诗人"之称。

你或许在想，我用一首简单平庸的自然诗，就得出抽象的结论，未免牵强附会。那么，看看格温·麦克尤恩诗集《阴影制造者》里的三首自然诗吧，它们排列在一起，内容从抽象变得越来越具象。第一首诗《发现》，对探险进行了总体评价，开头如下：

> 不要想象探险已经
> 结束，不要想象她揭示了所有神秘
> 不要想象你手中的地图
> 取消了进一步的探究

该诗如此结尾：

> 当你看到裸露的土地，再看一看吧
> （烧掉你的地图，那不是我的意思），
> 我的意思是，它看来最平凡的时刻
> 是你必须重新开始的时刻

探险看来是强制的（你必须重新开始），也永无止境，你一无所获，也到不了任何永久之地。当然，该诗或可被解释为一首寓意"生活就是如此"的泛泛之作，但是，联系接下来的两首诗，它是非常有加拿大特色的。

第二首诗作《货物运输》，也是关于成功抵达的不可能，运用了更有加拿大风味的意象：货物运输、独木舟、印第安鼓。探险者探索自我，而自我的意象则是一片未知的土地。

> 我们和自我旅行了很远
> 拉长了我们的名字；
>   我们把自己背在
> 背上，像独木舟
> 运送奇怪的货物，穿过小道……
> 寻觅这片土地的边界、
> 终端和海岸线。

讲述者徜徉在秋天的风景里，对冬天毫无准备，甚至丧失了目标感，尽管印第安人送来的无法破译的消息"试图告诉我们／我们为什么来"。探险一无所得，最后暂告段落：

> 但是现在，我们害怕行进
> 也畏惧停滞
> ……
> 我们怜悯被伐倒的树木；无法了解
> 我们悲伤的原因。
> 我们再也不能拖着

我们的船，拖着我们自己

穿过这些弯弯曲曲的小道。

第三首诗，《鸥湖夜色》，含有基于"现实"独木舟之旅的更为具体的意象。此次，探险者划着借来的小船，登上了一座小岛，想知道自己是否第一个为小岛起名的人（诗歌没有回答）。他们在岛上度过了酷寒的一夜，什么也没发生。诗的结尾如下：

次日，水波清浅，

我们离开，

口袋里装满了

我们知道定会丢掉的

鹅卵石。

我们转身

最后一次

回望，小岛

消失在雾中

从未被人熟识。

唯一找到的东西是会被扔掉的鹅卵石；唯一的发现，是不可能有什么发现。

道格拉斯·勒庞的《没有神话的国家》也属于这一类探险诗作，只是探索的显然是加拿大人的精神世界，结果仍然一无所获。对"一无所获的探险"诗歌的处理有所变化的，是约翰·纽罗夫的《冬季的塞缪尔·赫恩》。诗人探讨了一种诱惑，把探险者的行程化作前往"浪漫世界"的旅途，但却不是让"住在暖气房里"的人感觉美妙的幻旅。相反，诗人假设塞缪尔走进了龌龊的地方，帐篷散发出"特别/难闻的异味"，出于实用目的，探险者要"了解，干活"。尽管纽罗夫坚称塞缪尔"在这块土地上/……不只是忍受"，可我们确定不了他除了忍受，还做了什么，或"了解"到了什么，也许在诗歌末尾他了解了死亡。在"帮助他的人们"面前，"无助"的他阻止不了一个爱斯基摩女孩的死亡。诗歌就此收尾：探险者是无助的死亡见证人。

　　完美演绎这种探险观的短篇小说，还有马特·科恩[1]的幻想小说《哥伦布和胖夫人》。这是一出加拿大味十足的美洲发现记，其中的哥伦布几乎不像凯旋的新大陆发现者。他搞岔了时间，姗姗来迟，被迫充当助兴节目里的小丑，每晚复述航程中遭遇的惊险事件，每次讲完后都冷汗涔涔，恐惧不已。他对西班牙生活的回忆充满折磨和死亡，导致现在的他（可以理解地）被强烈的漂泊感笼罩着，什么也没发现，什么也不理解，只知道一切都出了可怕的差错。

1　马特·科恩（Matt Cohen，1942-1999），加拿大小说家，诗人，儿童文学作家，加拿大作家协会创始人之一。

第二种探险主题——注定失败的探险——也是加拿大人的最爱。这在埃里·曼德尔[1]的短诗《来自北萨斯喀彻温》隐隐若现：

在高耸的悬崖上发现
底下割裂的河流
　　　送出消息
我们已经和船上的人说过……
……
我不明白树上记号的意思

今天的天空被狂风撕扯
鏖战后的田野
密布云彩的尸首

为我的孩子赐福吧
在派遣我们的人那里为我们美言吧

就说我们已经竭尽所能
还未了解
河流北边有什么

1　埃里·曼德尔（Eli Mandel，1922–1992），诗人，文选编者。

宛如野兽的山脉那边又有什么

　　诗中，叙述者受某人派遣，进行超出其能力的探险，结果寻找失败了。他读不懂树上的记号、云彩如尸首的意象、给孩子的祝福（临终遗言吗？）和野兽似的山脉，都在暗示他没有完成使命，不会活着回来了（不管"回来"是什么地方）。

　　注定失败的探险——这一主题也浓缩在格温·麦克尤恩的一首好诗中，题为《恐怖和幽冥》，诗中包含了几重探险者的声音。其主题是富兰克林寻找西北航道的探险，结果当然是一场灾难[1]。麦克尤恩插入了探险日志的选段，分别是富兰克林、克洛泽和航线发现者拉斯穆森的记录[2]，形成了一种另类的叙述。探险者驾船艰难行进，接着在冰原上绝望地跋涉，发现自己的探险所得是人类忍受力的极限和自己将要到来的死亡。拉斯穆森对富兰克林说：

　　　　　　地球坚称

　　　　只有一种地理，然而

　　　　还有一种

1　西北航道（Northwest Passage）是指由格陵兰岛经加拿大北部北极群岛到阿拉斯加北岸的航道，经由数百年努力寻找才成型。1845年5月19日，英国航海家约翰·富兰克林率两艘船只共129名船员，出发寻找西北航道，结果无一人生还。
2　弗朗西斯·克洛泽（Francis Crozier, 1796-1849），富兰克林的副手，第二艘船的指挥。克努德·拉斯穆森（Knud Rasmussen, 1879-1933），格陵兰、丹麦极地探险家及人类学家，是第一位通过雪橇穿越极地西北航线的欧洲人。

被碾碎的复杂的人类地理。

以"注定失败的探险"主题内容，观照邓肯·坎贝尔·斯科特的名诗《阿尔的风笛手》，该诗就呈现出了新的意味。它也叙述了注定失败的探险。探险者，即吹笛人自己，尚未启程就已亡故。他原要搭乘的船只，如同尸骸，瘫痪了，船上的水手——死亡，船最终沉没。探险最终发现的是海底，是死亡和无意识的王国。这种发现是异常静态的，因为水手和吹笛人的尸体已经变成了点缀着凝固画面的金属人物。

*

我们在此考察的探险主题，和先前探讨的受害者主题，两者之间存在明显的联系，只不过在探险主题中，没有看得见的获胜者或迫害者；也许探险模式的核心主要是"失败者"，而非"受害者"，尽管二者包含相同的态度（受害者指责别人，而失败者要是指责什么人的话，就是他自己；二者都是没有成功的人。）

另外，还有一个领域，从中你可以发现"探险者"主题的变体版；我指的是加拿大人作为游客或侨民，回顾他们的来路并返回欧洲（或者世界其他"古老"地区）的诗歌和小说。将他们的反应，和美国作家如亨利·詹姆斯、海明威的返欧反应，做一比较，没准饶有趣味。对此我可以聊做猜测，但是你很可能已经有所推想了。

定居者

在麦克尤恩的诗歌中，富兰克林受困于北冰洋地区的混乱，气息奄奄，他想将秩序强加给混乱，结果失败了。通常，探索者走进混乱，然后走出混乱，无意强行使之秩序化，因为那是更有定居者特色的做法。定居者不是穿过一片疆土就离开，而是走进一块尚未开垦的野地，试图把大自然的秩序（在人看来像似混乱）改造成人类文明的形态：公路、房屋、篱笆围起的园圃，里面种着可食用的植物，外面是野草；然后，为了满足生存以外的需要，建起了教堂、监狱、学校、医院和墓园。大自然的秩序犹如迷宫，复杂，盘曲；西欧人的秩序倾向于正方形、长方形、直线和类似形状。（加拿大小镇的布局大致像棋盘，可能是在要塞的基础上向外拓展而成。）因此，加拿大拓荒者是一个大圆中的方形人，要解决用直线划分弯曲空间的问题。当然，直线的必要性不存于自然界，而在他自己的头脑里。若他尽力去适应自然，而非反其道而行之，他的日子可能要过得快乐些。

美国的"拓荒者"是绝对方正的男子，清教徒前辈移民的类型，在费尼莫·库柏的小说就有描写。纳蒂·邦波，也叫鹰眼，将想定居的人带到野外，他对建造房屋、开辟农场不感兴趣，而是顺应自然，按照印第安人对待土地的方式生活（那是过时的方式，可见于库柏夸饰的行文风格）。他一步步西迁，居民区在他身后崛起，带来了法律和秩序。他迁移，为的是逃离法律和秩序，当他和子孙后代深入西部腹地足够远，他们也就融入了野性的西部。加拿大历史上唯一符合他这一类型的，多半是法国的毛皮贩子和早年拓荒者。加拿大从来没有野性的西部，原因很简单，因为加拿大皇家骑警率先到达了。在纳蒂·邦波之辈和定居者到达城镇之前，法律、秩序和带有栅栏的要塞已经建立了。

有一部拙劣的美国电影，叫《西征胜利记》。它带着腻烦、坐立不安的观众，乘坐草原马车，横穿美国，途中不乏争吵，和印第安人打仗，姑娘说，"但是，马歇尔……"最后的画面是象征胜利的车水马龙的洛杉矶高速公路（在加拿大，这颇具讽刺性，我看到此处时，嘘声四起，一片嘲讽的倒彩）。不管电影怎么差劲，它所表现的情感，（用美国人的话来说）地道得像美国的苹果派[1]，即西部必须被征服，占领。在加拿大小说中，西部或荒野多是流亡之地：定居者来自历史悠久的国家，带着欧洲的物件，建起围墙，希望在墙内再现故国。他们无需真正交战，皇家骑警已经驻扎在那里，游戏规则已经制定，旗帜飘扬。加拿大不欢迎罪犯或法外之徒，一旦出现，皇家骑警总会将其绳之以法。

这未必是坏事，但迥异于美国的做法。它反映并强化的世界观，不是以十八世纪美国式的自由为基础——美国式的自由

1　谚语 as American as apple pie，意为美国生活方式、兴趣或理念的典范。

允许个人掌握自己的命运（如果命中注定要征服，有什么能阻挡？）——而是基于世界存在内在秩序的看法。在北美大陆，这是相当难以为继的世界观。这解释了为什么皇家骑警最先登场、野性西部概不存在既非疏忽，也非偶然。法律先行，是因为加拿大人认为世界之道原本如此。法律的存在或缺失，不能靠美国西部影片《正午》里的那种枪战或武力来专断。加拿大人对法律的态度，可以产生正面或负面的效果。总会有人和政府自称是世界秩序的唯一化身，但是这种态度的存在不可否认。（参见乔治·格兰特的两本著作《民族之殇》和《技术和帝国》）

让我们感兴趣的，是表现定居者主题时出现的问题：加拿大的定居者不太认为，他们的行为是随己所欲，开辟新世界，而是要建立"正确的"秩序。以直线强行划分曲面，划分者视之为神意的构成，导致了大量的不相包容和刻板；对比而言，美国的做法，则令暴力泛滥。

加拿大文学的定居者主题也可分为两类——不过，这也是我的猜想：

✓ 直线与曲面交战，直线获胜，然而，此过程毁灭了人类的"生命力"。
✓ 直线衰落，曲面重占上风，也就是说，定居失败了。

由于加拿大小说发轫较晚，我们描写早年定居者的小说多数以加拿大中西部大草原为背景；哀悼或沉思已逝过去遗存的诗歌，则多以东部的安大略省，以及海洋三省[1]为背景。第一类定居者主题，衍生出许多一意孤行的男族长，寻找他们的最佳去处之一是弗雷德里克·菲利普·格罗夫的小说。《沼泽地居民》里艾伦的父亲，开垦荒地，发展农场，夜晚虔诚地祈祷，赞美上帝施恩。同时，他驱使妻子在田间辛苦劳作，在她不情愿的情况下让她怀孕，又让她流产。丈夫在弯曲的地面上推行直线模式——建造谷仓、房屋和篱笆，妻子及其生育力则属于他想控制的"弯曲的"自然。但是，他控制不了，不仅扼杀了她的精神（她逐渐恨他），也戕害了她的肉体。他还摧毁了女儿艾伦爱的能力。艾伦的生命力受阻，拒绝嫁给主人公，最后导致了一桩谋杀案。在小说《磨坊主人》里，住着克拉克斯一家，直线在此化身为磨坊，而它要强加其上的曲面是生活的其他部分。男族长型的人物，还有《我们每天的面包》里的约翰·艾略特[2]和《大地的果实》里的艾比·斯帕丁[3]。在所有这些例子里，定居者的计划成功了，建成了他们理想的直线的世界，但在此过程中扼杀了一些重要的东西——通常是以女性为载体的自然。西

1　加拿大东部的海洋三省，即大西洋沿岸的新不伦瑞克省、新斯科舍省和爱德华王子岛。

2　《我们每天的面包》（*Our Daily Bread*）是格罗夫发表于1928年的小说。

3　《大地的果实》（*Fruits of the Earth*）是格罗夫发表于1933年的小说，被认为是加拿大小说创作里程碑式的作品，讲述了早期拓荒者在加拿大西部草原的生活。

部作家华莱士·斯泰格纳[1]在小说《腐烂的春天》开头就呈现了这个模式。仍然是男人把自己的意愿强加于土地，仍然是女人忍辱负重。女主人公同意留下帮助丈夫建设农场时，她"病了，害怕了"。意料之中。

当你设定了直线战胜曲面，而不是曲面占上风的基调，整幅图景给你的感觉就是徒劳的枉然。也就是说，在直线打败曲面的过程中，重要的能量遭到扼杀；然而，随之而来的是直线结构的坍塌，多少辛苦付之东流，一事无成。加拿大人体现"定居者"主题的诗歌，其最后的结尾多半不是洛杉矶高速公路之类的影像，而是方方正正的农场被弃，大自然重新接管了一切。这是一种徒劳无功的模式。本章开头引用的丹尼斯·李的诗句，描述了崩溃的定居者和"残酷的环境"，出色地展现了这种模式。艾尔·蒲迪的佳作《贝尔维尔北边的乡野》亦是，人们垦荒居住，后又纷纷离开，留下一座座凋敝的农场：

> 农场变回
> 森林的地方
> 　　仅仅显出柔和的轮廓与
> 　　阴影重重的区界——

1　华莱士·斯泰格纳（Wallace Stegner，1909-1993），美国作家，专注于以美国西部为背景创作，曾获普利策文学奖和美国国家图书奖。

昔日的篱笆朦胧地游移在树间

一堆苔藓覆盖的石头

为幽灵之意而聚集

在无意义的天空下失去了意义

——它们仿佛水下的城市

时间的碧波起伏

在它们之上……

蒲迪写到，"这是年轻人迅速离开的乡野"。尽管，在诗歌结尾，他表示有可能返回"我们曾经失败的乡野"，"那里曾经有高贵的小镇/卡歇尔、麦克卢尔和马莫拉"，他也承认记不得怎么回去了：

……自那以后，很久以来

我们成了陌生人

必须问路——

以倒塌房屋和废弃农场为主题的加拿大诗歌，你可以结成一整部诗集。在本章结尾，我将简述自己的两个作品，尝试着用这种素材建构祖先的图腾。第一首诗题为《拓荒者的理智渐渐失去》，在诗中，定居者在其自身和他的直线型房屋、篱笆，以及他想强加己序的自然界之间，划分了界限。他认为自然界一团混乱，拒绝承认它有自己的秩序。他失败了，最后，自然侵占了他的头脑，到诗歌结尾时，他已彻底丧失理智。也许，如题目所示，他在一开始就不正常：想要强加秩序，压制一切"弯曲"的东西，本身或许就是一种疯狂。（从大自然的观点来看，房屋代表的是自负……）

第二个作品，《苏珊娜·穆迪的日记》一书，更加充分地探索了直线和曲面之间的矛盾。我倾向于曲面，不过尚判断不了这种情况属于第二种心态的失败主义心理（别建篱笆，它怎么都会倒掉），还是属于第四种心态的顺其自然（别建篱笆，会挡住该进来的事物）。

*

（以我的观察）这些就是加拿大作家为集体图腾柱上的神话祖先所打造的普遍样式：探险者失败或死亡，定居者含辛茹苦一场空。若是享受旅行或建造的过程，他们起码还感受到了些许补偿，不过，总的说来，他们过得相当悲苦。

由此，我们进入下一章：家庭肖像。

短书单：

弗·菲·格罗夫，《沼泽地居民》（*Settlers of the Marsh*），新加拿大图书馆，$1.95。

长书单:

玛格丽特·阿特伍德,《苏珊娜·穆迪的日记》(*The Journals of Susanna Moodie*),牛津大学出版社。

玛格丽特·阿特伍德,《拓荒者的理智渐渐失去》(Progressive Insanities of a Pioneer),《那个国家的动物》(*The Animals in That Country*),牛津大学出版社。亦见葛、布。

厄尔·伯尼,《大卫》,《厄尔·伯尼诗集》,新加拿大出版社。

马特·科恩,《哥伦布和胖夫人》(*Columbus and the Fat Lady*),阿南西出版社。

乔治·格兰特,《民族之殇》(*Lament for a Nation*),麦克勒南 & 斯图亚特出版社。

乔治·格兰特,《技术和帝国》,阿南西出版社。

弗·菲·格罗夫,《大地的果实》(*Fruits of the Earth*),新加拿大图书馆。

弗·菲·格罗夫,《磨坊主人》(*The Master of the Mill*),新加拿大图书馆。

弗·菲·格罗夫,《我们每天的面包》(*Our Daily Bread*),已绝版。

弗·菲·格罗夫,《沼泽地居民》新加拿大图书馆。

弗·菲·格罗夫,《雪》,威弗第1集。

亚·摩·克莱恩,《诗人的风景肖像》(Portrait of the Poet as Landscape),《摇椅》(*The Rocking Chair*),瑞特森出版社。亦见《两次大战之间的诗人》,米尔顿·威尔逊编(*Poets Between the Wars*, ed. Milton Wilson),新加拿大图书馆。

道格拉斯·勒庞,《没有神话的国家》,《加拿大诗集》,亚瑟·J. M.史密斯编,盖奇出版社。

格温·麦克尤恩,《恐怖和幽冥》(*Terror and Erebus*),加拿大广播公司,未出版。

埃里·曼德尔,《来自北萨斯喀彻温》(From the North Saskatchewan),
葛、布。

约翰·纽拉夫,《冬季的塞缪尔·赫恩》(Samuel Hearne in Wintertime),
《黑夜之窗》(*Black Night Window*),麦克勒南 & 斯图亚特出版社。亦见
曼德尔。

艾尔·蒲迪,《私人财产》(Private Property),《野葡萄酒》(*Wild Grape
Wine*),麦克勒南 & 斯图亚特出版社。

埃·约·普拉特,《泰坦尼克号》,《诗选》,麦克米兰出版社。

邓肯·坎贝尔·斯科特,《阿尔的风笛手》(The Piper of Arll),《联邦诗
人》,马尔科姆·罗斯编 (*Poets of the Confederation*, ed. Malcolm Ross),
新加拿大图书馆。

弗·菲·格罗夫,《未名湖》(The Unnamed Lake),《加拿大诗集》,亚
瑟·J. M. 史密斯编 (*The Book of Canadian Poetry*, ed. A. J. M. Smith),
盖奇出版社。

华莱士·斯泰格纳,《腐烂的春天》(Carrion Spring),《加拿大西部短篇
小说集》,韦伯编 (*Stories from Western Canada*, ed. Wiebe),麦克米兰
出版社。

第 6 章

家庭肖像：熊面具

在伟大的充满回音的历史殿堂

听不到我们的名字

我们比不上征服者，也不在马拉松战场

如果我们战死，我们是和土地打仗

而非在我们最熟知的战斗中身亡……

……

儿子、女儿（不久以后的兄弟姐妹，

死亡让我们统统成为同代人）

不要因为我们不是伟人，就将我们遗忘。

不是圣徒、士兵或诗人，而是我们

为你破土开荒，

为你构造语言，搭建房梁。

——伊丽莎白·布鲁斯特[1]，《当地墓园》

我的祖父母在寒冷中生活到老

噢，残忍的防腐剂，艰辛的一天

从黑夜、零度和木柴开始

冻僵手指。

……

……他们在寒冷中生活

1　伊丽莎白·布鲁斯特（Elizabeth Brewster, 1922–2012），加拿大诗人，作家，重要文学杂志《卷牙》（The Fiddlehead）的创始人之一。

饱受寒冷磨砺，祈祷着

知道寒冷在

燃烧的古老丛林里发光

带着星星点点的花朵。

——多萝西·罗伯茨[1]，《寒冷》

麦肯兹告诉他，他或许是不可知论知识分子，但在情感上仍是一个孩子，受役于长老会在过去留给他的残酷经历。想到此，他再次内疚起来。为什么？原罪的圈环难道没有尽头吗？人难道从来不能自由成长吗？

——休·麦克勒南[2]，《人子》

在有些人家，"请"被描述成有魔力的字眼。可是，在我们家，它表示"对不起"。

——玛格丽特·劳伦斯，《房中鸟》

一个一个排列成行，我们一起行过

山川土地。孩子们和父母们。

——汤姆·威曼[3]，《打开家史》

1　多萝西·罗伯茨（Dorothy Roberts，1906–1993），加拿大诗人，短篇小说家。
2　休·麦克勒南（Hugh MacLennan，1907–1990），加拿大小说家，学者，普遍认为他是第一个尝试刻画加拿大国家形象的英语作家。
3　汤姆·威曼（Tom Wayman，1945–　　），加拿大诗人，作家。

本章将考察加拿大作家怎样描述探险和定居后形成的社会。由于加拿大文学最常通过三代之家或家庭肖像类型的小说来展示这样的社会，所以本章实质上就要对文学作品里的家庭做一番探究。加拿大不控制家庭的规模，祖父母、父母和孩子的组合随处可见，饶有趣味的是加拿大作家赋予这三代人的特点。

加拿大人对待家庭的方式，有几点不同于英国人和美国人，这又让我们回到了那三个核心象征：英国的岛屿、美国的边疆和加拿大的生存。英国文学里的家庭，包括远祖、各种亲戚、成打的表亲、无数的姑姨……人物就在这样的大家庭成长发展。（想想《福尔赛世家》[1]吧。）主人公很少能真正摆脱出身，即使和家人翻脸，他仍然自视、也被他人认为是家庭的一员。就像你无法真正摆脱天主教。不管你搬到岛上哪里，你终归在岛上。

在美国文学中，主人公必须否定自己的家庭，离家出走，他以反抗家庭来定义自己的自由，自己的边疆。正像托马斯·沃尔夫[2]的小说名字所示，《你无法再回家》。一旦你出去了，就回不来了。你必须用你找得到的任何新材料，打造自己的生活，一个属于你个人的美国。反复出现的美国"家庭"一幕，就是主人公站在火车站，奔向广袤的疆域。儿子，按照定义，必须

---

1 《福尔赛世家》(*The Forsyte Saga*)是英国作家高尔斯华绥 (John Galsworthy，1867–1933)的长篇小说，提供了从19世纪80年代到20世纪20年代这40年中英国社会生活的形象编年史。1932年，作者获诺贝尔文学奖。

2 托马斯·沃尔夫 (Thomas Clayton Wolfe，1900–1938)，20世纪美国作家。代表作品有长篇小说《天使，望故乡》。

超越父亲，继而摒弃父亲。于是，来自家庭的你要摆脱家庭（除非你来自南方，那样你就会因摆脱不了而自尽。）

加拿大文学对家庭的处理完全不同。如果说，在英国，家庭是你居住的庄园；在美国，家庭是你想蜕去的皮肤；那么在加拿大，家庭就是你掉入的陷阱。加拿大作品中的主人公，和美国主人公一样，经常感到被困在家庭之中，想逃离，但怎么也逃离不了。我一下就想到了两个例子：一个是巴克勒小说《山脉和谷地》里的大卫·迦南，他被束缚在农场，渴望体验外面的世界；另一个是雷蒙德·尼斯特[1]短篇小说《雾绿燕麦》中的少年，同样被束缚在农场，渴望感受外面的世界。但是，加拿大主人公的被困感，可能伴随着同样强烈的图存感，不是自我图存，而是集体图存——这又是出于生存之需要了。加拿大小说中的家庭紧紧相依为命，犹如暴风雨中的羊群或笼中的鸡仔：痛苦、拥挤，但不愿离开，因为外面既寒冷又荒凉。在我看来，这种家庭模式真实地存在于英裔加拿大文学，也以同等的真实——如果不是更为真实的话——存在于法裔加拿大文学，但在法裔加拿大文学中，它更可能牵扯到受挫的乱伦之爱。

在不正常的禁锢型家庭里，一家之主通常为古板的祖父（或是古板的祖母，不过压迫多来自男性），出现不和谐，合情合理。最不和谐者，在主题上表现为传统衰落，维系传统的家

1　雷蒙德·尼斯特（Raymond Knister，1899-1932），加拿大诗人，小说家，专栏作家，评论家，擅以现实主义的手法描绘加拿大的乡野生活。

庭和体制分崩离析，产生了可怕的哥特式效果。比如，埃里·曼德尔的诗作《萨斯喀彻温省的埃斯特万小镇》，起首一句就是"小镇带着该隐弑弟的印记"[1]，该主题，进而通过描写扭曲的家庭关系、庄稼歉收和发疯的孩子而加以发展。

传统堪比一种较为温和的禁锢，可见于两则短篇小说：林盖[2]的《传统》和梅维斯·加兰特[3]的《遗产》。在林盖的小说里，四处漂泊的主人公，在不认他的父亲死后，继承了父亲的烟草农场。他搬到农场劳作，不知什么原因，天不下雨，烟叶干枯而死。他再次背井离乡，依然一事无成，结交的女友是个怪人，也是像他一样的失败者。梅维斯的故事较为复杂。四个成年的孩子在母亲葬礼后，聚在他们儿时成长的贫民窟杂货店。长子和次子是惯犯，三儿子"有出息"，受过教育，搬到美国，娶了美国太太，自豪地宣称他们有自己房屋的产权。第四个孩子是个老处女，在她以前就读的学校任教。母亲把商店留给了"好"儿子，但他放弃了继承，因为另外三人指责他造成了妹妹的不幸生活。原来，妹妹获得奖学金，本可以留学法国，但他犯罪被警察抓住，这也是他唯一的一次犯罪。母亲便动用了送妹妹到法国读书的钱，来偿付警察。故事中最震撼人心的部分，是妹妹受困于家

1　该隐（Cain），《圣经》人物，是人类祖先亚当和妻子夏娃最早所生的两个儿子之一。该隐因杀害弟弟亚伯而受到上帝惩罚。

2　林盖（Ringuet）是法裔加拿大作家菲利普·潘纳托（Philippe Panneton，1895-1960）的笔名。

3　梅维斯·加兰特（Mavis Gallant，1922-2014），加拿大作家，尤以短篇小说见长，大多发表于《纽约客》。

庭的感觉。"好"哥哥按照美国人的做派，从家里一走了之，她却顺从了加拿大传统，郁郁寡欢。那个"好"哥哥说，"她怪我，我出来了，她从来不敢。"最后，两个留在加拿大的哥哥想把商店强行给她，作为对她的补偿，令她深感耻辱：

> ……玛丽娜甩开胳膊，扔掉钥匙，几乎打到了他。"为我好？"她又喊了起来，"我住这儿？"她环顾四周，似乎想再次找到一条小道，逃离圣尤来利街。这条游移不定、写满背叛的小道，犹如封闭的圆圈。她的哥哥们，若不在她爆发时抓紧她，整个房间都能叫她毁掉……

可笑的是，玛丽娜企图冲出图圈，但实际上已经深陷其中。"这条游移不定、写满背叛的小道，犹如封闭的圆圈"，出色地概括了加拿大小说人物想逃离家庭而徒劳的路线。

这两则关于遗产的故事仅仅涉及两代人，完整的模式则包括三代：祖父母、父母和孩子。本章关于一家三代小说的许多描述，也适用于另一种文学类型——"移民"小说，该类小说将在第七章单独讨论。我们在本章讨论的，一般是有苏格兰长老会教徒背景的家庭，尽管其他族裔背景的家庭情况通常也有些类似。另外，值得一提的是，祖父母、父母和孩子在小说中的角色，不总是和每代人的实际情况对应，比如说，祖父的儿子，没有尝试第二代人的逃离，而是选择承袭祖父的角色。

以下草列了这三种角色形象的特征，是从许多小说中提炼而来的。

祖父母不一定是定居者，尽管由于加拿大历史的性质，他们很可能合二为一。加拿大的历史很短，加之工业化迅速推进了定居的过程，加拿大的历史也显得非常浓缩。那些探险者，在我们看来，犹如亚瑟王一样的半神话人物，而定居者则像中世纪晚期的人，英裔和法裔移民建造的要塞和原木小屋，是我们最接近城堡的建筑。实际上，所有这些距离我们都不是那么遥远。西部的加拿大人甚至还可能记得祖父母是怎么安家落户的。十九世纪的英国已经现代化，对我们则是遥远的过去，部分是因为那时和现在的生活风格大相径庭。尽管祖父母有时等同于定居者，但是，我理解的真正意义上的"祖父"，是那些从定居者那里接管和继承一切的人。

除了继承定居者构建的建筑和社会观念，祖父通常还继承了为强加秩序于土地所必需的品性。祖父的祖先将个人意志强加于土地，祖父则将之强加于人，最主要是强加于自己的后代。诗歌可能把祖父母表现为孤独的个体，频频突出他们负面的力量、激烈的反对和强大的压制。在小说中，祖父通常关系到下两代人，每代人都背负着家庭的诅咒。祖父母念念不忘劳动，意志顽强，恪守"原则"，作者似乎感觉自己这一代已失去这些品性。祖父母笃信宗教，非常乐意充当道德监督和审判员，严格管教或者企图严格管教孩子。他们是男族长和女族长，其广泛要求的严谨，远远超过了建立和维系拓荒社群所需要的强度。

祖父成为刻板和威胁的标志，并自称为道德和卡尔文式的上帝意志的化身。这在乔治·鲍威林的诗作《祖父》中，有充分的体现。十分合宜的是，这位祖父刚好是牧师：

> 祖父
>
> 　杰伯兹·哈里·鲍威林
>
> 大步跨过加拿大的草原
>
> 砍倒树木
>
> 　建起教堂
>
> 在教堂里进行自己的浸礼会布道
>
> 在教堂里领唱庄严神圣的上帝万能的
>
> 　　　　圣歌……

他从英格兰来到"等待天启的加拿大"，穿越东部"忍受生育巨痛的"安大略省，抵达曼尼托巴省的布兰登小镇，在那里，他

> 　……用木头建成自己的第一座教堂，娶了
>
> 　　一个病弱的姑娘，她生下两个孩子后，撒手人寰
>
> 留下几封哀怜的书信，以及曼尼托巴省的长夜……

他续弦再娶，向更西的地方迁移，直到最后，"万能的主"

> ……用疼痛敲打他劳碌的筋骨
> 他改当了邮政局长，用拐杖教训
>   孙辈
> 第二任妻子亡故，玻璃碗里放着照片
> 福音书均未打开，除了床边的《圣经》
>
> 他逝世于八十五岁前夕
> 在天主教医院，在如他银发一样白的床单上

伐树、布道、两位亡妻和祖父的晚年，尤其是用拐杖教训孙辈，在加拿大的祖父中非常典型。

父母（中间一代）竭力逃离，可能从农场搬到小镇，从小镇流向大城市，但他们内化了祖父母强加给他们的愧疚，生活常常无甚建树。他们意志薄弱，不留恋土地，缺少父母钢铁般的力量，又不能以任何更积极、更有魅力的品质取而代之。他们不知为何总是残缺、犹豫、模糊，像祖父母一样为劳作驱使，却不抱着实现上帝旨意的信念，故而也不能从中得到补偿。

孩子们尽力想逃离上两代人。他们既不渴望祖父辈的加尔文式生活和土地情结，也不希望像父母一样怀有灰白的无归宿

感和朦胧的愧疚感。他们只是想**生活**，却难以找到出路。有时，他们受到双重牵引：一边是像祖父母一样持守严苛的价值观，回归土地，一边是比父母出走得更远，流浪到欧洲。他们认为，逃离到欧洲可以带来身心解放和性解放（通常情况下，他们梦想成为艺术家，欧洲还可以带来艺术解放）。然而，如果大逃亡取得了胜利，他们最典型的表现就是和一群平庸的艺术家厮混。即便他们本身是艺术家，通常也流于失败。（参见第9章，谈论了更多失败的艺术家。）

不是每一部代际小说，都包括上述模式中清晰呈现的三代人，你会发现他们游荡于许多加拿大小说中，有时是一代人，有时是两代人。林盖的小说《三十英亩》出现了祖父母和父母两代人，土地辜负了老人，老人的儿子变得城市化。在路易·埃蒙[1]的小说《玛利亚·夏普德莱》中，独占上风的只有祖父母一代人。因为玛利亚拒绝了离开土地、迁往城市的机会，成了居中那一代的父母，选择留守土地，过她母亲即祖母那样的生活。

玛格丽特·劳伦斯的小说《石头天使》塑造了典型的祖父母形象。哈格·西普莱冷峻的父亲，是一个完美的祖父式人物。哈格想反叛父亲，于是嫁给了代表土地力量、名声不佳但富有魅力的农夫布拉姆。但是，她接受了父亲太多的清规戒律，对布

1　路易·埃蒙（Louis Hémon，1880-1913），法国作家，后迁居加拿大魁北克，曾在农场打工，《玛利亚·夏普德莱》（*Maria Chapdelaine*）是讲述法裔加拿大人拓荒生活的最著名的作品。

拉姆百般不满，不但没获得自由，反而把自己变成了和祖父母一样的人。她的两个儿子，一个走了父母那代人的道路，去了城市，过得浑浑噩噩；另一个尽力想走第三代人的道路，寻找自由，却又没有多少自由的空间。哈格发现后者的恋情后，表示反对，并施加以道德戒律，他不堪折磨，在一次事故中身亡。

莫利·卡拉汉[1]和休·加纳的小说、雷蒙德·苏斯特[2]的诗歌，充斥着父母辈的人物，他们是城镇的失败者，边缘人。他们也出现在休·麦克勒南的小说中，主人公满怀内疚，碌碌无为。怜悯是小说的基调，有所作为是所有人的向往。休·加纳的小说《静岸》描述了在多伦多的一栋房子里，住着一帮情感扭曲的人。这里是寻找父母这一代人物形象的佳处。经历坎坷的醉汉对恪守教规的姑娘说："不要等到必须为生活打拼时，再去生活。现在，就要好好享受。"这是父母辈对下一代的教诲。但是，加纳笔下的失败者提出了一个永恒的加拿大问题："我们有人获胜过吗？"

休·麦克勒南的小说《人子》聚焦于父母这一代。主人公安斯列医生是一个强迫型的工作狂，心里充满了信奉加尔文教义的父亲，即祖父，灌输的愧疚感。

1　莫利·卡拉汉（Morley Callaghan, 1903-1990），加拿大现实主义小说家，因在加拿大英语文学中首次描写城市中的小人物以及生活中的失败者的形象，并展现蒙特利尔的面貌而闻名。
2　雷蒙德·苏斯特（Raymond Souster, 1921-2012），加拿大诗人，创作了大量以其出生地多伦多为灵感来源的诗歌，记录了这座城市的变化。

父亲的面孔在他眼前闪过。他怎么可能打赢父亲在儿子生命中酝酿的战争？父亲是加尔文教义的多年追随者，宣称生命是持续不断的伐恶之战，儿子相信了。同时，他又宣称失败是一种罪恶。现在，这个从少年时代走过来的男子一定会问：成功者怎样才能无罪？无罪者又怎能成功？

尽管安斯列不再相信"上帝"，但疑问一直萦绕在他心中。安斯列这位父亲，像格罗夫作品中的族长，杀死了妻子（他不管家人温饱，花钱建造满足自己野心的谷仓）；作为医生的安斯列在给妻子的手术中使她失去了生育能力，事出偶然，但颇有象征意义。孩子这代人的形象体现在男孩阿兰身上，他是安斯列选中的义子，安斯列步父亲之后尘，试图把自己的价值理念灌输给阿兰。阿兰的生父是职业拳击手，在美国被打得一败涂地，在小说结尾，他回到加拿大杀死了妻子及其情夫，把阿兰委托给安斯列一家抚养。安斯列得到了"儿子"。然而，以血为代价的胜利令人不安。阿兰目睹了两起命案，显然心灵受到了严重扭曲。这本书以加拿大东部生活失意的布雷顿角矿工为背景，作者至少在书中十个重要的地方，用负伤或惊恐动物的意象来描述精神受到创伤的人物。（麦克勒南出色地展示了我们在前几章探究过的诸多文学主题，如何在他这本小说中熔为一炉。）

孩子这一代的人物形象可见于艾丽丝·门罗和玛丽安·恩

格尔[1]的小说。门罗的精彩短篇《乌得勒支和平》有完整的三代人：祖父母这代人由两个老姑母代表，父母这代则是一位性格古怪的母亲，患病，日渐恶化，以致说话困难。构成孩子这一代的是两个女儿。一个是故事的叙述者姐姐海伦，借婚姻逃离了家庭；一个是妹妹玛蒂，和生病的母亲困于小镇。玛蒂觉得失去了自己的生活，就把母亲送进医院，结果母亲不久就病逝了。除了老姑母的责备，玛蒂并不觉得心情沉重。但是，她仍然无法好好生活。"我撑不下去了，"她说，"我想要自己的生活。"姐姐鼓励她离开小镇：

> "过你自己的生活，玛蒂，你自己的。"
>
> "好吧，我会的，"玛蒂说，"会的。"
>
> "离开这里，别待下去了。"
>
> "好吧，我会离开的。"

在小说的结尾，玛蒂却说，"海伦，我为什么不能？我为什么不能？"

玛丽安·恩格尔的小说《蜜人节》探究了玛蒂为什么不能的部分原因。女主人公敏恩已经逃出了代际的牢笼：她到了欧洲，搭上了二流的电影导演。但小说从她回到加拿大写起，她

1　玛丽安·恩格尔（Marian Engel，1933–1985），加拿大作家，凭借小说《熊》获总督文学奖小说奖。

怀孕的身体和她在多伦多维多利亚风格的老房子，一同困住了她，精神上，她摆脱不了回忆的钳制，尤其是关于先辈们的记忆。祖父母这代人由她的母亲格特鲁德代表，是一个刻板、固执己见的女族长，穿紧身胸衣，强迫她刷洗抽水马桶。父母这代人的代表是她的父亲，阴郁，软弱，外号"哭包威利"。敏恩虽然尝试了个人解放和性解放，但羁绊仍在，她必须适应返回家乡小镇戈德温[1]（好一个带有族裔色彩的新教名字！）的生活，应对祖先的精神制约和禁忌。你不能简单地将一切完全抛下，一走了之。《乌得勒支和平》的叙述者意识到：敏恩发现一定的放逐、接纳和妥协都是她需要的，尽管书中没有明确迹象表明她已兼得三者，能够释放自己的生命潜能。

内疚，内疚，更多的内疚。对于孩子这代人，更甚过父母辈，这种内疚没有最终的归因，也就不能得到最终的赎罪或补偿。越深入加尔文上帝驻守的过去，内疚感就越不可能被剥离。做孩子的，对一切都怀有愧疚。鲁塞尔·马洛斯《电话杆》之类的著作暗示，至少在文学上，所谓的打破清教徒戒律，带来的不是超越内疚的自由自在的加拿大人，而是造成了更大范围的内疚。对于马洛斯的孩子而言，内疚是他们随着基因和染色体一起继承的东西，也许不会有明显的感受，却如同空气，无处不在，他们的自暴自弃，颓废空虚，皆由内疚引发。

1　小镇戈德温的英文名字Godwin，意思是"上帝获胜"。

在玛格丽特·劳伦斯的短篇故事集《房中鸟》中,一家三代的模式几乎得到了纯粹的展示。故事是从孩子瓦妮莎的视角叙述的,她渴望成为作家,在笔记本上写满了离奇的浪漫故事,同时,她偷听着身边上两代人在现实生活中的对话。在她的世界里,男、女族长分别是外公和奶奶,两人很少见面。"要是他们真的对撞起来,"她说,"那就像雷龙迎面撞上暴龙。"奶奶的看法是"上帝喜爱秩序",她无可挑剔的房屋、淑女的矜持和不近人情的自律,无一不是这种信念的体现。外公就要粗暴多了,动辄发怒,冰冷无情,盛气凌人,对周围人的生活吹毛求疵,批评他们吃饭拖拉,数落他们的朋友、道德和挣钱能力。瓦妮莎在孩提时仅仅看过外公伤心过一次,那是在外婆去世以后,外公流泪的情景比死亡本身更让她惶恐不安。她为这位长者选择的隐喻是一个贝壳,内藏着压抑到灭绝的生命,也完美喻指了"加拿大祖父"这一整个群体。

多年以后……有一天,我在博物馆看到海达部落印第安人的黑熊面具。一个古怪的面具,羽毛丑陋,但威风凛凛,嘴巴下垂,显出愠怒的神情。眼睛部分是两个空洞,什么也看不出。但是,我一直在看,它们似乎吸住了我的目光,我想象在那种幽暗处,似乎能看见我熟悉的目光,那是一种深藏不露的迷茫。我转而想到,在这个面具成为博物馆展品前，它曾经隐藏了一个人。

在这部小说中，父母这代人没有什么突破，终生留守小镇，过着由外公和奶奶的个性所操控的生活，年纪轻轻就去世了。瓦妮莎想方设法逃离小镇，上了大学，但不出所料的是，到她离开时，她说，"……我说不太清楚，也不太明白，我没怎么感受到期待的自由。"我们再没有听到她谈起自己早年的作家之梦。若干年后，她回到小镇，在外公的房子重作逗留。外公的房子是小镇上第一座方方正正的砖头建筑，是他拓荒时所建，一度犹如他的城堡，现在则成了他的纪念碑。此情此景，让瓦妮莎觉得，她走得从未像她想的那么远："我害怕过那位老人，也和他较量过，但是他的影响已深入我的血脉。"

*

我强调了加拿大三代之家的负面性，遮掩了其积极的作用。尽管积极面经常被蒙上阴影，却也还是存在的。最主要的积极面，就是有利于生存。劳伦斯笔下的家庭相濡以沫，熬过了大萧条的艰难岁月，小镇的其他人家却无力为继。加纳书中的人物的确陷入了艰苦平庸的生活，但想方设法把日子过下来了。恩格尔书中的女主角忍耐度日，甚至还作了些微反抗（她咬了警察）。努力生存，锲而不舍，就是那枚刻板固执的硬币的另一面。每个人都辛苦劳作：麦克勒南和劳伦斯笔下的医生们终日忙碌，瓦妮莎的母亲总是要求自己把家里打扫得干干净净，等等。家庭的成员非常忠实于家庭。走不出家庭，也有好处。比如，门罗书中的玛蒂留在家里照顾母亲，劳伦斯小说里的埃德娜婶婶不能容忍任何外人对凶巴巴的祖父评头论足。

真正积极的品质是这些作品表现的坚韧执着，直面惨淡的现实。作家和他们笔下的人物通常都对浪漫主义和理想主义嗤之以鼻，只有受抽象理念的魔鬼驱使的愣头青或年长者才怀有这两种情感。仁慈、爱怜、善良会被看重，部分是因为它们很少发生。还有一点值得怀念的，就是欢乐了。读了这样几本书后，你就希望有什么人，在某时某刻，发现什么值得庆祝的事情。至少，开心一番。

*

戴着黑熊面具的严肃的祖父、穿紧身胸衣的雷龙般强势的祖母、满怀内疚的父亲、为家庭所困的母亲——和他们寻欢作乐，有点太轻浮，或许太异想天开了。然而，这一幕出现在了詹姆斯·里尼的家庭剧《暗中的缤纷》中。在作家按语中，里尼称该剧为"玩具箱"，称"生活可以是一个连绵不断的系列故事，一本看不完的彩色漫画，一连串可看可听的事件，一个无底的玩具箱"。在"玩具箱"的情境中，我们考察过的每一代人都变成了玩具，作者——或者是那个富有幻想的小男孩（很可能是他在剧里的替身）——与之玩耍，让他们经历了一系列的恶作剧和猜谜游戏。他们乔装后的效果，其惊悚程度堪比我们在"现实主义"小说中见到的希特勒、反基督分子和死亡女神[1]，作者建设性地运用了恐惧，让它产生，让它消解，在此过程中，演绎出种族、国家和家族的整个历史和神话，意在促成孩子的"诞生"，使其明白自己的身份。如里尼的多数戏剧一样，这出剧将极端的世界性和极端的地方性——如耶和华、斯特拉福德镇的橙日游行[2]、宇宙学和加拿大温尼伯市的街名——混置杂陈，万千事物，各种想法，纷沓登场，产生了令人难以置信的效果。

该剧结尾追溯了从现在往前十代的先祖，如果你想画家谱的话，它包括了十代以内的所有成员：

鼻祖辈的上辈（1024人）

鼻祖辈（512人）

远祖辈（256人）

太祖辈（128人）

烈祖辈（64人）

天祖辈（32人）

高祖辈（16人）

曾祖辈（8人）

1　死亡女神（Lady Death）为阿凡达（Avatar）公司制作的经典漫画角色。她是中世纪领主的女儿，善良纯洁。父亲是恶魔崇拜者，经常发动战争，百姓苦不堪言，将其杀死。她受牵连被判火刑后，获得咒语，成为地狱的女王。
2　斯特拉福德是加拿大安大略的一个小镇。橙日游行（Orange Day Parade）是为支持奥兰治法令（Orange Order）举行的游行，该法案支持新教，以及加拿大和英国的联系。

祖父辈（4人）

　　父母（2人）

　　孩子（1人）

　　里尼以由祖宗十代构成的图腾柱，达到了如下目的：建立了与过去的联系，通过那种联系确定孩子的身份——既是一个人，也是某一特定地方的居民。

　　威·奥·米切尔[1]的成长小说《谁见过风?》也体现了里尼剧中蕴含的相对的乐观精神。有人怀疑，这种乐观精神只可能存在于"孩子"的视角，而罕见于成人世界。尽管如此，看到加拿大三代之家能有任何些微的轻松和娱乐，都足以令人欣慰。

*

　　从受害者心态的角度而言，加拿大文学中的祖父母有时抱有第一种心态，如劳伦斯《房中鸟》里的祖母，总是自诩为"淑女"，不能面对家道败落的事实。但更常见的情形是，他们抱有第二种心态，感觉严酷的宇宙和更为严酷的加尔文教上帝一起在压迫自己，为生存勉力挣扎。在孩子眼里，他们成了自己所信仰的刻板宇宙的化身。父母这一代，作为受祖父母伤害的对象，通常也持有第二种心态。他们知道自己或自己的生活出了问题，但似乎无力改变。孩子这一代通常会发展到第三种

1　威·奥·米切尔（William Ormond Mitchell, 1914-1998），加拿大小说家，剧作家，创作了大量以加拿大西部为背景的作品，影响了后来的许多作家。

心态：愤怒、反叛、需求属于自己的更充实的生活，尽管不总能如愿以偿。

小说《石头天使》中的哈格兼具上述各种心态。她违背父意，和农夫结婚，是表现第三种心态的叛逆行为，弃绝了父亲抱有的第二种心态。但是，她未能继续叛逆，或超越叛逆，而是滑回了第二种心态。在生命的尽头，她重新表现出愤怒，这次，她渴望拥有第四种心态，享受有可能的"真正自由"。她确实完成了两个自由的举动，它们看上去是那么微不足道，但对比她反抗的禁锢人性的传统之重、之大，就另当别论了。

> 我躺在这儿，努力回忆这九十年里我做过的真正自由的事情，我只能想起两次，都是最近发生的。一次是讲了一个笑话，所有的成功都只是笑话，得到的比不上付出的。还有一次，是撒了一个谎，但又不算是谎话，我说的时候，至少带着爱意，而且最后也是这么说的。

短书单：

玛格丽特·劳伦斯，《房中鸟》，流行图书馆，$0.95。
玛格丽特·劳伦斯，《石头天使》（*The Stone Angel*），新加拿大图书馆，$2.50。
休·麦克勒南，《人子》（*Each Man's Son*），麦克米兰出版社，劳伦琴图书馆，$1.95。

詹姆斯·里尼，《暗中的缤纷》（*Colours in the Dark*），泰隆图书，$2.50。

长书单：

乔治·鲍威林，《祖父》（Grandfather），葛、布。

恩斯特·巴克勒，《山脉和谷地》（*The Mountain and the Valley*），新加拿大图书馆。

玛丽安·恩格尔，《蜜人节》（*The Honeyman Festival*），阿南西出版社。

梅维斯·加兰特，《遗产》（The Legacy），威弗第1集。

休·加纳，《静岸》（*The Silence on the Shore*），麦克勒南&斯图亚特出版社，平装本。

路易·埃蒙，《玛利亚·夏普德莱》（*Maria Chapdelaine*），麦克米兰出版社。

雷蒙德·尼斯特，《雾绿燕麦》（Mist Green Oats），威弗第1集。

玛格丽特·劳伦斯，《房中鸟》，流行图书馆。

玛格丽特·劳伦斯，《石头天使》，新加拿大图书馆。

休·麦克勒南，《人子》，麦克米兰出版社，劳伦琴图书馆。

埃里·曼德尔，《萨斯喀彻温省的埃斯特万小镇》（Estevan, Saskatchewan），《被炸的松树》，F. R. 斯科特、亚瑟·J. M. 史密斯编（*The Blasted Pine*, ed. F. R. Scott and A. J. M. Smith），麦克米兰出版社。

鲁塞尔·马洛斯，《电话杆》（*The Telephone Pole*），阿南西出版社。

威·奥·米切尔，《谁见过风？》（*Who Has Seen the Wind*），麦克米兰出版社。

第 7 章

无效的牺牲：不情愿的移民

在这个国家，称呼哪个人为外国人，是没有意义的。在这里，
我们都是外国人。

——约翰·马林《在死神的肋骨下》

我说着从没学过的语言，

不属于任何民族，

我将锋利的诗歌投向世界

在它们刺破之处，

我注视着自己皮肤上的伤口。

——乔治·约拿斯[1]《再写五行》

凝望他们的眼睛，你会看到

各种巨大的憧憬：

斯蒂庞克汽车、别克汽车、

冰箱、收音机、房屋、

富足有余的食物。

小伙子一边走

一边扭臀

好似已征服蒙特利尔（他们谁也

不了解的城市）

1　乔治·约拿斯（George Jonas），匈牙利裔加拿大诗人，作家，记者。

或者北方所有的金矿。

像那弥赛亚的宣言

一个字眼不绝于耳：

钱。

——沃尔特·鲍尔[1]《移民》

来后的第一个春天

他就想回去：

那是1920年。寒霜

用凛冽、狂热的加拿大手掌

抚摸过他的庄稼。

这还远远不够。

害虫大军吃光了

家乡的第一季收成

洪水卷走了第二季……

——艾尔登·诺兰《亚历克斯·邓肯》

1　沃尔特·鲍尔（Walter Bauer, 1904-1976），德裔加拿大传记作家，诗人，小说家。

穆迪的《丛林中的艰苦岁月》属于加拿大英语移民创作的首批长篇作品。穆迪写作的目的，显然是告诫其他人不要来加拿大。此后，效仿者甚夥。她途经了几座建好的城市，最后落脚在丛林中的农场，她与土地——而不是与城市社会——打交道，从而构成了书中的主题。但是，之后激增的大量作品描绘了较晚期的，即二十世纪的移民，他们来加拿大时，在丛林里开辟农场、在草原上垦荒的年代业已过去。这些小说和故事中的人物走向了城市，面对的不是自己必须改变的荒地，而是自己无望改变的城市社会模式。

他们的城市经历，和早期移民的躬耕土地相比，是否前景更美好，或更令人满意？显然，二者具有相似的让人不安之处。移民，先来的也好，后到的也罢，对他们遭遇的一切毫无准备，也都感到困惑迷茫。对于后到的移民，不友好的城市代替了不友好的森林，而令人生畏、带有敌意、捉摸不定的土著，当然被早期移民所取代——那些益格鲁-撒克逊人的白人新教徒，以及法国人。

美国文学也有我们所说的移民小说。由于美国在一九〇〇年前后关闭了移民通道，对移民施加同化的压力，美国的移民小说比率要低于加拿大。在加、美移民小说中，通常存在新旧社会文化价值观的对抗：第一代移民墨守成规，第二代希望弃旧图新，第三代有时会成为融合的象征。

加、美移民小说的写法各有不同。典型的美国情节是移民抛弃了旧的价值观（通常是等级制的，家长制的），拥护众生平等的民主思想。为此，移民在美国必须付出跳入"大熔炉"的代价：为了成为真正的"美国人"，获得新身份，必须尽力抹去本族裔所有的印记，他们往往也乐意为之。回报是美国意识标准中的物质成功。这时，情节会发生讽刺性的逆转：移民以牺牲祖先的身份为代价，功成名就后，却发现这样的成功空洞虚无。典型的加拿大情节，则有几点重大的差异。首先，加拿大不要求移民跳入"大熔炉"，移民尽可自己决定。其次，即使他洗掉了自己的族裔印记，也没有现成的"加拿大"身份供他仿效，他将面对一片模糊的虚空，以及既定意识形态的缺失。第三，尽管他以牺牲过去来博取成功，多半还是成功不了。他的牺牲一无所获，不是除了钱一无所获，而是连钱也没赚到。一些加拿大作家沿用了美国模式，如莫迪凯·里奇勒[1]的小说《杜德·克拉维茨的学徒生涯》。主人公出生在贫民窟，踩着亲戚和朋友的生命，发财致富（只不过加拿大式的成功标志是获得一块土地，而非一沓股票）。在里奇勒后来的小说《圣于尔班的骑士》中，这位富有的主人公开始走下坡路了。对于多数作家而言，在加拿大，失败比成功显然要更容易想象。

　　莫利·卡拉汉的短篇小说《他们迁来的去年春天》，对于探

1　莫迪凯·里奇勒（Mordecai Richler，1931-2001），加拿大小说家，社会评论家，其创作立场往往与政府相悖，两度获得总督文学奖以及其他诸多文学奖项。

究加拿大移民故事的模式，尤其有用，因为该作品中的移民毋需翻越特别的种族歧视藩篱，也不存在语言障碍，但最后仍然一事无成。主人公是来自英格兰的兄弟俩，新来的帝国臣民，"青年才俊"，在多伦多一家报社当记者。他们花大量的时间讨论大英帝国，给家里写信。过了些时日，他们被炒了鱿鱼，出于某种原因也没找到其他工作，便常来报社办公室闲逛。后来，哥哥死亡，弟弟失踪。他们就像先前的移民苏珊娜·穆迪，不能真正在加拿大安家落户。从头到尾，他们都和加拿大保持着谨慎的距离，维持自欺欺人的巨大假象：他们瞧不起壮观的尼亚加拉大瀑布，拿它和自己从未看过的"喜马拉雅山的急流和非洲的大瀑布"相比。在情感上，他们始终是游客，在家信中对土著的一切评头论足，而自己并不能深入了解。他们和这个国家没有真正的接触，除了纪念品，也不期望有其他收获。反过来，他们对周围人无甚影响，后者目睹了他们黯然的失败。

无所期望，是加拿大"移民"小说主人公的共性。他们认为自己来到的并非乐土，不过是因为逃避劣境而迁居，但没有目的地。没有自由女神像或金门大桥等着他们。若是有什么期望的话，也是纯物质的，就像沃尔特·鲍尔在诗歌《移民》中所写，"像那弥赛亚的宣言／一个字眼不绝于耳：／钱"。加拿大好像的确给人以许诺：给移民提供机会去利用它，但许诺很少兑现，至少在小说中是这样。用之者反被其用，壮大了加拿大受害者的队伍。

奥斯丁·克拉克[1]的短篇小说集《年轻自由穿绸衣》出色地演绎了这个主题的多种变奏。该书中的移民是来自西印度群岛的黑人。你也许以为这些故事都是讲黑人和白人关系的，其实不然，全书真正的核心似乎是钱：挣钱的艰难、无钱的窘迫、对有钱人特别是欧洲移民的憎恨，以及为了弄钱而付出的精神代价和最后的失败。在《他的四个车站》和《汽车》这两个短篇小说中，两位主人公的名字颇有讽刺意味：一个叫杰斐逊，与美国民主之父同名；另一个叫卡尔文，是新教伦理奠基人的名字。两人勤勤恳恳，渴求物质成功——买一栋玫瑰谷[2]的房子和一辆汽车，为此他们弃绝了自己的背景和种族，拒绝了"老家"亲友的团聚愿望。杰斐逊舍不得寄一个子儿的血汗钱给濒死的母亲，卡尔文耻于收到黑人民族主义同胞的明信片。两人心想事成，买到了房子和汽车，但是杰斐逊没钱给他的四层楼大宅配上家具，卡尔文第一天开车外出就差点撞毁车子。两人获得了梦想之物，不是想得到社会的平等接纳（他们抛弃了黑人移民社会，羡慕又憎恨富有的白人社会），而是想成为人上人，得到他人的喝彩。然而，物质并未令他们如愿：杰斐逊的邻居以为他是大房子的园丁，也没有人注意卡尔文的汽车。无论是房子，还是汽车，都让其主人付出了血的代价。杰斐逊的

---

1 奥斯丁·克拉克（Austin Clarke，1934-2016），加拿大黑人小说家，记者，出生于巴巴多斯，其作品多描述西印度群岛移民和黑人在加拿大的经历，以及巴巴多斯殖民社会及后殖民社会的情况。
2 位于多伦多的豪宅区。

母亲去世了，他在自己空荡荡的房子里发了疯；卡尔文出了车祸，扭断了同车的白人姑娘的脖子。他并不把这个挑来的姑娘当人看，或者当作性伴侣，而是用她来装饰自己的汽车。

上述两个故事讲的都是被成功掩盖的挫败，下面两则短篇小说——《等候邮差敲门》和《让我们拥有这一天：饶恕我们》则讲述了纯粹、全然的失败。两个主人公都失了业，即将被赶出租住的屋子，向让他们挣不到钱的加拿大大发泄着怒火。第一篇小说中的爱妮德"诅咒自己，傻里傻气，居然移民到加拿大这个鬼地方"；第二篇小说中的亨利有一个皇家银行的存折，自己填上了巨款，但实际上只有三美元。另外一则短篇小说，则流露出对加拿大的乐观情绪。在《他们听到了钟声》中，女孩艾斯黛拉诙谐地谈起这个国家的好处：

> "我从上帝背后一个小得不得了的村子，来到大得不得了的加拿大。我来到这里，过上了一点好日子。这个日子，在老家，只有白人和有钱的黑人才能过上……"

对照上下文，艾斯黛拉的道白具有讽刺意味：她在加拿大只待了几周，因找不到工作被迫就要离境，她相好的西印度群岛男子染上肺结核，奄奄一息。

大量长篇累牍的小说描绘了失败的图景，不管在加拿大何处，来自哪个种族，每个移民都要面对这样的失败。其范围之广，可略见于以下三部长篇小说。约翰·马林的《在死神的肋骨下》以中部的温尼伯市为背景，描写了匈牙利移民的生活；阿黛尔·怀斯曼[1]的《祭品》同样以温尼伯为背景，写的却是来自中欧的犹太移民；布莱恩·摩尔的《金格·科菲的好运》则以东部蒙特利尔市的爱尔兰移民为主角。

失败的模式，在马林的小说中体现得最为清晰。主人公桑多·亨亚迪，因为族裔和与之相伴的贫穷，在童年饱受不幸。长大后，他抛弃了自己的出身，改名为"亚历克斯·亨特"（Alex Hunter），摇身一变为"英裔"加拿大商人。他的新名字，既暗指世界征服者亚历山大大帝，也暗指桑多认为只有通过弱肉强食的猎杀，才能取得成功。[2]对他来说，新名字非常重要，象征着一种新身份：

> 人们说这个名字，不会惊讶，不会发笑，不会张口结舌。它轻松地来到舌头上，说出来时，眉毛都不用抬一下。一个新名字……似乎让他摆脱了以前生活的所有挣扎。
>
> 他看着它，仿佛看到了以前自己的碎壳，感到将一切无价值的东西抛在了身后，得到了新生……

1　阿黛尔·怀斯曼（Adele Wiseman, 1928-1992），加拿大小说家，其父母是俄罗斯犹太人，于20世纪20年代从乌克兰移民到温尼伯，其创作反映了她作为第二代移民和犹太人后裔的双重影响。
2　Alex 是 Alexander 的简称，Alexander the Great 即亚历山大大帝；Hunter 意为"猎人"。

为了和过去一刀两断，桑多强迫自己变得冷酷无情，他投身的商界就是以冷酷无情为特点。他蹒跚于财富的边缘，又被大萧条弄得人手困顿，在小说的结尾，他复归贫穷。和桑多的失败平行发展的，是另外两个关于失败的故事。一个围绕桑多的父亲展开，他觉得儿子能够"出人头地"，取得他所希望的智识或精神上的成功，同时保持他信仰的温柔的旧世界伦理。另一个则关于他的舅舅贾诺斯，出卖灵魂，和自己不爱的老富婆结婚，后者弄残了他的肢体。这两个人的失败都不如桑多那么严重。桑多的父亲一生贫穷，但做人清白。贾诺斯舅舅离开了邪恶的妻子，和另外一位女性过着清贫但幸福的生活。桑多最后沦为赤贫，却没有得到这样的补偿。他寄希望于自己刚出生的儿子，第三代。书末，他看着婴儿：

……他凝望着婴儿的眼睛，那么大，那么天真无邪，迎视着他的目光，令他为深望另一个人而感到羞愧。然而，他又满溢着自己几乎察觉不到的快乐。在他看来，孩子柔和深邃的眼神里，蕴含着所有神奇的活力。他压抑了自己的这些活力，扼杀了它，只为了获得他曾经攫取的一切，在远方，越过儿子的头顶，遥遥的，在灰暗的凄凉中。

也许——尽管绝不能肯定——第三代能兼顾第一代的精神价值和第二代的物质追求，但在马林的书中，这两者似乎互不相容。在精神上进入加拿大，就意味着进入死亡妖魔的阴影。亚历克斯·亨特，桑多的加拿大产物，出卖了自己的灵魂也未能获得征服世界的回报。

你可能已经注意到了，马林小说中的三代人结构和我们在第六章中考察的三代人模式有异曲同工之妙，事实上，加拿大的许多移民小说都涉及一家三代。不过，每代人的动力多少都不一样。移民小说中的第一代和英裔白人新教移民相比，更多魅力和智慧，或者更多生命力或文化上的愉悦。第二代的精力更旺盛，为成功而奋发拼搏。第三代则有更好的机会过上健全的人类生活。（这就生出如下画面：英裔白人新教小说家聚集在一起，咕哝着"他们会发现"或"等他们发现再说吧"之类的话。）三代移民的积极品质，肯定不是源于加拿大，而是来自历史上的欧洲。加拿大是展示这些品质的背景，是一片"灰暗的凄凉"和死亡的土地。在死亡之地，仅仅活着——在精神上生存下来——就算一种胜利了。比如，克拉克笔下的人物被定义为"失败者"，他们在进入"大熔炉"后，拥有了汽车，变成了"加拿大人"，但失去了人的勃勃生机，无缘享受到手的各种美物。

阿黛尔·怀斯曼的长篇小说《祭品》也描写了三代人。该书既是一个复杂的宗教寓言，也是一部现实主义的家庭小说，此外，它还是一个移民故事，讲述了灾难发生的漫长过程。亚伯拉罕夫妇从中欧"死里逃生",两个儿子——摩西和雅各布(未来先知和领袖的化身)——已在大屠杀中遇难。亚伯拉罕的名字寓意着他希望成为族长,因此,二子之死让他悲痛不已。他将唯一的希望寄托第三个儿子艾萨克身上,艾萨克即书名所指的"祭品"之一[1]。

亚伯拉罕选择在温尼伯市定居,是因为火车碰巧经过这里。他恪守自己带来的宗教和文化价值。艾萨克学习英语,星期六也得上班,接受了一些"激进的"观点。父亲对儿子寸步不让:要求他获得父亲心目中的成功,而非儿子自己心目中的,或加拿大式的成功。亚伯拉罕,像第六章提到的英裔白人新教族长一样,犯了一个精神上的错误,即把自己的意愿混同于上帝的旨意。艾萨克暂时遵从他的教诲,去了犹太教堂,从火灾中抢救出《摩西五经》[2],如燔祭一样,献出了自己的生命。每位教众都感叹艾萨克的神奇举动,而不信犹太教的他,不过视其为一起意外而已。

艾萨克和妻子相继去世后,亚伯拉罕愈来愈深居简出,最后,他变得神志不清,杀死了一个"有伤风化的"女子,向剥夺他三个儿子的上帝献祭。在小说的结尾,他住进了精神病院。

---

1 摩西(Moses)、雅各布(Jacob)、艾萨克(Issac)都是《圣经》中的人物。摩西是古代以色列人的领袖;雅各的十二名子女是以色列十二支派的先祖;艾萨克曾被虔诚的父亲亚伯拉罕献祭给上帝。

2 摩西五经是希伯来圣经最初的五部经典,包括《创世记》《出埃及记》《利未记》《民数记》《申命记》。它是犹太教经典中最重要的部分,同时也是公元前6世纪以前唯一的一部希伯来法律汇编,并作为犹太国国家的法律规范。

书中的最后一幕是：孙子摩西·雅各布（以已故长子和次子的名字命名）来看望爷爷，他原先以为爷爷是魔鬼，杀人犯，等到见了面，他却不觉得恨，而感到了爱。对于孙子而言，解救之道不在于摒弃爷爷的世界，也不在于努力重建它，而是接受它为自己过去的组成。也许，他日后能获得加拿大式的"成功"，同时保持着老人代表的大部分精神价值。

尽管主人公因为神经错乱的谋杀而自毁余生，但《祭品》的结尾还算乐观，三代人和好，孙子看上去也有前程。作者只能寄真正的成功于未来，而不能坐实描绘。不过，成功的主要障碍——摒弃新土地，被其毁灭性的同化——的确让前两代人吃够了苦头。就该小说而言，想象孙子会获得成功，并非不切实际的想法。

有趣的是，这里讨论的最乐观的小说《祭品》，是从第一代人亚伯拉罕的角度叙述的，而《在死神的肋骨下》则讲述了第二代的故事。莫迪凯·里奇勒的《小英雄的儿子》也是一部讲述三代移民命运的长篇小说，以第三代为主角。就笔调而言，《祭品》感情充沛，《在死神的肋骨下》现实冷静，里奇勒的小说则近乎无情的讽刺。

在《小英雄的儿子》中，祖父梅勒奇·阿德勒（Melech Adler，翻译过来的意思是"鹰王"）是一位强势的老族长，双手长有斑点，没有亚伯拉罕的温情。第二代是他的儿子沃尔夫（Wolf，意思为"狼"），可以预见此人是一个财迷。像《祭品》

中的艾萨克一样，他也从大火中抢救出一样具有象征意义的物件，但这件圣物不是《摩西五经》，而是一个盒子，他以为里面装满了钱，其实装的是梅勒奇抄写的《摩西五经》经卷。讽刺的是，沃尔夫死后，被犹太社团宣传为英雄。然而，还有更多的秘密：除了孙子诺亚外，没人知道盒里的经卷藏有梅勒奇过去在欧洲的书信和照片，他显然爱上了一位异教女子。该书中的每一个人都有隐秘的丑闻。诺亚发现真相后，觉得这个封闭的犹太社团无权对他的生活颐指气使。像桑多一样，他在加拿大更大的英裔白人新教社团中寻找一种替代身份，却（当然）没有找到。他两头为难：要么留守在少数族群，备受压抑；要么接受同化，丧失灵魂。他放弃了加拿大的生活，在小说结尾，出走欧洲，忍受着亲戚们异口同声对他背叛的指责。诺亚试着待人以恕，但几代人之间无法和解。诺亚的出走，类似于英裔白人新教徒小说中第三代的逃离。我们可以假设诺亚到了欧洲，成了艺术家。他的名字暗指他是社群中唯一的德智兼备之人，有能力建成自己的方舟，在其他家人被加拿大洪水淹没时，他保全了自我[1]。他不顾家人埋怨，返回欧洲，让自己的家庭获得了圆满。对诺亚而言，加拿大就是要尽快离开的地方，要想摆脱失败，就得前往他乡。

布莱恩·摩尔的长篇小说《金格·科菲的好运》采取了喜剧

1　据《圣经》记载，诺亚方舟由义人诺亚依据神嘱而建，借此诺亚与家人，以及各种陆上生物躲避了一场因神惩而发生的大洪水。

而非讽刺的手法探索移民主题，将三代人的经历集于一人，但依然体现了移民失败的主要模式。金格·科菲的不顺并非始于加拿大，从他在爱尔兰时就开始了。他移居到了合适的地方：在小说中，加拿大不仅制造和输出失败，也促成失败，为失败提供恰当的背景。科菲误把加拿大当成美国，抛开一潭死水似的爱尔兰，指望一夜暴富，但行不通。随着小说展开，科菲经历了第一代人的逃离故国，第二代人追求物质成功的失败，正要像上文中的第三代人诺亚·阿德勒一样出走欧洲……可惜他没钱买票。小说描写他一心想找到好工作，配得上他对自己的空想，与此同时，他的婚姻状况逐渐恶化。最后，他再次找工作失败，醉酒，自怜自艾，聊把自己想象为社会的放逐者，"走进北冰洋的夜晚，永远受困于这片冰雪之地，这个该死的地狱"。他随地小便，因妨害公共利益被捕入狱。受审时，科菲觉得自己空怀希望与抱负，当他凝望自己孩子的眼睛时，他感受到了与桑多类似的、片刻的自我释放："他不是任何人，而是遥望天空的眼睛，他就是天空。"妻儿回到他的身边，读者可以感到，那是《圣经》中约伯[1]得到的那种回报。科菲唱着失败之歌退场了：

　　大多数人不都徒劳无功吗？大多数人不都是失败者吗？差不多他妈的每个人，都会面临他等的船永远来不了

1　约伯，《圣经》人物，虔诚忍耐，为人正直，虽然向神抱怨不平而被神责备，但最后因回转而比受苦之前更加蒙福。

的这一天，不是吗？……努力了，赢不了。唉！又有什么大不了？命如草芥，没什么大不了。金格·科菲不会获胜，大小胜利都不会有，因为在法院的台阶上，他洞察了真相。活着就是胜利，不是吗？活下去就是胜利……

他好好领会了加拿大的教训。忍耐、生存，没有胜利。

移民在加拿大经历的似乎都是预设的失败。这一模式也会有所变化，即加拿大人移居到其他国家，比如克拉克·布莱斯[1]的短篇小说《了不起的艾迪·布鲁斯特》。该作品的背景是美国，移民是一对加拿大夫妇，丈夫路易·布鲁沙来自蒙特利尔，健谈爽朗；妻子米尔德瑞德来自加拿大中部城市里贾纳，是苏格兰裔，自命不凡。路易离开加拿大，到了美国佛罗里达州当推销员，努力赚钱，但始终不名一文。一战后，他的穷兄弟艾蒂埃纳从法国来美国投靠他，艾蒂埃纳循着移民在美国的生存之道，取得了令路易艳羡的成功。他更名为艾迪·布鲁斯特，故意讲带有法国影星莫里斯·切瓦力亚口音的法语，开了一家"法国"餐馆，不择手段地大做广告，安排夜总会表演和地下赌博。路易本可以加盟艾迪的红火生意，但他不敢冒险，妻子也坚决反对。在小说的结尾，艾迪富得流油，竞选上了市长。路易仍然不名一文，并且离了婚。最后，在二战期间，艾迪和纳粹同流合污。

1　克拉克·布莱斯（Clark Blaise，1940-　），加拿大作家，年少时四处迁居，因而其作品的主角往往身处异国他乡，面对文化与地域差异的冲击。

这部小说暗示，美国式的成功需要合伙同干，而路易这对加拿大夫妇对此一无所知。他们不能像艾迪一样，把加拿大身份和失败的想法，抛到"大熔炉"里。

从喜剧性放松的角度而言（但不太能用于加拿大文学课），有一篇"移民"小说值得注意，即玛莉卡·罗伯特[1]的《陌生人和恐惧》。小说写了一名女子的性问题，她享受被皮带抽打的感觉，顺带用一种还算迷人、并非完全令人反感的写法提到了性受虐狂移民眼里的加拿大。在受虐狂层面，她选择了一个错误的国家：这里的每个人争着向她示好，她甚至很难找到一个可能的体面的性施虐者。

在欧洲，她认识一名叫安德烈的男子，担任施虐者的角色，他风度翩翩，富有教养，手段高超，精力充沛，可惜从马上坠亡。她来到加拿大，丈夫内尔苍白无力，达不到她要求的剽悍。于是，通过《公平周报》，她找来一个叫克劳德的男子，也完全不能胜任。二男都是加拿大人……内尔软得像棉花糖，克劳德是个素食主义者，有一个游泳池，请朋友来放情色影片，却捣鼓不了播放器。他寡言，野蛮，粗犷，施虐失控时，女主人公用大理石书档把他击倒在地。如果加拿大，这片遍布受害者的土地，连受虐者想要的痛感都提供不了，情况确实够艰难的。

1　玛莉卡·罗伯特（Marika Robert，1960-　），匈牙利裔加拿大作家。

短书单：

奥斯丁·克拉克，《年轻自由穿绸衣》(*When He Was Free and Young and He Used to Wear Silk*s)，阿南西出版社，$2.95。

约翰·马林，《在死神的肋骨下》(*Under the Ribs of Death*)，新加拿大图书馆，$1.95。

布莱恩·摩尔，《金格·科菲的好运》(*The Luck of Ginger Coffey*)，新加拿大图书馆，$2.35。

阿黛尔·怀斯曼，《祭品》(*The Sacrifice*)，劳伦琴出版社，$1.25。

长书单：

沃尔特·鲍尔，《移民》(Emigrants)，《团藻》(*Volvox*)，索诺尼斯出版社。

克拉克·布莱斯，《了不起的艾迪·布鲁斯特》(The Fabulous Eddie Brewster)，《1968年加拿大文学新作集》(*New Canadian Writing* 1968)，克拉克·欧文出版社。

莫利·卡拉汉，《他们迁来的去年春天》(The Last Spring They Came Over)，威弗第1集。

奥斯丁·克拉克，《年轻自由穿绸衣》，阿南西出版社。

苏珊娜·穆迪，《丛林中的艰苦岁月》，新加拿大图书馆。

布莱恩·摩尔，《金格·科菲的好运》，新加拿大图书馆。

莫迪凯·里奇勒，《小英雄的儿子》(*Son of a Smaller Hero*)，新加拿大图书馆。

玛莉卡·罗伯特，《陌生人和恐惧》(*A Stranger and Afraid*)，加拿大畅销书图书馆。

阿黛尔·怀斯曼，《祭品》，劳伦琴出版社。

第 8 章
意外之死：
失败的英雄、可疑的殉道者和
其他不幸的结局

我带着完美的信念相信我记得的
全部历史，然而，要想记住很多历史
是越来越难了。

　　　　　　——莱昂纳德·科恩《迁徙的对话》

但是，爆炸狂人，少校街的卡蒂埃，卡蒂埃
说：如果一个国家没有过去，
就不是国家。迅速
在国会大厦的卫生间把自己炸成碎片，
民事遗嘱和先知的残骸
在抽水马桶的冲水中抽搐、浮沉
这个国家的人能做什么？困惑，
为祖先去悔罪，他们留给我们什么？
　　　　　　　印第安骗子，
无主土地的乡长，无根
　　　　　　有什么关系？
如果他们，我们有血有肉的祖先，常是
好人，而好人对历史无足轻重。

　　　　　　——丹尼斯·李《平民的哀歌》

那些形象发出噪音
那些形象是我永不理解的人们，

我也许佩服他们

诱捕野牛的大酋长、大熊、流浪的精灵

那些痛苦的男人。

里尔，疯狂的里尔，被吊死的里尔。

政治必行其道。

噪音之道。填满。

子弹制定的定义，

还有野战炮。

你濒死时发出的噪音

你是唯一的听众……

死亡的意象倒挂。

灰色的音乐。

——约翰·纽罗夫《疯狂的里尔》

激进主义历史学家不会对历史上的失败者多加着墨，因为信仰进步常常暗含这一基本的假设，即失败源于进化真理的淘汰。然而，失败者的存在颇值探究，我们可以看到胜利者创造了什么样的社会。

——乔治·格兰特《技术和帝国》

在之前的三章中，我讨论了加拿大文学中的某些具有代表性的形象，他们多为"普通"人，和他们所代表的社会中的其他人无甚区别，从事着社会认可的正常职业，并不起眼。在第5章开头，我们考察了探险者作为文学类型的模式。在本章，我想探究的是和"英雄"文学人物相关的几个问题，特别是怎样尝试以历史人物为蓝本塑造英雄人物。探险者当然也算得上是某种"英雄"人物，但是他基本游离于社会或人群之外，孑然一身，而英雄历来为社会首领，代表社会除暴安良。

我先来说明一下我所说的"英雄"的含义。想象一位作家，他希望写点什么，话剧、长诗或歌剧，沿用史诗或悲剧的模式，而非讽刺作品、浪漫传奇或喜剧。他知道，要写出心目中的戏剧，必得有一位英雄人物，这位英雄必须像传统的英雄一样披荆斩棘，其奋斗必须有意义，关乎他人而非一己，他必须为所属群体或民族而战。英雄若能取得胜利，其胜利必须拯救一个民族。古罗马的圣乔治打败了毒龙，英伦的贝奥武甫屠杀了毒龙之母格兰代尔，希腊的奥德修斯驱逐了虚情假意的求婚者——拜他们所赐，平民百姓能在夜里睡个安稳觉。如果英雄必须气绝身亡，他必须死得其所——打败了部分敌人，为未来的胜利或至少是未来的安全奠定了基础。按照传统，英雄必须有一两个悲剧性的弱点，比如俄狄浦斯王毁于自大傲慢，哈姆雷特毁于自己的犹豫不决，但是他亦必须具备伟大的品质。最重要的是，他必须举足轻重，深孚众望，其起落系乎大事之成败，王国之安危。

现在，想象一下这位作家要在二十世纪寻找英雄。二十世纪，世道变了：这是一个凡夫俗子的世纪，或者我们是这么听说的。二十世纪不崇拜英雄，而可能偏爱小人。我们的作家必须炮制出一个假想的英雄——滚石歌星之流，或者选择历史剧，写一部关于托马斯·莫尔爵士、伊丽莎白一世、亚伯拉罕·林肯、乔治·华盛顿或本杰明·富兰克林的戏剧，如此可赚得大钱。但他的困境，并未得到解决。

让我们进一步设想，这位作家是加拿大人，打算把戏剧或诗歌的背景放在加拿大。我们大着胆子想象，他想采用真实的史料。结果，各种问题就来了。这些问题关系到加拿大历史的模式，以及相关的、或许因之而生的加拿大人的心理模式。也就是说，他要塑造的英雄取决于祖国历史能给他提供什么样的人物，他的塑造方法又取决于他受祖国文化影响的情思习惯。那么，我们的作家能以加拿大历史上的"伟人"写点什么呢？

*

传统意义上的英雄死得其所，死得壮烈。本章的标题取自普拉特的诗歌《布雷伯夫和他的弟兄》，它概括了加拿大式的死亡的方式。美国式的死亡，从历史和文学角度而言，是暴力致死：谋命、私刑、杀人，是个人或群体极端的破坏性违法行为。无视法律本身就受到了独立革命的默许，去推翻传统的权威。而美国人自独立革命后，从来都是抗拒权威：犯法者，英雄也。

从目前来看，英国式的死亡只有一种，就是历史性的死亡。战场、伦敦塔监狱、绞刑架，刀斧即落之前，似乎成了英国优秀历史影片的要素。莎士比亚喜欢写历史上的死亡，查尔斯·狄更斯也是。这样的死亡，源于若干互有联系的社会事件：派系冲突、理念纷争、大规模的争权夺利。死者知道自己因何而死。

　　加拿大式的死亡则属于意外之死。第二章讨论了自然原因造成的丧生。作者，以及诗歌和小说里的人物，通常把溺毙、冻死、从山上坠亡的人当作环境的受害者。在死亡面前，受害者或许会因其勇敢和尊严获得一定的声望，但其死亡本身没有意义，毫无成就。在《灌木园》一书中，诺思洛普·弗莱认为这种死亡毫无意义和用处。但是，如果一个人为了捍卫理想或集体而献身，是不是会令其死亡带上"英雄的"光环？这种不那么"意外"或"随便"的死亡，是不是就有意义和用处呢？

　　普拉特的诗作《布雷伯夫和他的弟兄》讲述了壮志未酬身先死的故事：像其他许多传教士一样，布雷伯夫受虐被杀。他们呕心沥血建成的教会毁于一旦，"残部"撤退到魁北克城。该诗的最后一部分题为"殉道者的圣龛"，普拉特恰如其分地以此作结，尝试赋予耶稣会士的牺牲以积极的意义。三百年后，教会得以重建，殉道者仿佛从墓里复活：

　　　　在十字架被斧头砍断的地方
　　　　在十字架插入泥土的附近

铁锹翻动

身体的碳和钙焦重见天光

圣龛和祭坛重新建起；鸟类和

祈祷者上升，圣饼掰分。

　　普拉特已尽其所能，但他运用的历史素材无法让布雷伯夫
死得像传统意义上的英雄。我们知道，现在的教堂其实是旅游
景点，倘若布雷伯夫看到自己的苦难换来的是如此结果，恐怕
在坟墓里都要辗转反侧了：我们不禁要问，难道那就是结局
了？这多少令人大跌眼镜。印第安人最后失败了，而布雷伯夫
之死并未拯救他的社会，法裔天主教徒同样失败了。

　　唐·格特里奇的长篇叙事诗《里尔》，在结尾处也出现了
类似的彷徨。里尔堪称加拿大失败英雄的完美样本，他是法
裔印第安人、天主教徒、革命家，可能有精神病，被政府处
以绞刑。里尔的一生启发了不少作品，其中有约翰·库尔特的
戏剧《审判路易·里尔》、哈里·索默斯的歌剧和马弗·莫尔
的小说《里尔》。格特里奇沿用了普拉特的写法，运用了类似
技巧，在原创叙事和抒情段落中穿插或真实不虚或想象臆造
的史料。在诗歌的象征中，里尔代表土地上的真正生活，时任
总理约翰·麦克唐纳爵士代表强行改造自然的势力，要打造一
个"精心设计的国家"。他下令修建的著名的加拿大太平洋铁
路，就是对土地、土著语言、法裔和印第安人的侵袭；铁路像

"笔直的炮筒"，"钢铁的舌头吐出/唯一的词语"。"史料"中有一份"某某中士"写的信，他是麦克唐纳派出的捉拿里尔的远征队成员，他跋涉的艰难险阻类似于布雷伯夫在露营时遇到的难题：

> 在苏必利尔湖边，绝壁上的页岩和巨石挡住了我们的去路，数百年的老松树莫名其妙地倒塌，拦在"路上"，好像我们成了入侵者。连续几周，我们砍啊，拽啊，拖着精疲力竭的身体，跋涉过人类所知的最可恶的丛林……

这些人实质上就是入侵者，大自然和里尔企图赶走他们，但是，士兵和麦克唐纳爵士胜利了，铁路穿越了原野，"金属"的方形和长方形建筑代替了"木头"，以及大草原在岁月打磨下形成的天然弧形韵律。（你也许注意到了，这呼应了我们在第5章考察过的定居者—土地意象。）

里尔希望摆脱麦克唐纳的大一统管理，建立梅蒂斯人之邦，但被冷酷的权威剿灭，犹如老城区不敌高楼大厦的开发商。"里尔放弃了自己的生命，"格特里奇引用了《邮报》上的报道，"政府致力在西北地区建立法律和秩序……肯定会拿他惩一儆百。"如同布雷伯夫，里尔自以为负有使命，自以为是先知，迷恋于自取的中间名——大卫。他是一个小小的大卫，挑战像巨人歌利亚一样的渥太华政府（他的坚定意志被暗喻成"这股激流：卷缩在体内，犹如光滑的石头"。）而《圣经》和加拿大的区别在于：在《圣经》里，上帝助力，奇迹发生，大卫获胜。里尔的失败是彻底的，不像布雷伯夫，还有旅游景点可供凭吊，里尔什么也没有留下。诗歌以里尔之死结尾：

> 好了，这个上帝诅咒的狗娘养的，终于死了！
> 是的，这个狗娘养的，现在，确实死了。
> 在古老渥太华的两岸，
> 灰塔矗立。

这种对峙——个人抗击"政府"无情的"灰塔"、本土的民族抗击强加的文化、酝酿的起义被皇家骑警剿灭，在加拿大历史和以之为基础的历史叙述中，反复出现。

加拿大历史并不都在十九世纪发生。作家选择的二十世纪模式，或者二十世纪给作家提供的选择，与前者惊人的类似。最近的一出好戏，卡罗尔·波尔特的《野牛跳崖》，讲的是里尔精神的传人瑞德·伊文斯（两个历史人物的混合体），他反抗麦克唐纳爵士的化身——R. B.本奈特和像巨人歌利亚似的皇家骑警。

伊文斯是工会组织者，为提高大萧条期间救济站劳工的待遇，带领游行队伍穿过温哥华，乘火车从西向东横穿加拿大。他的人马只行进到中部城市里贾纳，本奈特命令皇家骑警在那里抓捕他们。伊文斯和本奈特、西部和东部之间的再一次对峙，可以说是《里尔》的延续。伊文斯和他的代表团陈述情况时，本奈特坐在国会大厦模型的后面，不让他们看到自己的脸。那些"灰塔"又一次出现了。这出戏剧的整个形态，是纯粹、全然的加拿大模式：不顾双方力量悬殊，英勇斗争，继而被无情的巨人打败。有一点，也许颇为重要，即金镇的市民是罢工的唯一同情者，却以歌剧的闹剧形象出现。这里有善，却不真实。戏剧以里贾纳暴动收场，最后留在舞台上的人物是凯旋的皇家骑警。

我以为，在上述的三部作品中，都存在一种不安，一种中心的不确定，若处理得当，可以产生诱人的朦胧效果，但若是处理不当，则会造成理解的混乱。也许作者本身就很迷茫，如果读者指望从这些作品中寻找"伟人"一般的英雄，又会更加迷茫。我想在此尝试对这两种迷茫做出解释，或许不能找出其产生的终极原因，但至少可以说明其性质。

✓加拿大历史无法造就传统的拯救社会或改变社会的英雄。 我们一直在考察的模式是无用的个体的死亡，伴随着主人公所属社会的失败，没有造成任何社会后果或影响。加拿大所有的革命都是失败的革命。从加拿大的过去中寻找英雄素材的作家，几乎不可避免地会写出这样的戏剧：捍卫小团体权益的个人，对抗无情的权威，即通常由皇家骑警代表的政府，最后被制服。他的死亡或失败没有拯救他所在的社会：里尔被处以绞刑，梅蒂斯这个族种衰微；布雷伯夫殉道，英裔新教徒最后得势；多拉德保卫朗索尔特，同样没有成功（参见兰普曼的诗歌《朗索尔特》）[1]；威廉·莱昂·麦肯齐·金失败后，他的事业随之垮掉[2]。在加拿大的历史上，似乎有两个时刻值得稍事庆祝，一个是一八一二年战争[3]，另一个是跨加拿大铁路的竣工（亦可替之以联邦的成立，二者都象征着国家的统一），但这番欢庆掩盖不了历史的荒谬。加拿大在一八一二年击退了入侵的美国军队，但美国佬到底还是控制了加拿大；麦克唐纳总理将加拿大联成了一体，现在却面临着分裂的危险。

因此，加拿大历史和加拿大人的想象力一起运作，也不太可能造出合乎情理的英雄之死，没法死得其所，没法造福社会。这种不太可能就反映在以加拿大历史为蓝本的文学作品中，尽管作家们想追求理想中的"传统"意义，往往也只好屈从史实，

1　指1660年的朗索尔特战役，其目的是为争夺加拿大毛皮贸易的控制权。亚当·多拉德（Adam Dollard des Ormeaux，1635-1660）出生于法国北美殖民地新法兰西，带领同伴在朗索尔特抗击易洛魁人。

2　威廉·莱昂·麦肯齐·金（William Lyon Mackenzie King，1874-1950），三度担任加拿大总理，在位时间长达二十一年，是英联邦历史上在位时间最长的一位总理。

3　1812年，英美为争夺海洋和殖民地控制权发生冲突，加拿大的印第安人在特库姆塞的领导下，代表英军攻击美军，失败后阵亡。

创作出失败的或沦为牺牲品的英雄形象。

✓ **加拿大人不知道自己该支持哪一方。**《里尔》和《野牛跳崖》中的加拿大人就是这样。两部作品都描写了潜在的起义者不敌皇家骑警，但对权威的性质和道德立场交待不清，事实上，这也反映了加拿大人自身的混乱心理。在两部作品中，作者和观众都同情反叛的一方，设若他们得逞了，会是什么样？不仅是加拿大首相，而是所有加拿大人，将会为权威倒塌、大一统联邦动摇而惶惶不安。我们将不停地嘀咕，房子崩裂不可立。如果不开通跨越加拿大的铁路，美国可能占有了加拿大西部地区；如果国家四分五裂，谁主江山？

打一开始，加拿大就自己认定，在这个地方发生的革命都是对抗合法权威的叛乱，我们在第5章已经说过，合法的权威被视作神圣不可侵犯的社会形式。这有利有弊（比如，不会发生暴乱，像民权运动之类的活动都会不了了之），而另一个事实是，加拿大人很难把"合法权威"的象征——皇家骑警——当成彻头彻尾的敌人。（加拿大肯定是世界上唯一以警察为民族象征的国家。参加世界小姐竞选的加拿大选手总是穿着精致的皇家骑警制服，唯一可替换的也许是加上河狸毛的皇家骑警制服，这身行头可以强过美国佐治亚州小姐打扮成桃子、爱达荷州小

姐打扮成土豆；但怎么说呢……[1]）

如果以合法权威为敌，它又不是真正的敌人，而是必要的无伤大雅的"坏蛋"，是生活现实，那么，"革命"英雄就难以打造了。你找不到什么英雄，只有在愚蠢情况下甘当牺牲品的人，犹如顶着暴风雨下水的游泳者。我们加拿大人的意识自相矛盾，有一半意识不由自主地感受到宇宙的秩序，因而当然会打倒所谓的"革命"英雄。

他的死或许是意外（很适合加拿大英雄），就像炸弹狂人卡蒂埃之死。他企图炸掉国会大厦，结果却误炸了自己，不光彩地死在厕所里。加拿大人的心理，一半是对推翻压迫性的权威抱有怀疑和恐惧，因而认为死亡是一种有意义的适度惩罚；另一半则站在弱者一边，认同压迫性权威下的受害者，认为死是白白送命，没有意义，没有促成革命成功。但是，加拿大人从来不明言自己的前一半心理。加拿大叛变从来没有上升为革命，就是因为它从未得到民众的拥护。这里的"先知"对抗不了政府工作人员，后者集体穿着罗曼蒂克的红色制服，在音乐伴奏下骑着骏马[2]，宛如平时深藏不露、以记者为业的超人克拉克·肯特。

1　美国佐治亚州有"桃子之州"美誉，黄桃为该州代表水果，每年夏季举行桃子节，烘烤出世界最大的桃子馅饼，并选出一位桃子小姐作为该州的形象大使。爱达荷州，别称"土豆州"，土豆产量全美第一，种植美国三分之一以上的土豆。美国人提到土豆，几乎都会联想到爱达荷州。

2　每年7月1日国庆那天，在国会山前的草坪上，加拿大皇家骑警的马术队都会进行一场伴有音乐的骑术表演，吸引了大量游客，也成为加拿大特色的一部分。

✓**在加拿大，打造传统意义上的英雄个人，可能是一种误导。** 要求我们有"英雄"，如同要求我们有自己的"边疆"，或者如同要求我们放下所有的加拿大书籍，因为它们都不是《白鲸》：这可能只是殖民心态的一种体现。要在加拿大书写"伟人式的"英雄主义，类似于在我们阿岗昆国家公园的湖区，强求这里的自然和华兹华斯的所见一样。"伟人"，也许还有"反英雄"，以及像《推销员之死》中威利·洛曼之类的"小人物代表"[1]，对于我们是过时的外国舶来品，把它们移植到加拿大，会水土不服。但是，这种尝试依然具有开拓性，起码证明了外国模式在加拿大不甚奏效。

数位评论家，包括诺思洛普·弗莱和罗宾·马修斯[2]，提出我们本土的传统根本不在于寻找英雄的个人，而是要寻找英雄的群体。这甚至见于我们已经选读的文学例证。布雷伯夫不是唯一受尽煎熬而殉道的人，还有他的"弟兄"，诗歌对他们着笔甚多。聚光灯打的是散光，而非聚焦在一个人身上。类似地，在《里尔》中，梅蒂斯人一起猎捕野牛的场景明显占据了超量的篇

---

1 《推销员之死》（*Death of a Salesman*）由美国著名剧作家阿瑟·米勒（Arthur Miller）1949年创作，描写有三十余年推销经历的威利·洛曼幻想通过商品推销名利双收，年老时疲惫孤独地自杀而死。该剧刻画了小人物悲剧性的一生，赢得托尼奖、普利策奖、纽约剧评界奖等大奖，曾连演742场，被誉为"战后美国最伟大的剧作"。

2 罗宾·马修斯（Robin Mathews，1931- ），加拿大诗人，剧作家。

幅：活着抵抗的，不只是里尔一个人，而是整个种族。在《野牛跳崖》一剧中，真正的"英雄"并非瑞德·伊文斯一个人，而是游行的队伍，他不过是其中最有感染力的人罢了。这些英雄的群体和个人一样经得起失败，事实上，在这三部作品中，他们都失败了。然而，正是他们，而非个别的"伟人"，凝结了真正打动人心的力量。

修建横跨加拿大的铁路，是最受加拿大人欢迎的史诗主题。普拉特著有诗作《朝向最后一颗道钉》，皮埃尔·波顿[1]著有广受欢迎的散文集，《国家之梦》和《最后一颗道钉》。铁路也绝非一人之功。约翰·麦克唐纳总理或许是焦点人物，但铁路实际上为庞大的群体所建——普拉特如是看待这一"英雄的"壮举。在他的其他三首诗中，泰坦尼克号沉船上的乘客、罗斯福和安底诺号上的水手、敦刻尔克大撤退中的士兵，都构成了英雄的群体。在加拿大文学中寻找个人的或者个人主义的英雄，无异于缘木求鱼。

以群体为英雄，在文学和社会层面，都存在明显的利弊。集体主义的英雄表现了社团封闭、内生的要塞型心态，集体主义行动为生存所必需，但压制了个体的成长。在文学中，它激发的情感在性质上不同于个人英雄激发的情感，军团覆没或全船人死亡不同于将军之死。对于分析我们定义的加拿大受害者

1　皮埃尔·波顿（Pierre Berton，1920-2004），加拿大记者，历史学家，媒体人。

的"出路",群体的英雄或许至关重要。

进一步而言,加拿大人倾向看重英雄的群体,而非英雄的个人,有意识地淡化个人的英雄主义行为。比如,在丹尼斯·李的《平民的哀歌》中,诗人想象再现的首个历史情景如下:

> ……我回首看到
> 再生的血液翻腾,叛乱分子策马奔驰
> 无主的马匹冲过央街[1],平民百姓深受
> 另一种出身特权的鼓荡,叫道
> "麦肯齐知道说什么,麦肯齐知道什么意思!"
> 但这不是真的。八百多名钢打的加拿大人
> 在子弹嘶嘶飞过时,掉头逃向菜地。
> 保皇党人,被自己的炮火吓得灵魂出窍,
> 呆看着,兔子似的向南窜进要塞
> 叛乱分子向北冲进酒吧:
> 战史上首次自发的联合撤退。
> 加拿大人,正在逃亡。

这里,以英雄形象出现的麦肯齐没能提供货物,双方都输

1　央街(Yonge Street),世界最长街道,有1 896公里,南北走向,从多伦多港(Toronto Harbour)起,向北穿过多伦多市和众多城镇,到达安大略省的雨河(Rainy River)和美国明尼苏达州美加边境的瀑布。

了。这是典型的加拿大记录（通常至少有一位获胜者）。

洛克·卡里埃的《战争，是的，长官！》也描绘了类似的情形。书中所谓的"英雄"是躺在棺材里的死人，在二战中丧生，魁北克小村的乡人相信他是光荣牺牲的战斗英雄，尽管他在家乡不名一文。他的死，其实是一起意外，都称不上是"不光彩"，而是死得愚蠢。他不想排队如厕，钻进丛林后面，结果被散埋的地雷炸死。然而，他没有白死，村民们联合起来对抗主持他葬礼的英裔士兵，在他们守灵结束后，企图夺回棺材。

确切地讲，双方都没获胜。士兵们最终带着棺材离开了，棺材里躺着在伏击战中遭误杀的英裔小兵，村民们都保全了性命。问题在于，没有一个人堪称领袖或英雄：以前一直内讧的村民全体参战。所谓的英雄不仅死了，而且还是冒牌货。生存下来的是一个群体。

*

当你承认了这一模式或传统，最好的办法不是哀叹为何如此（我们没有经历过英国的文艺复兴，写不出《哈姆雷特》，令人沮丧；我们没有卓尔不群的美国英雄，令人沮丧；我们要寻找英雄的群体），而是探讨以尽可能多的重要方式去运用这一模式的多种可能。我认为，对于剧作家和导演而言，能表现英雄群体的集体演出，非常令人兴奋。（布莱希特[1]所见相同。）

1　贝尔托·布莱希特（Bertolt Brecht, 1898-1956），德国戏剧家，诗人，提出了"间离方法"，又称"陌生化方法"，对世界戏剧产生了巨大影响。

一九七二年，多伦多上演了里克·萨鲁丁[1]的戏剧《翻身》，讲的是中国的革命，以及必须发动群众一起革命的必要性。这出戏不仅仅是关于中国。

短书单：

卡罗尔·波尔特，《野牛跳崖》（*Buffalo Jump*），戏剧家合作社，$2.50。

唐·格特里奇，《里尔》（*Riel*），范·诺斯特兰德·瑞因霍德出版公司，$2.95。

埃·约·普拉特，《布雷伯夫和他的弟兄》，麦克米兰出版社，$0.95。亦见《诗选》，麦克米兰出版社，$1.95。

埃·约·普拉特，《朝向最后一颗道钉》，麦克米兰出版社。亦见《诗选》，麦克米兰出版社，$1.95。

长书单：

皮埃尔·波顿，《最后一颗道钉》（*The Last Spike*），麦克勒南 & 斯图亚特出版社。

皮埃尔·波顿，《国家之梦》（*The National Dream*），麦克勒南 & 斯图亚特出版社。

卡罗尔·波尔特，《野牛跳崖》，戏剧家合作社。

1　里克·萨鲁丁（Rick Salutin, 1942-　），加拿大剧作家，记者，其戏剧实践注重群体创作的表现形式。

洛克·卡里埃，《战争，是的，长官!》(*La Guerre, Yes Sir!*)，阿南西出版社。

约翰·库尔特，《审判路易·里尔》(*The Trial of Louis Riel*)，奥伯伦出版社。

诺思洛普·弗莱，《灌木园》，阿南西出版社。

唐·格特里奇，《里尔》，范·诺斯特兰德·瑞因霍德出版公司。

阿奇博尔德·兰普曼，《朗索尔特》(At the Long Sault)，《联邦诗人》(*Poets of the Confederation*)，新加拿大图书馆。

丹尼斯·李，《平民的哀歌》，阿南西出版社。

埃·约·普拉特，《布雷伯夫和他的弟兄》，麦克米兰出版社。亦见《诗选》，麦克米兰出版社。

埃·约·普拉特，《罗斯福和安底诺号》(The Roosevelt and the Antigone)，《诗集》，多伦多大学出版社。

埃·约·普拉特，《朝向最后一颗道钉》，麦克米兰出版社。亦见《诗选》，麦克米兰出版社。

里克·萨鲁丁，《翻身》(*Fanshen*)，未出版。

第 9 章

瘫痪的艺术家

这是一座古代的庄园

没有桌子没有火焰

没有灰尘没有地毯。

这些建筑反常的魅力

全在于一面面擦得发亮的镜子。

在这里打发时间的唯一可能

就是把自己日夜观看……

——安娜·埃贝尔[1],《庄园生活》

可能他死了，无人发现

可能他被发现在仄仄壁橱的某个地方

犹如侦探故事中的尸体

站立，凝视，随时会匍匐倒下。

也可能他活着，

失忆了，或者疯了，或不光彩地退隐，

或者迷失于爱情，无法认出……

——亚·摩·克莱恩,《诗人的风景肖像》

---

1 安娜·埃贝尔（Anne Hébert, 1916-2000），加拿大诗人，剧作家，小说家，曾三获总督文学奖。

我总是坐在这个陋室

或许为古老的维多利亚小说哭泣

……

尤其会听见饥饿的蟋蟀

我想到一张火车票

就会把它从和我同受的封闭、憋屈中解救出来

那个想法，漂来浮去

像鹅群在池塘绕了一圈又一圈

从未绕得出去。

——詹姆斯·里尼，《上加拿大[1]人》

我来自这样一个国家：

语言不同、讲话缓慢

节奏破碎

难以言达情感。

下次出生

我打算投胎

到不同的国家。

——伊丽莎白·布鲁斯特，《金人》

1　上加拿大（Upper Canada）是在1791至1841年以五大湖北岸为管辖区域的英国殖民地，是安大略省的前身。与"下加拿大"相比，"上加拿大"因位于圣劳伦斯河上游而得名。上加拿大包括今加拿大安大略省南部和以前新法兰西在北部被称为"上游地方"（pays d'en haut）的区域。

到目前为止，我们讨论的都是加拿大作家利用（在一定程度上）历史素材创作的模式，现在我们要谈的是那些把我们引向当下的组合。本章将聚焦艺术家、创造者，即在加拿大文学中频频出场的各类艺术家们。

在第6章，我谈论了一家三代模式的特点：祖父母循规蹈矩，父母庸庸碌碌，孩子想逃离上两代人。我也提到，纯粹简单的"逃离"通常不可行，孩子走出困境的办法，通常是与过去达成和解。和解与寻根的途径之一，是成为有创造力的人，加拿大小说中的艺术家形象，实际上就是身为第三代的孩子们。本章将要探究发生在他们身上的一切，以及，有可能的话，为什么会发生。

*

让我们做个设想，地球上的一个男人或一个女人，出于我们不知道的原因，决心成为严肃的艺术家。让我们继续设想，此处的"艺术家"指作家、诗人和画家。（为简练见，我们暂不谈作曲家、雕塑家、建筑家和舞蹈家，尽管他们也处于相关的困境。）让我们进一步设想，这位艺术家没有完全自我封闭，憧憬通过他人能够理解的图文与之进行交流。再进一步假设，加拿大评论名家爱·基·布朗教授一语中的，"伟大的艺术由艺术家和观众共同培育而成，他们对其所居国家的生活，均一往情深，兴致勃勃。"

最后，设想我们的艺术家生活在加拿大，在二十世纪二十至五十年代长大成人，而不是在世道已变的二十世纪六十年代。他会是什么样的人？

他环顾四周，发现人们的确在读书赏画，但他们读的书多从英美进口，欣赏的画作不是"七人画派"[1]的旧作，就是来加拿大巡展的外国画作。他自己的作品，单单因为创作于本土，就常被世故的加拿大评论家贬作"二流""乡气"或"地方味太浓"，不那么世故的评论家往往斥之为不道德。在某些年代，他可能会因"加拿大风味"而受到没头没脑的赞扬，在另外的年代，又会因同样原因受到没头没脑的抨击。两种情形，都让人无奈。

他发现自己的作品几无出路：没有多少画廊接纳，因为画廊倚重进口作品（毕竟人们购买的就是它们）。没有多少出版公司可供投稿，寥寥数家都在为外国公司做发行，出了名地不愿冒险尝试新的或"实验性"的东西，或其他有风险之举。如果他足够走运，能由英美的出版社出书，或许会引起加拿大文坛和更大范围读者的注意。但要达到这一步，他必须削足适履，修剪掉"他们"可能理解不了的内容，乔装自己是美国人或英国人。此时，他要么放弃伪装（加拿大只出一本书的作者比比皆是），不辜负父望，当个股票经纪人（艺术家让人捉摸不

---

1 七人画派（the Group of Seven），由七名持同样观点的加拿大画家集合在一起，其中包括 J. E. H. 麦克唐纳、L. S. 哈里斯。画派正式成立于第一次世界大战以后的1920年春，创作以风景画为主，并于1920年5月在多伦多画廊举办了第一次展览。

透，且钱囊羞涩），离开加拿大，前往像伦敦、纽约或巴黎这样的"文化中心"，或者留在祖国，坚守己志，清楚他能期待的最好结果也就是小印量出书，五百册诗歌或者几千本小说，最糟的结果则是一辈子寂寂无名。对于他的困境，爱·基·布朗教授在一九四三年的宏文《加拿大文学的问题》中有过精确的描述。布朗教授全身心体验的问题，对其他专业人士，比如牙医，可能只是略有感触。那就是，生活在文化和经济殖民地，意味着什么？

休·麦克勒南在散文集中一言以蔽之："在温尼伯，男孩遇到了女孩，谁会在乎啊？"

令人宽心的是，加拿大的状况绝非仅有。美国在独立革命后的几十年，虽然不再是政治上的殖民地，但还未摆脱文化殖民的阴影。任何浏览过这期间少数几本美国文学杂志的人都还发出同样的抱怨，同样的捶胸顿足，还有经常相伴而生的对"真正的"国民身份的追寻。为什么美国没有像沃尔特·司各特那样的历史小说巨匠？没有伟大的美国画家？等等。值得注意的是，当美国大作家真的出现时，非得到他们去世后多年，人们才意识到他们的伟大，因为当时，美国人正忙不迭地读英国的查尔斯·狄更斯呢。

爱·基·布朗教授进一步评述了殖民地受众的心态：

　　……殖民地缺失突破成规的精神动力……原因在于自

信不足。殖民地采纳的标准是舶来的，因而做作和扭曲，不把绝胜佳处设在它自身的现在、过去或将来，而是设在自身边境外的某处，超越了自身可能的某处。

如果布朗教授所言正确，那么，"伟大艺术"的诞生需要两个因素：艺术家和观众。艺术家充当眼睛或喉舌，描绘出观众日后可能识别的模式，不管好坏，他们都可以"认同"。撇开艺术家，观众则不可能获得自我认知。如果我们相信诗人雪莱之言，那么艺术家既是代表，也是领袖，其作品反映了社会最好和最差的一面。他就是我们。

但是，撇开观众，艺术家的一部分也就被切除了。他闭目塞听，像是对着虚空大喊大叫的人，感觉不到观众的存在，最终也就感觉不到意义，以及作品有什么重要性。他可能发现，除了自己，没有东西可写。他甚至可以住到月亮上，自言自语。而自言自语，通常要么由孤独所致，要么是精神失常的症状。

亚·摩·克莱恩的诗作《诗人的风景肖像》考察了艺术家（不管出于什么原因）孤绝于社会的情况，以及离群索居对他创作的影响。该作以诗人是否死了的疑问开头，然后揭示他没有死，"只是被忽视了"：

　　真相是——他住在邻居当中，他们
　　觉得小伙子说得过去，但是古怪、犹豫的

一类人——人们宽恕他，也因此不与之交往。

"邻居"，也就是观众，不相信诗人的创作具有什么现实意义或重要性，他们的怀疑导致诗人对自己产生了怀疑，"处处低声下气，犹如影子的影子"。他唯一的受众是其他诗人，这就造成艺术的内生扭曲，唯技术是从。克莱恩称他们为"孤独的精神分裂者"，社会对他们的态度令其离群寡居，内向，"与世隔绝……就像生活在少数种族的保留区。"

和《诗人的风景肖像》并置的，是另一位诗人的作品——詹姆斯·里尼的《上加拿大人》，该诗同样热衷探讨诗人自己的世界，揭示了诗人文化层面的孤独。诗中的叙事者备受幽闭恐怖的折磨，对"外界"深怀畏惧。加拿大犹如一个池塘，鹅群在里面"绕了一圈又一圈"，"从未绕得出去"。这个池塘，没有活泼的文化生活，讲话人只能接触到已故的英国作家：他坐在"空荡荡的壁炉"边上，读着莎士比亚，却从未看过莎剧的演出。"文化"不是在他身边创造的东西，而是伟大的已逝之物，葬于书本，不可触摸。不仅是观众，连他本可以参与的自己的文化都拒绝承认他。克莱恩笔下的诗人，住在城市，至少认识其他艺术家，尽管他们可能性格古怪。里尼笔下的诗人，则茕茕孑立。

我们说到孤独的人"与世隔绝"，事实上，是有些东西从他们身边被夺走了。被剥夺了观众和文化传统的艺术家，无异于身心残缺的人。残缺的情况多种多样。四肢受残，就成了跛子；舌头被切，就成了哑巴；脑子被部分摘除，就成了白痴或失去了记忆；睾丸被除，就成了太监或阉人。有三部小说探讨了艺术家努力在加拿大社会有所作为的情形，都是艺术精品；每部小说中的艺术家都是情感上的跛子、哑巴或阉人，未能创造出任何值得信赖的艺术。无论是作为艺术家，还是作为人，他都是瘫痪的、僵硬的，如同寒冬的僵尸，点缀在描写妖魔化的自然的故事中。自然界的冷漠或敌意导致人的躯体死亡，而观众的冷漠或敌意导致了艺术家情感和艺术的死亡。

在辛克莱·罗斯的小说《我和我的房子》中，菲利普·本特利（Philip Bentley）就是这样一个心灵扭曲的艺术家，他的姓源于表示"弯曲"的"bent"，从而暗示了这一点。他年轻时立志要成为大画家，各种"现实的"原因使他梦想破灭：因为贫穷，他加入教会挣钱，为此不得不委屈自己。娶了本特利太太后，又失去了经济自由。我们第一次见到他时，他是草原小镇上的牧师，小镇有一个颇具讽刺性的名字"地平线"。他缺少行动甚至爱的能力。他大部分时间都待在书房，关上门，作画，小幅的画面沉闷、稠密，画上有门面作假的商店、没有面孔的失败者。这些画象征着本特利自己、他的受困和失败感。事事不顺。婚姻死气沉沉。没有生育能力，憎恨工作，嫌恶自己，无人能交流。甚至连他养的狗（叫埃尔·格列柯，和西班牙文艺复兴时期的大画家同名）也被拐走，遭郊狼围攻而死。狗，也是他的象征。鉴于狗的命运，不难想象，他必须应付的充斥着长舌利齿、短见庸人的社会摧毁了他。艺术上的无所作为，亦可见于书中另外一个人物——英语老师保罗，他把英语当成死亡的语言来传授，沉迷于单词的派生规则，泥古不化，而忽略语言的真实运用。

随着故事情节的发展，菲利普的状况略有好转：他不怎么画门面作假的商店了，转而创作大草原的图画，多了一些盎然的生机。他收养了一个女子死后留下的男孩，辞掉了神职工作，开了一家二手书店。婚姻生活有望改善（尽管希望不大）。但是，他永远成不了大画家，不仅因为他不自信——唠叨的妻子老把这句话挂在嘴上，而且因为"地平线"小镇及其文化氛围无法为大画家提供土壤，甚至无法想象这里能出大画家。临近结局，有一个给人启发的短暂场景：本特利太太展开菲利普最好的画作给他看，企图再次给他打气。"客观、公正地看，"她说，"难道画里没什么重要的东西吗？"菲利普说了一些自贬的话。"那我把它们收起来吧，"本特利太太说，"你可不要笑，没有观众欣赏，展览就要关门了。"确实如此。

另一个有相似问题的人物，是恩斯特·巴克勒小说《山脉和谷地》里的大卫·迦南。大卫渴望成为作家，顾名思义，他应该是本族文化的佼佼者和化身。"大卫"在《圣经》中击杀巨人，做了国王。"迦南"这个名字在新斯科舍省极为罕见，是众生和睦、上帝应允之地。大卫的父亲叫约瑟夫，至于大卫的母亲，作者没用马利亚[1]，而是叫她玛莎。哥哥较为强壮，会保护人，叫克里斯多夫，是背负耶稣过河的巨人圣克里斯多夫的名字。大卫也应是为族人赎罪的基督式的人物。"他的族人"住在"夹山沟"（Entrement），这个法语地名表示"夹在两山之间"。在丁尼生的诗歌和《圣经》中，"山脉"代表憧憬之处，"谷地"是日常生活的场所。大卫的族人处在流亡中，无可救赎，因为他们没有能够完整表达生活和情感的语言。他们是笨嘴拙舌的情感上的聋哑人，不能彼此"诉说"，不能彼此"注视"，也很少感觉到自己缺少了大卫的能力。大卫有语言天赋，可以履行艺术家的职能，为族群"出声"，使其看到自己的存在。

但是，佼佼者失败了。大卫的家人认为他不正常，另类，残疾。这还真预示了他从谷仓的梁上失足，跌伤了头部。他初恋的女子夭折后，他找不到可以替代她的人，坚持不结婚。他不能出走到较大的世界，比如城市和战场，梦想在那里实现自我。只有大山给了他一点幻觉，那时他三十岁了，很快就要死于神秘的抽搐。孩提时，他梦想在山顶上建造营地，在那里写书，结果从未成真。随着他的死亡，他融合时空、族人、语言、"内心"和"外界"的可能也就成了泡影。不知出于什么原因，作者没有给他以生的可能，不同于詹姆斯·乔伊斯在《青年艺术

1　约瑟夫妻子的名字。

234

家画像》结尾给斯蒂芬·德达勒斯的安排。伟大的作家，或任何一类艺术家，在夹山沟这种地方，都是无法想象的。

夹山沟和地平线，远离"文化中心"，陈旧保守。那些有教育、懂艺术的地方呢？比如，安大略省的伦敦市，在二十世纪五十年代末或六十年代初，是格雷姆·吉布森小说《五条腿》的背景。这里的机遇，肯定会好些吧？

非也。书中的每一个人物几乎都是扭曲的作家，过错依然一半在于文化和观众的匮乏，一半在于个人心理的不健全。三个主角——鲁肯、马丁和菲利克斯，其中两个做出的选择注定他们无论是做人，还是做艺术家，都不会成功。他们选择了社会认可的价值，而非自己实现作家之梦需要的价值。鲁肯选择在大学工作，没有跟自己爱恋的、就要生下他孩子的女性到欧洲闯荡。他娶的女子和本特利太太的命运相似：不能生育。马丁也在两位女性之间摇摆不定，一位感性、自由，可以让他逃脱他所在社会的责任，另一位是让他和社会融为一体。他向第二位女性求婚不久，就在车祸中身亡，但是他的选择已经暗示了他将是一个无可救药的残缺的艺术家：会变成另一个菲利普·本特利。

第三个角色，菲利克斯，仍有一丝渺茫的希望。他没有对任何人、任何事做出承诺，没有让人怀孕，也没有向人求婚，实际上，他选择了逃避，拒绝任何性行为。他免蹈鲁肯和马丁覆辙以保全自我的技巧——就是逃跑。他从各种女性、家人、马丁葬礼上的来宾身边，一次次逃跑，但并没有跑向什么目的地，而是简单的溜之大吉。他所处的社会，和地平线小镇雷同，矫揉造作，被噩梦似的放大和变形，无法为他提供能被认可的范本。这样的社会，尽管有几首波希米亚风格的音乐和几位忧郁乏味的老艺人，却诞生不了成功的艺术家，余者尽是些咄咄逼人、自以为是的芸芸商人。关于艺术的言谈，多半是装腔作势的空谈，贬损的嘲弄，更糟的是，观众把贫瘠死板的标准强加给艺术家。

在乔伊斯的《青年艺术家画像》结尾，斯蒂芬·德达勒斯逃离了文化气氛病态的爱尔兰，来到欧洲大陆，希望成为一个作家。在《五条腿》结尾，菲利克斯逃到了雪地里，我们不知道他会发生什么。在《尤利西斯》中，我们重遇了斯蒂芬，他已经成为作家。在《圣餐》中，我们再遇了菲利克斯，他几乎变成了情感上的跛子，讷于言，弱于行，当然也爱不上什么人。斯蒂芬写诗，而菲利克斯被一帮美国小痞子烧死。

在《五条腿》中，菲利克斯离开葬礼前，和鲁肯有一段有趣的交谈。鲁肯是大学教授，不成功的作家，发现学生菲利克斯一直在练笔写作后，便热衷于对其进行引导：

"困难吧，"他弯下腰，笑声响彻房间，"在加拿大好像还特别难。"什么？"你读过布朗的文章吗？知道他的文章吗？"没等回答，他接着说，"那篇文章看来分析合理，大有帮助。没错，难是正常的，他也是这么暗示的。真正的加拿大文学存在着种种问题。"突然，一阵沉默。

菲利克斯不知道那篇文章（作者吉布森显然清楚），鲁肯继续解释：

"该死的清教徒的心态，你们不会知道的，它阻碍着自然主义、万事万物的发展，不行！是恐怖的心态，这就是关键，它贬低艺术本身的作用！"

鲁肯的这番话无疑是特别的诉求，把自身缺乏天赋推诿给周遭环境。吉布森的小说也暗示，艺术家的停滞不前，自找的和强加的因素，至少都有一部分。只要可以把你没能力创作的原因全部归咎于你的文化，就永远不必接受优秀标准，或者任何标准的判断。尽管鲁肯自怨自艾，菲利克斯却是果真被社会毁掉了。对他而言，失败的心理，不是那么容易摆脱的，它密植于社会之中。

总之，作家罗斯、巴克勒和吉布森指出了困境所在：留在文化里，当一个残缺的艺术家，或者逃离，不名一文。这就是其书中人物做出的选择。作家本身做出了第三种选择：在困境的中心写作。说出问题不等于解决问题，但至少可以让所在社群看见是谁造成了问题。

有两份文档的解读，也许和对被摧毁的艺术家的研究有联系。它们不是小说，而是个人记录，日记。一份来自魁北克，艺术家在那里面临类似的问题，涉及可能更为严重的幽闭恐惧（如安娜·埃贝尔让人窒息的诗作），在观众层面，冷漠少了，道德审查多了。另一份文档来自英裔加拿大白人新教徒生活的中心地区。第一份文档为圣-丹尼-加诺的《日记》；第二份为斯科特·西蒙斯的《兵器广场》[1]。二者都记录了狭隘的文化给困在其中的个体带来的精神痛苦。加诺谨小慎微，强迫自己追求达不到的精神完美；西蒙在逼仄空间的压抑下，歇斯底里地爆发，对着墙，更是对整个加拿大宣泄（和通常套路化的寡言的英裔人形象相反，体现了高卢人的奔放）：

> ……约束、堵塞、凝固。我不能投降，不能突围，不能撤退，不能前进……僵局！绝对的僵局！如果必须炸出一条通道，我会的……

西蒙将性无能和文化上的无能联系在一起，在他口中，加拿大体制庞大，公务员犹如"阉割过的加拿大人，在渥太华猪肉桶里自我阉割，以便飞黄腾达"。对西蒙而言，打破文化的僵局，包括打破性关系的僵局（这一等式的另一代言人无疑是欧

1　斯科特·西蒙斯（Scott Symons, 1933-2009），加拿大作家，也是加拿大性少数群体文学的先锋。兵器广场位于蒙特利尔老城，又称军事广场，见证了这座城市几个世纪的兴衰起落。

文·莱顿）。这就意味着恢复表达能力，破除"清教思想"设立的语言禁忌和壁垒。要完成此任务，就必须拒绝充当跛子的角色，开发人的全部潜能，但是，西蒙所属的文化没有让他做好准备，他只有借助绝望的孤注一掷：

　　　那么，开始想和盘托出，却没有表达的结构。我受的训练是读小说，而不是写小说！所以，我开始以倒退一百年的彻头彻尾的业余水平，用文字为我的文化辩白。

　　　再说，一个穿着考究、富有教养、备受呵护的加拿大人怎么能抱怨？

　　　答案是：我的文化就要消亡了⋯⋯

*

那么，怎么办？

对于一些人来说，办法就是逃离，离开这个不太可能培育出艺术家的国度。加拿大艺术家僵化、瘫痪，逃离能让他们感到释放吗？詹姆斯·里尼在《加拿大诗人的困境》一文中表示，"你死守在加拿大，又不想自修深造，你就会变得土里土气。可你要是出国，断了自己的根，恐怕连乡里乡气都达不到了。"

帕·凯·佩奇[1]有一首诗《永恒的游客》，道出了文化流亡的

1　帕·凯·佩奇以笔名P. K. 欧文绘画，又以朱迪斯·凯普为笔名创作小说。

239

部分后果：

> 昏昏欲睡地走过乡村，靠着
> 难以形容的树木，几乎没有名字，
> 他们走进外国的城市，就变了——
> 可怕的游客，空洞的眼神
> 渴望用纪念碑填满自己。

游客是空洞的，没有身份，像变色龙一样随着环境变换体色，却没有自己的颜色。

出国的艺术家，仍然要面对观众这个问题。他们写出来的东西是给同胞读的吗？还是给新的外国读者？如果是给后者，他们在异乡文化中恐怕只能成为二流的模仿者。他们把加拿大从自己脑中清空了，他们实际上也就空了，变成"永久的游客"，渴望的"纪念碑"根本不会在他们生命中真正生根。他们可以把流亡当成一个鸟瞰台，一座"山脉"，居其上，稍事瞭望自己真正的文化。但是，从山上瞭望到的"谷地"总限于过去，而过去迟早要消逝的。有趣的是，莫迪凯·里奇勒的小说《自负》中唯一的加拿大人是移居国外的加拿大人，也是一个性无能者。他的另一本书《圣于尔班的骑士》中也写到了移居国外的加拿大人，总是担心出国是否是正确之举。

勉力有所作为的流亡艺术家，当属加布里埃尔·罗瓦小说

《隐山》中的画家皮埃尔。像《山脉和谷地》中的大卫，他怀有融通一切的憧憬，并在早逝之前通过作画实现了部分愿望。他离开加拿大，去了巴黎，他在画中处心积虑想表现的不是巴黎人，而是自己的国家。背井离乡，虽然不能找到另一批真正的观众或另一个"现实"，来成就加拿大的艺术，但多少可以缓解幽闭恐怖，减少冷漠或狭隘的观众需求带来的扭曲压力，提供些许空间。有些加拿大艺术家会在国内外都生活一段时间，像迁徙的雪雁，也许他们认为这是唯一的选择，可以代替永久的游客心理，以及上加拿大池塘里封闭静止的生活。

*

然而，留在加拿大受到伤害，或者出国而失去根基，不再是仅有的两种选择，还有其他可能性。一种是基于书中的"艺术家"角色，有别于创造该人物的作家。另一种则是因为观众本身会发生变化。

第一点像是诡辩，但实际上非常重要。我们面临的矛盾是罗斯、巴克勒和吉布森都创作了值得纪念的艺术品，而先前的假设是他们在所属的环境中不可能有这样的创造。他们是具有第三种心态的作家，写出了第二种心态，把人物无力创造艺术这一情况写成了艺术。他们谈论的受加尔文教徒和殖民者把控的狭小环境，其真实"病症"或"表现"，应该是根本产生不了书籍，然而，有关无创造力艺术家的书籍，起到了探索或描绘的作用。那么，一种可能就是放手去表现那些受到阻碍的作家。

另一个可能，与加拿大写作近来的发展有关（不能称之为文艺复兴）。受众发生了变化，因此作家也发生了变化。

在亚·摩·克莱恩的诗作中，诗人无名无姓，难于辨认，但他像上帝一样创造了世界，像亚当一样给万物命名：

> ……看，他是
> 第n个亚当，带着一张绿色的物品清单
> 来到世界，却说不出话来，只是命名、赞美……

这是一个幻象，但所有艺术都是幻象。克莱恩笔下的诗人不得不秘密地创作，仍然笼罩在爱·基·布朗教授所描述的氛围中。但是，在二十世纪六十年代初，加拿大诗人不仅在比例上可能吸引到超过美国的诗歌读者，有时在实际数量上也胜出一筹。小说作者很可能从未获此待遇，要到二十世纪七十年代初，严肃小说，无论在市场还是在创作上，才经历了六十年代诗歌同样的增长。

尽管图书市场多为外国书籍占领，加拿大出版社也较有意出版和发行本国书籍。加拿大更愿意透过自己作家的视角观望自身，相应地，加拿大作家也有所化冻了。他们不再感到自己是对着一屋子的聋子自言自语，或者是住在孤岛上，往海里投掷装有密信的漂流瓶，也不像克莱恩笔下的诗人，只能在"海底"闪光。他们有更多的自由，专注工作，为社群发声，或者

（换而言之）就手头材料创造出满意的作品。但是，其他艺术家，比如正在加拿大本土努力探索的戏剧家和电影人，会发现自己正在体验作家们先前感到过的同样的限制和气馁。

大卫·迦南在《山脉和谷地》结尾处表达的憧憬不是上帝和天使，甚至不是纽约的夜总会，而是夹山沟、谷地和那里的居民，既错综复杂，又存在局限。大卫实现不了这一憧憬（尽管巴克勒可以），但是，对他来说，意识到这应该为自己所写，就是一个巨大的启示。

最近，艾丽丝·门罗的小说《女孩和女人的生活》探究了我们一直讨论的话题。主人公黛尔·乔丹也暗藏当作家的抱负，也遭到文化的阻碍和破坏，雪上加霜的是，这位潜在的艺术家是一位女性。她挑战文化，逃离，幸存下来，成为了艺术家。但是，她的想象从少女时梦想的哥特式诡异风格的世界，转换到她实际居住并且讨厌的小镇，即"这儿"。她选择以自己的经历为中心写作，而非站在别人经历的边缘上，并把自己的创作视作一种补偿。她也在寻找"绿色的物品清单"，寻找迄今尚未出现的表达：给世界命名。"我尽量列出清单"，黛尔说：

希望精确完成这项任务，是疯狂的，让人心碎的。

没有清单能囊括我想要的，因为我想要的，是每一样终极的事物，每一层言语和思维，树皮或墙上的光影，每一种气味、洞穴、痛苦、裂痕、欺骗，静静地汇聚——光

彩熠熠，永恒不衰。

这个憧憬，酷似巴克勒和克莱恩的憧憬，但是说话者没有死亡，也不自视残缺或无形。她是一位正常工作的艺术家，令人信服。

短书单：

恩斯特·巴克勒，《山脉和谷地》(*The Mountain and the Valley*)，新加拿大图书馆，$2.50。

格拉姆·吉布森，《五条腿》，阿南西出版社，$2.50。

辛克莱·罗斯，《我和我的房子》(*As for Me and My House*)，新加拿大图书馆，$1.50。

长书单：

爱·基·布朗，《加拿大文学的问题》("The Problem of a Canadian Literature")，《加拿大评论的语境》，埃里·曼德尔编 (*Contexts of Canadian Criticism*, ed. Eli Mandel)，多伦多大学出版社。

恩斯特·巴克勒，《山脉和谷地》，新加拿大图书馆。

格拉姆·吉布森，《圣餐》，阿南西出版社。

格拉姆·吉布森，《五条腿》，阿南西出版社。

亚·摩·克莱恩，《诗人的风景肖像》，《两次大战之间的诗人》，米尔顿·威尔逊编，新加拿大图书馆。

艾丽丝·门罗，《女孩和女人的生活》(*Lives of Girls and Women*)，瑞特森出版社。

帕·凯·佩奇，《永恒的游客》(The Permanent Tourists)，《呼叫，亚拉拉特山！》(*Cry Ararat!*)，麦克勒南＆斯图亚特出版社。

詹姆斯·里尼，《上加拿大人》(The Upper Canadian)，《诗选》(*Selected Poems*)，新出版社。

莫迪凯·里奇勒，《自负》(*Cocksure*)，麦克勒南＆斯图亚特出版社。

莫迪凯·里奇勒，《圣于尔班的骑士》(*St. Urbain's Horseman*)，麦克勒南＆斯图亚特出版社。

辛克莱·罗斯，《我和我的房子》，新加拿大图书馆。

加布里埃尔·罗瓦，《隐山》(*The Hidden Mountain*)，已绝版。

圣-丹尼-加诺，《日记》，约翰·格拉斯科译 (*The Journal*, trans. John Glassco)，麦克勒南＆斯图亚特出版社。

亚瑟·J. M.史密斯编，《小说的面具》(*Masks of Fiction*)，新加拿大图书馆。

斯科特·西蒙斯，《兵器广场》(*Place d'Armes*)，麦克勒南＆斯图亚特出版社。

第 10 章
冰妇和地母：
石头天使和缺席的维纳斯

……老母亲似的北美，鬓发如雪，额头如山，她有草原似的眼睛、狼的牙齿和风一样的歌声，混沌的大脑里装着古老的印第安记忆。

——沃伦·托尔曼[1]《雪中狼》

……石头

铸就了这个国家。这个国家将我们变成石头。

——菲利丝·韦伯[2]《沙滩淘金人》

在他们眼里，她是难以置信的丑妪

是一个魂灵，来自冷落的篱笆角落、

来自荆棘和野草的奇特智慧

来自车辙、树根和被鄙视的事物。

——詹姆斯·里尼《一个人的假面舞会》

亲爱的上帝，她说，这个国家，这片荒野，空空如也。空空如也，只有老妇人在等候。

——希拉·沃特森[3]《双钩》

1　沃伦·托尔曼（Warren Tallman，1921-1994），美国诗人，对加拿大20世纪60年代以 *TISH* 文学杂志的创办为标志的诗歌运动产生了巨大影响，也映像了加拿大这一时期的诗歌创作图景。
2　菲利丝·韦伯（Phyllis Webb，1927-　），加拿大诗人，广播制作人，1983年获总督诗歌奖。
3　希拉·沃特森（Sheila Watson，1909-1998），加拿大小说家，评论家，《双钩》被认为是加拿大当代写作的开端。

然而，她僵卧着
冰与火在她的舌上温软地死亡
被寒冷灼伤的无信仰者
抵制她的救主。

——安妮·威金森[1]《夜的压力》

她的象牙色骨头
残忍地对待探寻的摩挲；
她坚硬的颅骨包裹石头之根
给予和安慰，都不会很多。

她的玉腿受过夏雨的冲淋，
被冰禁锢，被铁架箍紧：
她的酥胸涌出花朵般的爱恋
却惊愕成了寒冷的山岭。

此处没有自由而温暖的太阳，
不会在烈火与洪水之间珍藏：

1　安妮·威金森（Anne Wilkinson，1910-1961），加拿大诗人，也是加拿大20世纪中期诗歌现代主义运动的一员。

但在内里深处，有六翼天使[1]之形，

有鲜花和泉水，有乳汁和血浆。

——杰伊·麦克弗森《洞穴中的女人》

1　六翼天使（seraph），《圣经》中级别最高的天使，名称来自希伯来语"炽天使"（seraphim）。

记得第一次读完玛格丽特·劳伦斯的小说《石头天使》后，我想弄明白，为什么加拿大文学中坚强、鲜明的女性人物大多是上了年岁的妇女。如果你相信加拿大小说，你就不得不相信，在这个国家真正留名的女性，大多年过半百，坚忍刚强，不能生育，自我压抑，有花岗岩似的下巴。她们咬紧牙关，含辛茹苦地生活，经常自认狠毒，了无生趣，书中的其他人物也常抱有同见。

　　或者，我们可以从另一个方向切入。罗伯特·格雷夫斯[1]在《白色的女神》一书中，赋予女性三种神话的身份：一种是变幻无常的月亮女神戴安娜，未婚少女型；另一种是维纳斯，象征爱恋、性感和生育的女神；还有一种是赫卡忒，司冥界和魔法的地下女神，格雷夫斯称之为老妪。在格雷夫斯的神话体系中，这三者合成了三位一体的女神，即激发诗歌灵感的缪斯女神，她也是掌管四季轮回的自然女神。赫卡忒是这三位女神中最可怕的一位，但她只是循环中的一个阶段，而且作为一个过程的组成部分，她没有任何恶意，甚至可以化身为智慧奶奶，比如伊瑟尔·威尔逊[2]小说《沼泽天使》里的塞维拉丝夫人。然而，在整个女性形象的谱系中，如果仅有赫卡忒这一个选择，那么，她的确带有不祥之兆。

1　罗伯特·格雷夫斯（Robert Graves，1895-1985），20世纪英国著名诗人，擅长洗练的抒情诗，尤其是爱情诗。
2　伊瑟尔·威尔逊（Ethel Wilson，1888-1980），加拿大小说家，是最早以细节描绘英属哥伦比亚省的加拿大作家之一。

现实情况要复杂得多。但是，以此简单的分类来观照加拿大文学，我们就会注意到一些怪事。戴安娜—少女型通常早逝，维纳斯型女性显著匮乏，险恶的赫卡忒—老妇型则层出不穷。此中有何蹊跷？这么多老年女性都从哪里来的？她们好像越过了三位一体女神通常要经历的前两个阶段，一下子就步入了老年。

　　换句话说，为什么加拿大文学中没有莫莉·布鲁姆[1]？有些爱逗笑的人或许会说，加拿大是没有莫莉·布鲁姆，不过，在詹姆斯·乔伊斯的母国爱尔兰也没有莫莉·布鲁姆。莫莉是一个虚构的文学人物，最终暗喻女性等同于地球生命循环的过程，也可以说，她体现了维纳斯的理念。而我们必须要问的是，为什么没有一位加拿大作家觉得创造加拿大的维纳斯是合适的，或能想象出她什么样呢？

　　寻求这一问题的答案，也许要参考格雷夫斯的这一论断：三位一体女神不仅是缪斯女神，也是自然女神。西蒙娜·波伏娃[2]及其追随者反对把女性暗喻成或等同于自然女神的文学倾向。他们反对的理由是，这样的暗喻强化了对女性形成限制的神秘感，在一定范围内，他们无疑反对得合理合法。但是，这些女性类型是男女作家共同创造的文学模式，就文学本身而言，

1　莫莉·布鲁姆（Molly Bloom），詹姆斯·乔伊斯长篇小说名著《尤利西斯》（1922）中的人物，是主人公利奥波德·布鲁姆的妻子，因丈夫性功能衰退而出轨。
2　西蒙娜·德·波伏娃（Simone de Beauvoir, 1908-1986），法国存在主义作家，女性主义运动的创始人之一，著有《第二性》《名士风流》。

这些女性类型无法避免。因此，且让我们假设女性代表了自然，自然代表了女性吧。显而易见的是，能想象出什么样的女性人物，取决于你居住在什么样的地方——沙漠不同于丛林，也取决于你对居处的看法。有人觉得沙漠美丽神秘，有人则觉得那里炙热、干燥，毫无生气。

在加拿大文学中，在各种可能和不可能的地方，自然—女性的暗喻俯拾皆是。本章开端引用的"老母亲似的北美"来自沃伦·托尔曼的评论文章，提供了理解的关键：自然是女性，但苍老、冷漠、令人生畏，还可能不怀好意。这无疑吻合了我们在第2章探讨的妖魔化自然的主题。埃·约·普拉特在诗作《朝向最后一颗道钉》中描述了女性化的自然，他把加拿大地盾拟人化为一个"生物"，不完全是人，但至少是雌性，一种由岩石构成的爬行动物。

这个蜷曲的爬行动物睡了，或者死了：

一动不动，她似乎完全断气了——只是似乎：

老得死不了，老得活不成，

她好像嫉妒所有生命体，

在双壳类动物在西部山区埋葬自己的外壳之前，

就躺在那里了。

在生死地带的某些地方，

摊躺在岩石和矿物的床垫上……

床垫的意象，让人脑中浮现出玛丽莲·梦露被动地躺在沙发上的样子，事实上，正是爬行动物的被动——她沉默强硬的抗拒——给修筑加拿大—太平洋铁路的工人造成了最大的障碍，他们把阳具似的道钉插进她的身体。注意她的年纪、不死不活的状态、对"生命体"的"嫉妒"。用格雷夫斯的字眼来说，自然变成了赫卡忒或冥界的化身，带着加拿大特有的粉红花岗岩形貌。

加拿大的自然女神，有时化身为岩石，有时化身为冰，比如，在厄尔·伯尼和格温·麦克尤恩分别撰写的两首诗中。两位诗人都将戴安娜和赫卡忒、处女和女性死神联系在一起，维纳斯是缺席的。两人使用的意象几乎如出一辙。在伯尼的诗作《猛犸走廊》中，他等候着"带着疯狂帽子的冰雪圣母"第二次来临，她"积蓄着冰冷的激情"，等着"把比欧洲和太平洋还广阔的地方引诱回自己身边/为她的爱人带来浑圆的寂静/长久的坚硬的安宁"。伯尼像往常一样玩弄着文字游戏，将"冰帽"（ice-cap）和"疯狂"（mad）两个词语合二为一，形成具有双关效果的单词"疯狂帽子"（madcap）。同时，他还巧妙地化用基督教的"圣母"，转换成加拿大的冰雪之母。他唤起的庞大的女神，对下一个冰河期的拟人描述，颇有趣味：她犹如"钢铁少女"，她的拥抱意味着死亡。"安宁"一词颇显揶揄，大地只有被冰封了才显得安宁。

在麦克尤恩的诗作《恐惧和幽冥》中，庞硕的毁灭性的冰少女呈现出另一番形貌，这次变成了"维多利亚未开航过的巨大海峡"，在注定失败的富兰克林探险队的沉思中，具有女性特质。

> 但是，她也许不会屈服，
>
> 也许不会让你进入，也许拽住你，
>
> 把你永远挤碎在她强硬的大腿间，
>
> 把你最终带进她的寒舍，
>
> 在丑陋的婚媾中，进入她白色的疯人院……

此处，与女性化自然的结合再次意味着死亡，而非生命，"丑陋的婚媾"使探险者的身体和土地冻合在一起。她依然带有疯狂的意象——她的房子是"疯人院"，依然寓示着没有生育的处女状态。

在《加拿大诗人的困境》一文中，詹姆斯·里尼讨论了"加拿大的毒龙之母格兰代尔，或者叫魔兽之母，对她的识别和征服顺理成章地构成了故事"；他在这样的自然界看到了魔兽之母的形象："废弃的雪，剧毒的铁杉长着好奇的卷发，瘤结凸鼓的老根……"许多诗人显然同意里尼之见，即征服或打败这一可怕的老妪，适用于叙事和暗喻。在许多加拿大人的版本中，自然形同寒气逼人的老泼妇。

诗人倾向把自然暗喻成女性，而小说和散文家则逆而行之，把女性比作自然。作品有诗性、近似暗喻的加拿大小说家，当推希拉·沃特森。在她的小说《双钩》中，均衡使用了自然如女性、女性如自然的比拟，描写了一个死去的老妇化作幽灵，或者是幽冥女神吧，缠着在世的人不放。她"活着"时，实际上已经如同行尸走肉，她盛气凌人，不让身边的人自在生活。书中说，连母牛"也对她敬而远之，就像她回避别人"。小说中活着的人看到她的幽灵在河里钓鱼，"专注，凶狠，仿佛在寻找她从未找到的东西"。这位老妇人的儿子詹姆斯在争取自由的绝望中，夺去了她的生命，然而，除非她代表的自然观也被摧毁，否则她的控制依然存在。她的幽灵，在目击者眼里，代表着恐惧。"为男人们设下陷阱……恐惧四处潜伏着，恐惧变成死人活着的样子，走来走去。"

老妇人的女儿歌瑞塔的命运说明了那不是对死亡的恐惧，而是对生命的恐惧。歌瑞塔继承了母亲在房子里的地位、椅子和个性。她穿着花裙子，犹如维纳斯，

> ……像他俩间葳蕤的野花，在灯光下，绿色、金色和紫色交织一片。脂肪紧贴着团团的紫花，甜美地，绽放在绿茎上，被翠绿的密叶簇拥着。

但是，在这丰润的葱茏之下，她其实是毁灭性的不能生育的冰雪女神。书中的一位人物评价道，"在植物和丛林中，是不

变的老歌瑞塔"。（外表上，歌瑞塔是年轻的，但是叫她"老歌瑞塔"没有错。）她希望摒弃外界的一切，包括他人、爱情、兄弟詹姆斯怀孕女友所代表的自然"孕育"的一面。她以为，自己可以借此获得"安宁"，但是，这是在伯尼诗作中表现过的死亡的安宁。当外界显然要强行突破她关闭的大门时，她烧毁了老妇人的房子，自己也烧死在里面。"歌瑞塔继承了破坏因子，像是被篱笆圈住了"，另一个人物的看法把篱笆、封闭和她生命的消极面联系了起来。

老妇人在世时，她的罪过在于拒绝接受生命的全部——"黑暗"和"光明"、自然的循环和人的结构、房子和直线。"她从未找到的东西"是完整的自我，她的幽灵只是一种后象，并不一定邪恶，但是，书中人物对她的态度使**他们自己**了无生趣。当老妇人的房子——包括她的过去及其强加于他人的过去——被付之一炬，她的幽灵也就从执迷的寻找中解脱了出来，从幽冥女神转换到新循环的第一阶段——重生。人们最后一次看到她，她站在池塘边，"就像根部伸入水里的一棵树"。这当然是目击者所见，说明老妇人不可怕了，因为活着的人不再惧怕恐惧了。

詹姆斯·里尼的两部戏剧也含有类似的两重性。加拿大文学中的女性，很少像这样被坚决地当作纯粹邪恶的象征，比如《喧鸦》中代表谋杀和自杀的费伊夫人、《日月》中赞成流产和节育的夏洛特·谢德夫人。但是，造成伤害的，与其说是这两位女性的邪性，不如说是他人愿意畏惧她们，接纳了她们消极的生活观。尽管她们每个人都有各自重要的驱动力，"好"人只能抗拒或附和，她们仍然难以为继，从其名字就能略见一斑。费伊夫人（Madam Fay），这个名字听上去像算命女郎，Fay暗示"仙女，仙子"（fairy）。夏洛特·谢德的名（Charlotte），类似"骗子"（charlatan）的发音和拼写，姓氏（Shade）在英语中意为"阴影"，寓意着黑暗和无形。她们实际上有点像冒牌的魔术师，聚集着会被光亮驱散的黑暗和恐怖。然而，两人最后并未一败涂地。当其他人不再受到愚弄时，她们干脆离开，去寻找更易受骗上当的观众。费伊夫人和夏洛特·谢德，乔装成维纳斯型的女性，实质上却是幽冥女神赫卡忒型的女性，掌控着死亡和仇恨，而非生命和爱情，除非将其摧毁。另外，对生命和爱情的掌控，也取决于屈从她们的人是否保持沉默。（联系到生存的主题，这就显示出里尼看到了"内心的觉醒"，奇迹般地意识到你不是受害者、或许从来就不是——必须有此意识才足以打破受害者的循环。里尼的不同凡响之处在于，他典型地代表了越过第三种心态，从第二种心态直接过渡到第四种心态的人。）

自然界积极"诞生"和消极"死亡"的两面，交缠争斗，这体现在乔伊丝·马歇尔的短篇小说《老妪》里。故事情节貌似简单：莫莉是英国的战争新娘[1]，和丈夫分别三年后，到加拿大

1 即在战争期间，与驻守当地的外国士兵结为夫妻的女性。

和他团聚，他在加拿大僻远的北地管理一个水电站。莫莉原以为加拿大风景如画，到达此地后才发觉环境险恶，丈夫托迪变成了少言寡语的怪人。她受不了孤独，向往外部世界，帮助附近的法裔加拿大家庭接生婴儿。托迪憎恨、害怕她不安守家中。一次，她去水电站告诉他自己要出门，发现他已接近疯狂的边缘，水电站的机器已经将他完全催眠了。

乍看之下，这个故事反映的是自然与技术之争。莫莉体会着"新生命的奇迹"，说些"我把一个漂亮的小男孩带到了世界，要不是我，他可能都出生不了呢"之类的话。她代表了生命和爱的女神。低矮、灰色、金属质感的水电站代表了二十一世纪冷漠无情的机器，亨利·亚当斯的发电机被看作麦当娜。两股女性力量博弈着要占有托迪的灵魂，但他称之为"老女人"（"妻子"的俚语）的水电站占了上风。他的助手说："好几年了，我看他爱上她了，现在她完全拥有他了"。和水电站融为一体是毁灭性的，意味着精神错乱。水电站本身代表着重工业，但更是它所在自然环境的浓缩的象征。水电站只转换能量，而不制造能量，它转换的能量来自瀑布。瀑布的巨响和笼盖四野的冰雪，"如钢铁般幽蓝，隐患暗伏"，是自然界最让莫莉害怕的两样东西。托迪害怕被丛林包围，在北部因与世隔绝而发疯，也是有寓意的。这就是发生在他身上的事实，偷走他灵魂的不是发电机，而是流过发电机的毁灭性的能量。"老女人"再次得逞了：托迪离群寡居，拒绝接纳生命和新生，选择与冰雪女王结成丑陋的婚姻。

在加拿大小说中，还有更多这样带有强大负面能量的老年女性：艾丽丝·门罗的短篇小说《乌得勒支和平》中，有患病的老妇人。在安娜·埃贝尔和帕·凯·佩奇各自的短篇小说《游憩场的房子》和《青鸟》里，一些老夫人自闭于死气沉沉的房子。作者处理得有趣（和较为温情脉脉）的，有《绿山墙的安妮》里的干瘪老处女玛丽拉，以及《雅尔娜》中吵闹、贪婪、居于要位的老祖母。

玛格丽特·劳伦斯的长篇小说《石头天使》，对僵冷老妪的形象做了最详尽的描绘。墓园里有一尊天使雕像，女主人公兼叙述人哈格·西普利觉得自己的一生多少被石化了，好像变成了石头，充满了恐惧。她也像《双钩》中的老妇人及其女儿歌瑞塔，排斥生活，把自以为是的教条强加于丈夫和子女。在小说开始，她已九十高龄，在小说结尾，她回首匮乏的一生，在医院逝世。哈格，严厉、尖刻、自律、愤怒，是能想象到的最有人性的加拿大老妇人形象。

《圣经》中的同名人物哈格[1]（多译为"夏甲"），是一个被社会放逐到荒野的女性，本人也有荒野的野性。根据《圣经》，你

---

1 《圣经》中的同名人物哈格（Hagar）多译为"夏甲"，她是亚伯拉罕妻子撒拉的使女，由于撒拉不孕而与亚伯拉罕同房。夏甲因怀孕而处处忤逆撒拉，生下儿子以实玛利后，撒拉将她和儿子一起赶走。

能在荒野做到的，是让玫瑰在那里开放。然而，开放的花朵都到哪里去了？通常都被摘走了。维纳斯在加拿大文学中是罕见的，即使偶尔露面，也要选择奇特的化身。

照传统看来，维纳斯具备两项功能：提供性爱和孕育婴儿。加拿大文学有一种将二者割裂的奇怪倾向，性爱部门由风尘女子或轻浮而受鄙视的女性掌管，婴儿则交给了戴安娜型的女性，平庸的女性，甚至是赫卡忒型的老妇人。这一倾向，在加拿大法裔地区或其他地区的文学中，同样鲜明。在卡里埃的小说《战争，是的，长官！》中，妓女莫莉还不能是法裔，而是英裔。其他女性多为傲慢的妻子（除了艾米莉，她有两个男人，名声不佳）。让·勒·莫讷[1]在《女性和加拿大法语文学》一文中注意到了这个模式，将早逝的可爱姑娘和没有吸引力的"成熟"妇女联系起来，认为不应该总是把"妻子"等同于"母亲"。

在加拿大英语文学中，出现了《双钩》里的扒手妓女、卡拉汉《此为吾爱》里的卖笑女郎、《山脉和谷地》里人尽可夫的半老徐娘贝丝、詹姆斯·里尼笔下唇彩艳丽、同类相残的巴比伦妓女（特别是《一个人的假面舞会》中的"蕾切尔"）。在卡拉汉的《爱人和逝者》中，似乎出现了真正的维纳斯型女性，但是作者和主要人物都不能判断她到底是不是真正的圣母马利亚。

1　让·勒·莫讷（Jean Le Moyne，1913-1996），加拿大作家，早年与一群法裔加拿大天主教知识分子共同创办了文学杂志《接班人》（*La Relève*），20世纪40年代起从事新闻工作，后进入加拿大国家电影局工作。

她遭到社会排斥，被害而死。不管怎么说，加拿大文学缺少激情狂放的性爱，引人注目的通常不是前景中有这样的人物，而是她们或是缺席，或是性格扁平，或是被沉默的帘幕遮住了风月云雨。她们既没有迷人的性感，也没有美国文学中野蛮风骚女性的强势——后者，莱斯利·费德勒[1]曾在《美国小说里的爱与死》一书中讨论过，她们也不曾拥有"成熟的"维纳斯型人物在欧洲小说中所表现的典型的睿智和女性美。艾尔登·诺兰的诗作《这个女子为爱而生》寓意深长，描绘了貌如完美维纳斯的尤物，但诗作最后两行披露了真相——她实际上又是一位"冰少女"：

> 夜晚，她的丈夫将愤怒的拳头
>
> 捶进无人能激活的血肉。

那么，婴儿从哪里来呢？通常突然出现，甚少提及其来由。"神奇的加拿大婴儿"是一个文学惯例，在某些情形中，也可被称为"机械婴儿"，因为它会被凭空置入书末，来解决人物先前束手无策的问题。比如，辛克莱·罗斯的《我和我的房子》，婴儿在结尾出场，结束全书（如果他们以为**那**能挽救婚姻，那可

1　莱斯利·费德勒（Leslie Fiedler, 1917–2003），美国文学评论家，小说家兼诗人，《美国小说里的爱与死》是他最富有影响力的作品，对19世纪末至20世纪50年代末的美国小说进行了别开生面的评论。

是疯想）。再有，在约翰·马林的《在死神的肋骨下》中，婴儿给了失败的主人公以精神上的凝视。在《双钩》的最后，女性人物冷晨有了婴儿，吻合了全书的象征意义。在《喧鸹》结尾，也出现了救场的婴儿。我还得加上一些鹅蛋，在里尼的《荨麻套装》中，杀鹅做圣诞大餐后留下的鹅蛋开始了新的生命循环。像这样的神奇婴儿，与加拿大人喜欢预测未来大事的习惯颇有关系（既然当下非常失败）。

生下这些婴儿的女性，多半是戴安娜型或赫卡忒型，而不是维纳斯型。《我和我的房子》里的朱迪丝，面孔苍白瘦削，几乎不可能奔放、感性和丰饶，引诱的场景也仅被描绘成门关上后的一声闷音。她在生产时死去。（加拿大文学中戴安娜型的女子们，去世的方法都差不多。比如，《山脉和谷地》里的艾菲在豆蔻年华离世。）冷晨是少女，里尼作品中生育孩子的女性无一例外是少女。婴儿来得适时，其到来意味着其他人物的新生。也有"来得不适时"的婴儿。比如，在玛丽-克莱尔·布莱[1]的小说《以马内利生命中的一季》中，在弗雷德里克·菲利普·格罗夫的作品，最明显的是在《我们每天的面包》里，平庸无能的母亲像生小猪仔似的，接连不断地生下孩子。子宫癌、精疲力竭的流产和难产死亡，频频发生。还有生不了孩子的女性，像《我和我的房子》里的本特利夫人，产下了死婴，一如她做的其

1　玛丽-克莱尔·布莱（Marie-Claire Blais，1939-2021），加拿大作家，剧作家，诗人，著有近五十部作品，支持法语国家共同体。

他任何事情没有好结果。麦克勒南《人子》里的玛格丽特不能生育。在玛格丽特·劳伦斯《上帝的背叛》中，以为自己怀孕的蕾切尔从身体里用力挤出的竟然是一个良性肿瘤（这是怎样的不能生育的意象！恶性肿瘤至少还会**生长**呢）。令人惊悚的是，"神奇的加拿大婴儿"有时太靠近死亡了（要探讨加拿大文学中的葬礼，可写出整整一本书），在詹姆斯·里尼《一个人的假面舞会》中，就有摇篮从棺材中升起的神奇场面。生育困难、注定不育或生死同一，大概就是人们有望从冰雪女神那里得到的了。有鉴于此，难怪在格雷姆·吉布森的《圣餐》中，男主角喜欢和墓园中的两座石头天使雕塑做爱，甚过和真正的女性。

吉布森《五条腿》中有关鲁肯的部分，充分描绘了自然和文化的关系，以及从中衍生的女性人物类型。真正的维纳斯型女性是缺席的：她远赴欧洲，怀着身孕，带着鲁肯生命给予的不管什么样的后代，拒绝了他让她流产的要求。他现任的妻子不能怀孕。尽管他是个品行端正的加拿大人，却也会留意戴安娜型的姑娘，知道她们会是孩子的恰当来源。但是，他看中的戴安娜型女子，名叫苏珊，其实是伪装的毁灭性的赫卡忒型女性，是乔装成少女的拒人千里的冷漠老女人。就像庞大的冰雪女神给予的拥抱，和苏珊的结合意味着死亡。在情节过半处，她已经为"伟大的加拿大棺材"准备好了入棺者，一名向她求婚的男子（除求婚外，他没有什么能做的；她是刻板的贞女）。

苏珊希望她的男子都顺从她代表的文化，即否定一切潜能的文化。自然界白雪茫茫，正值冬天。

存在真正的女性吗？或者，在加拿大文学中，有没有女性过着正常的婚姻生活，有健康的孩子？或者是像玛丽-克莱尔·布莱《疯狂影子》中的哥特式傻姑娘帕特利丝？还是她们人数太多，无足轻重了？还有……玛丽安·恩格尔《蜜人节》中的敏恩、玛格丽特·劳伦斯《火里的居民》的史黛西。这两人的生活似乎都不美满，孩子没有出息，让人担心，丈夫冷漠、不善交流或不知去向。

这个话题可引申到"莴苣姑娘综合征"[1]，不仅适用于加拿大文学中的女性归类，而且适用于现实主义小说中"正常"女性的归类。"莴苣姑娘综合征"包含四个因素：主角莴苣姑娘；囚禁她的坏女巫，通常会是她的母亲、丈夫，有时是她的父亲、祖父或外祖父；她被囚禁的高塔，代表社会态度，通常以社会认为她不该抛弃的家庭和孩子为象征；施救者，没有什么实力的英俊王子，可以提供暂时的逃离。在莴苣姑娘的故事原型中，施救者一劳永逸地解决了问题，坏女巫被打败了。但是，在"莴苣姑娘综合征"中，施救者几乎帮助甚微。在《蜜人节》中，他只是一段对已故电影导演的记忆；在《火里的居民》中，他是年轻得难以置信的科幻小说写手；在《上帝的背叛》中，

---

1 《莴苣姑娘》（*Rapunzel*）是一个著名的格林童话，讲述长发女孩被女巫囚禁在高塔，遇见了王子，历经磨难后幸福地生活在一起。

他是一个来访的不务正业的已婚男子。施救者是一个模糊不可靠的人物，也就暗示了他只能是幻想中的施救者。莴苣姑娘仍然困在高塔中，她自己最好要学会如何应对。

"莴苣姑娘综合征"超越了国界。加拿大各地都能找到"莴苣姑娘"型的女性，其共性在于她们不善交流，甚至不承认自己恐惧、憎恨，不易张开的嘴巴犹如攥紧的拳头。如果她们能吻合进格雷夫斯的分类，多半应该属于戴安娜型或维纳斯型，却违心地被内在的赫卡忒型女性所控制。实际上，在加拿大，莴苣姑娘和高塔是同一的。这些女主人公内化了她们文化的价值观，导致了自我囚禁。《火里的居民》和《蜜人节》里真正的挣扎，是代表自由的戴安娜和代表母爱、性爱的"好"维纳斯努力寻找出路，打破刻板的赫卡忒的束缚，在赫卡忒的束缚下，她们就像被关在蛹里的蛾子。这种挣扎，也发生在《石头天使》中，哈格记得自己的两次"自由"之举，尽管微不足道，但对照模式强大的消极的约束力，就让读者觉得非常了不起。《蜜人节》中的敏恩本能地攻击警察，也可作如是观，或许不足挂齿，但这至少是她在憎恨和绝望中迸发的生命火花。

有趣的是，所有这些女性——史黛西、哈格、敏恩——都自认为被禁锢在自己不认同的身体里：史黛西肥胖变形、敏恩受怀孕拖累、哈格年老怪异。同样的模式——心里有爱，有美好潜质的女子遭到负面力量的束缚——再现于辛克莱·罗斯笔下的本特利夫人身上。她年仅三十四岁，可看上去比实际年龄大得多，其所说所想，也如同老妪。在大卫·赫尔维希[1]的小说《明日前夕》中，玛格丽特也体现了人物竭力避免但仍被赫卡忒型套路所控制的过程。玛格丽特陷于自己的处境，孩子夭折，沉溺于对上帝和死神的想象，越来越少地投入生活，令人哀怜。这个模式造就的最绝望和怪异的人物，当推门罗短篇小说《乌得勒支和平》中的病母，在她渐渐和外界失去交流的衰败的身体内，"真正的"母亲继续存在，她最后的重要举动就是（没能）从禁锢她的医院逃跑。

　　也许，这一模式给了我们以线索，去了解加拿大文学中自然—女性隐喻的全貌：不仅有冰雪—处女—赫卡忒型的人物，还有内里的戴安娜和维纳斯受到禁锢的赫卡忒型人物。也许，有关冰雪—处女—赫卡忒型的妖魔化自然的故事，并不局限于如何被她毁灭，或者是如何尽力逃离或征服她，也可以是被掩埋的维纳斯们和戴安娜们争取出路，释放自我。这一点，隐隐可见于本章开头所引的杰伊·麦克弗森诗作《洞穴中的女人》。诗里有像大地似的女性形象，抑或可能是把大地比作了女性，两种暗喻均衡使用。从外表上看，这个女巨人好像是我们一直在讨论的赫卡忒型冰女神，冷漠、"冰封"、坚硬。但是，在人物的内部有一个维纳斯，充满了"六翼天使之形"的灵感，带有"鲜花和泉水"、自然界的丰饶，以及人类繁殖和生育的"乳

1　大卫·赫尔维希（David Helwig，1938-2018），加拿大家人，作家。

汁和血浆"。维纳斯并不一定缺席，而是被掩盖了。

短书单：

玛丽安·恩格尔，《蜜人节》（*The Honeyman Festival*），阿南西出版社，
$2.50。
玛格丽特·劳伦斯，《火里的居民》（*The Fire Dwellers*），新加拿大图书馆，$2.50。
玛格丽特·劳伦斯，《石头天使》，新加拿大图书馆，$2.50。
希拉·沃特森，《双钩》（*The Double Hook*），新加拿大图书馆，$1.50。

长书单：

厄尔·伯尼，《猛犸走廊》（The Mammoth Corridors），瑞格布恩商店，
麦克勒南＆斯图亚特出版社。
玛丽-克莱尔·布莱，《以马内利生命中的一季》（*A Season in the Life of Emmanuel*），格罗塞茨环球图书馆。
玛丽-克莱尔·布莱，《疯狂影子》（*Mad Shadows*），新加拿大图书馆。
洛克·卡里埃，《战争，是的，长官！》，阿南西出版社。
雷斯利·费德勒，《美国小说里的爱与死》（*Love and Death in the American Novel*），子午线出版社。
玛格丽特·劳伦斯，《火里的居民》，新加拿大图书馆。
玛格丽特·劳伦斯，《石头天使》，新加拿大图书馆。
让·勒·莫讷，《女性和加拿大法语文学》（"Women and French-Canadian

Literature"），《融合》（*Convergences*），菲利普·斯特拉福德译，瑞特森出版社。

格温·麦克尤恩，《恐怖和幽冥》（*Terror and Erebus*），加拿大广播公司，未出版。

休·麦克勒南，《人子》，麦克米兰出版社。

杰伊·麦克弗森，《洞穴中的女人》（The Caverned Woman），《船夫》（*The Boatman*），牛津大学出版社。

约翰·马林，《在死神的肋骨下》，新加拿大图书馆。

乔伊斯·马歇尔，《老妪》（The Old Woman），威弗第1集。

露·莫·蒙哥马利，《绿山墙的安妮》（*Anne of Green Gables*），麦格劳出版社。

艾丽丝·门罗，《乌得勒支和平》（The Peace of Utrecht），威弗第2集。

艾尔登·诺兰，《这个女子为爱而生》（This Woman Shaped for Love），《在冰下》（*Under the Ice*），瑞特森出版社，已绝版。

帕·凯·佩奇，《青鸟》（The Green Bird），威弗第1集。

埃·约·普拉特，《朝向最后一颗道钉》，麦克米兰出版社。亦见《诗选》，麦克米兰出版社。

詹姆斯·里尼，《荨麻套装》（*A Suit of Nettles*），麦克米兰出版社。

詹姆斯·里尼，《一个人的假面舞会》（*One-Man Masque*），《喧鸻和其他戏剧》（*The Killdeer and Other Plays*），麦克米兰出版社。《蕾切尔》（Rachel）亦见《世纪中叶的诗人》。

詹姆斯·里尼，《加拿大诗人的困境》（The Canadian Poet's Predicament），《诗歌的面具》，亚瑟·J. M.史密斯编（*Masks of Poetry*, ed. A. J. M. Smith），新加拿大图书馆。

詹姆斯·里尼，《喧鸻》（The Killdeer）《喧鸻和其他戏剧》（*The Killdeer and Other Plays*），麦克米兰出版社。

詹姆斯·里尼，《太阳和月亮》（*The Sun and the Moon*），《喧鸻和其他戏剧》，麦克米兰出版社。

玛泽·德拉·罗奇，《雅尔娜》（*Jalna*），麦克米兰出版社。

辛克莱·罗斯，《我和我的房子》，新加拿大图书馆。

希拉·沃特森，《双钩》，新加拿大图书馆。

伊瑟尔·威尔逊，《沼泽天使》（*Swamp Angel*），麦克米兰出版社。

第 11 章

魁北克·燃烧的庄园

她有一种感觉，被困在四壁之内，就是受苦，没有其他任何
意义。

——加里布埃尔·罗瓦《锡笛》

我的孩子，你的舞蹈没跳好
不过，必须承认在这里跳舞可不容易
缺少氛围
也没有跳完整支舞蹈的空间。

——圣-丹尼-加诺《舞蹈的景象》

他们用了整整一生懂得了，他们无能为力。

——洛克·卡里埃《战争，是的，长官！》

我居住的土地，寒冷征服了
绿色的事物，将灰色和沉重压在魅影似的
树木上。

我属于种族中沉默的一分子，在梦中颤抖，
寒霜禁锢着单词，
它们构成的脆弱快捷的语言正在消亡。

我是周围呼号中的一个声音

没有语言的石头

峭壁

插入我冬天心脏的利刃。

——伊夫·普莱封丹[1]《出租之国》

在任何地方，我永远的使命就是自杀。整个民族蹲伏在我体内，
复述着失去的童年，用磕磕绊绊的一连串词语和迷乱的纸页，
在明晰的黑暗冲击下，在巨大灾难和近乎崇高的失败面前，突
然哭泣起来。是时候了，在两个世纪的征服和三十四年的悲伤
之后，人们不再有力量推开这个可怕的景象。

——休伯特·阿奎恩[2]《下一章》

在我的梦里，树上只有腐烂的水果，此外空无一物。我再也看不
到花朵。到处是冬天，寒冷。最难过的，是我真的失去了胃口。

——玛丽-克莱尔·布莱《以马内利生命中的一季》

1　伊夫·普莱封丹（Yves Prefontaine，1937–2019），法裔加拿大诗人，早年曾接
受人类学教育，后从事电台和电视台工作，并开始写作，创办并编辑了好几本文
学杂志。
2　休伯特·阿奎恩（Hubert Aquin，1929–1977），加拿大小说家，电影制作人，
编辑，活动家，对当代魁北克文化产生了影响。

我写本章时，多少有些惶恐，我对魁北克文学远非熟读。尽管读过一些原著（必须承认，经常要借助字典），大部分还是依赖译本，这就限制了我的阅读范围。打个比方，如果我讲法语，想通过翻译作品了解加拿大英语文学，当下能读到的可能不足十本小说。而对于加拿大希望探索魁北克的英语人士来说，情况要好些，而且一直有所改善，但是仍然有许多应该英译的书未被翻译。我设想，你像我一样，在中学学过法语，必要时能蹦出几个短语，能磕磕绊绊地阅读法文。因此，我在本章的讨论仅限于有英译本的魁北克作品。

　　如果你是教授加拿大文学的法语老师，你大概比我更熟悉这个领域。对你来说，应该有一本用法语写作的书，描绘更多魁北克文学的关键模式，另设与本书对应的单独一章，来讨论加拿大"英语"文学。

　　那么，偶然涉猎加拿大法语文学的人会发现什么？它和加拿大英语文学的异同点在哪里？我先讲述几个总体印象，再讨论个别作品。

　　我像观光客一样，首先注意到表面的不同。像加拿大英语文学一样，魁北克文学中有丰富的宗教意象。加拿大其他地区的文学更多使用《旧约》和《圣经》的意象，特别是如大卫、诺亚这样的英雄；相当自然地，魁北克文学则喜用正式礼拜式的意象，圣人、殉道者、圣物和基督显得高大伟岸。尽管存在差异，但"两边"都选择了宗教象征中的消极部分，而非积极部分。也就是说，加拿大英语文学描绘的是失败而非获胜的大卫们，沉没于水而非在方舟上漂浮的诺亚们，它选择了在荒野里流浪的摩西们，而非带领众人走进"应许之地"的约书亚们。加拿大法语文学在描绘圣人和殉道者时，倾向选择他们受苦、受害或受死的时刻，而不是他们获得的荣耀，倾向选择被钉上十字架的基督，而不是他的其他形态（如圣子、复活的救主、老师、治疗者等等）。

以上是加拿大法语文学与加拿大英语文学异中有同的地方，以下谈谈同中有异的地方。魁北克作家，像加拿大其他地方的同行一样，沉溺于生存主义，但是，魁北克作家的态度及其必然的后果，更为悠久，也更为极端。他们和其他加拿大人一样同抱着单纯的生存心理——面对严酷的气候和难以驯服的土地，要活下来，一样觉得，只要生存下来了，古老的生活形态可能就得以保存。除此之外，他们强调文化和宗教的生存主义。在英裔新教徒敌意丛生的汪洋大海里，法裔加拿大人必须死死抓住语言和宗教的筏子，才能免遭吞没。由于法裔加拿大社会较能抱成一团，因此，要塞的围墙比加拿大其他任何地方都修建得高大结实，相应地，要塞内的窒息感也随之增强，要塞外则弥漫着恐怖。

考察围墙及其作用，还有里面发生的一切，最好的起点，当然是路易·埃蒙的《玛利亚·夏普德莱》。我认为它人尽皆知，就不在此多言了，但是我要指出，玛利亚有婚姻对象可供选择，这一点非常重要。每个男子代表着一种生活方式：一个可以带她远走高飞到美国，一个将让她重复一成不变的农场生活——曾经累垮她母亲的劳动和生育，第三个对象生气勃勃，可以延续文化价值理念，但妖魔化的自然让他命丧森林。玛利亚最后选择留下来，嫁给了第二个男子，成了她母亲的化身，大地精灵的合唱和古老的天籁给了她力量。局限在四壁之内的苍白生活，胜过墙外危险四伏的空旷。

林盖的《三十英亩》也表现了这一主题。在小说中，主人公想做出玛利亚的选择，献身旧制和土地，不知怎的却遭到了背叛。他失去了心爱的农场，被迫迁移美国，但是美国远非美好的"应许之地"，而是一片流放和荒凉的景象。儿子接管了农场，不善经营。父亲——尤卡里斯特·莫桑——的最后画面，是一位失败的垂暮老人，在堆满机器的车库当门卫，他憎恨机器，寻思自己为什么会失败，土地为什么让他失败。他想，"世道如此吧，连土地也养活不了她的孩子们"。无论留守土地，还是远走他乡，结果都是勉勉强强的生存。

《玛利亚·夏普德莱》和《三十英亩》可以视作一种背景，在此之上，出现了越来越多更加绝望的小说。玛利亚的世界，尽管以牺牲其个性为代价，但给了她安全感。老人莫桑，孤独地住在城里，心里珍藏着失去的农村，至少还有自己毫不动摇的信仰予以安全感。两个人都扎根家庭，深植于传统。但是，魁北克经历的两端——农场的静止生活和城市的无根感——在时间上，在生活风格上，越来越分离，也由魁北克作家越来越集中地刻画出来。农场变成了灾难似的噩梦，爬满了虱子和孩子，滋生出野蛮和绝望；城市变成了机械式的虚空，好不容易逃出家庭的个体在那里无助地漂泊、迷失。

*

在压抑的安全感和自由无拘的歇斯底里之间，或者，如果你想这样表达，在第二种心态即将结束和第三种心态刚刚开始之间，存在中间地带的演变。抓住这种演变的小说，有加里布埃尔·罗瓦的《锡笛》。它描述了玛利亚·夏普德莱式的女性和早年不顺的尤卡里斯特·莫桑式的男性之间的婚姻生活。罗斯-安娜具有玛利亚的逆来顺受，对痛苦长期的忍耐力，但是她没有过上好日子。丈夫阿扎瑞斯和莫桑一样，适应不了城市。他们的家庭从一个贫民区辗转到另一个贫民区，穷困潦倒，孩子成堆，遭受了两次打击：一是孩子夭折（死于白血病，即医生嘴里的"冷漠病"），二是女儿决定当修女。我们会逐渐意识到，这是魁北克文学中带有原型性质的两个事件。尽管罗瓦比步她后尘的作家们在处理方法上较多柔和、超然，较少尖刻，对于生活在这个无望世界的孩子们来说，死亡和弃绝似乎是对生活合理的反应。阿扎瑞斯通过参军解决了他的问题，保证罗斯-安娜每个月都能收到支票，但对于他本人来说，参军无异于自杀。

另外两部小说，洛克·卡里埃的《战争，是的，长官！》和

280

《菲利勃，它是太阳吗？》，由同一作者创作，却分别探究了以下两种情形——在农村发生了什么？在城市发生了什么？在第一部小说中，两名男子从战场回到村庄，一个躺在棺材里，另一个是暂时回来。村子里的世界，艰苦归艰苦，但有一定的社会凝聚力。战火纷飞的外部世界是残酷的，没有安全可言。这个法裔加拿大人之前在村子里以浪荡懒散为人所知——至少是有点名气吧，但在村外的世界，他发现自己成了无名之辈。从村民的角度而言，真正的冲突发生在他们和英国人之间，后者的代表是护送棺木的士兵们（是英国人，而不是英裔加拿大人，二者在魁北克文学中常常被混为一谈）。

书中的大战，唯一真实可见的"战争"，发生在村民和士兵之间，村民觉得士兵咄咄逼人，为棺木的摆放地点争执起来。卡里埃还十分关注压迫者和受害者的关系链：士兵贝鲁贝在英裔军队中受到虐待，干打扫厕所的活儿，他没有向军队发泄怒火，却花相当多的时间折磨屠夫阿塞纳，转嫁自己的痛苦，恶搞军队的常规：

"阿塞纳，我要让你成为一个好兵。准确告诉我，你在镜子里看到了什么？"

"看到了我自己。"

贝鲁贝缩回拳头，让他明白，威胁加大了，"最后一次，你在镜子里看到了什么？"

"一堆屎。"

贝鲁贝得逞了，笑着拥抱了阿塞纳，拍了拍他的脸颊。"现在，你是真正的好兵了。"

但是，阿塞纳早先也这样对待儿子菲利勃。受害者—加害者的关系链看来复杂而无止境。再一次显示出，充斥着战火和英国人的外界，闭塞、紧密和静止的村庄，都不足以造就自由愉悦的人类生活。

在《菲利勃，它是太阳吗？》中，卡里埃逆转了主人公的行动，这次不是返村，而是离村远行。屠夫阿塞纳的儿子菲利勃一有机会就逃离了暴力、凶狠的父亲。小说第一部分快速展示了菲利勃童年在农村生活的一幕幕场景，每一幕都令人恐怖或恶心。在书中第一页，父亲施虐式地破坏了菲利勃的圣诞礼物。他的下一个记忆是冻在冰上的鸭群，被猎人砍下了头。再下一个就是父母做爱时床吱呀作响，"夜里备受折磨的动物"。接着就是挖掘小坟墓的回忆。（他的屠夫父亲也是挖墓人，是双重死亡的象征。）菲利勃搬不动他想埋进地里的儿童棺材，于是就埋葬了妹妹的玩具娃娃，"菲利勃很开心，就像举办了一场真正的葬礼"。实质上，命运让他在襁褓里就长成了一个没有生气的婴儿。他童年时老恨自己不是跛子，不能像拉里贝台家的二十一个孩子，每年都会坐着车子到教堂，而他们的父母则感谢上帝赐予的那么多孩子。因此，菲利勃在蒙特利尔混得很差，我们也就不以为怪了。他境况最差的时候，是在皮靴厂工作，梦见自己变成了靴子。

菲利勃一度好像时来运转了。他成了一个职业挨打者的经纪人，"钢脸汉"高大魁梧，靠让人打脸而不还手谋生。"钢脸汉"非常受人欢迎，许多人都渴望他还击，这是他们唯一的机会。一天，围观的人群闹过了头，职业挨打人干了一件不能原谅自己的事：他还击了。他悔恨不已，划船到了湖中，投水自尽。

但他给菲利勃留了一笔钱，后者用它开了一家小杂货店（因此往上爬了一个阶级，从工人变成了小资产者……）结果，在去收款的路上，他的车撞上了路边的十字架，车毁人危，临终前他出现幻觉，宇宙给他传来了最后的讯息，"你在受苦……总想受苦。"

卡里埃的两本书，尤其是《菲利勃》，提出了魁北克文学，其实也是整个加拿大文学的中心问题，大概说来，就是：谁来负责？我们能看出贝鲁贝是一个受害者，正如希拉·费舍曼[1]在该书引言中所说，我们也看出菲利勃的生活"由一系列的倒霉和失败组成"。在《菲利勃》中，作者当然将谴责的矛头对准了体制，剥削法裔的英裔加拿大人和剥削工人的资本家（毋庸说，二者彼此彼此）皆有责任。然而，让菲利勃撞车的并非体制，而是菲利勃自己，这也是事实。体制肯定是强加了他以受害者

1　希拉·费舍曼（Sheila Fischman，1937- ），文学翻译，编辑。

角色，但此前，他的家庭和文化已经将之强加于他，他很早就将之内化了。他父亲为人专制，个性野蛮，与他在蒙特利尔压抑、乏味的生活，互为强化。如果你把这本书简单地解读成对资本家的控诉，是说不通的。菲利勃的最终惨剧有多种更为复杂的原因，其中之一是他默认自己就该受苦。

菲利勃的不幸结局是因果如一的，"因"是他对死亡感兴趣，"果"自然就是死亡。他的兴趣实际上相当于一种情结，他典型地代表了塑造他的文学。我们已经注意到加拿大人对棺材的普遍偏好，在魁北克，这种兴趣简直发展到了疯狂的地步。雷斯利·费德勒在《美国小说里的爱与死》一书中提出如下论点：在欧洲，少年"步入成年"的典型经历是他的首次性行为，在美国，是他首次杀生（通常是一只动物）。如果欧洲经验的中心是性，中心秘密是"卧室里发生了什么？"美国经验的中心是杀戮，中心秘密是"森林里（或贫民区街上）发生了什么？"那么，确凿无疑的，加拿大经验的中心是死亡，中心秘密是"棺材里发生了什么？"这一点没有比在魁北克文学里更显明的了。我随便就能想到三个例子。在《战争，是的，长官！》一书中，引发行动的人物是棺材里的死者，书中最重要的梦或幻象是巨大的棺木吞噬了整个世界：

　　……村民们鱼贯而入……就像走进教堂一样，弯腰，顺服……现在，人们成群结队地到了，整个村子都来了，那么多人耐心地等候他们的次序……人们从地球的四面八方跑来，冲进了科里沃的棺材，棺材犹如胃似的膨胀起来……海洋干涸，万物不存，只剩下科里沃的棺材。

在杰拉德·贝塞特[1]的小说《循环》里，整个故事发生在葬礼上；还有一部精彩的影片，叫《我的叔叔安东尼》，其精妙在于它不仅融合了若干中心意象，而且在运用加拿大国家电影局常用的慢片技术[2]时避免了常见的拖沓。影片的最后镜头是年轻的主人公将鼻子贴紧窗户，凝望的不是俗套的一对情人翻云弄雨的场景，而是盖板揭开的棺材。这个认知相当重要。电影在暗示：起作用的不是与你媾合的第一个女性，也不是你的第一次杀戮，而是你接触的第一位死者。

在魁北克，死亡近乎常规的视象是死去的婴儿，这也是让母亲、祖母或外祖母沉溺的幻觉。很难说，她们是在忍受幻觉折磨，还是享受幻觉，还是二者兼而有之。在《锡笛》中，罗斯-安娜在再次分娩前夕，出现了死婴的幻觉：

……她看见阿扎瑞斯捧着一口小小的白棺材，非常短

1　杰拉德·贝塞特（Gérard Bessette, 1920–2005），法裔加拿大作家，评论家，教育家，在加拿大率先开始探索心理分析方向的文学评论。

2　加拿大国家电影局（the National Film Board of Canada）一般简称NFB，是加拿大著名的电影制作和发行机构，成立于1939年5月。1956年从渥太华迁往蒙特利尔后，大量增加了法语片的制作。

窄的小棺材……葬礼，洗礼，生活中的所有大事在她的意念里都带上了同样深不可测的苦涩。有时，她看见刚掘好的坟坑，准备好了收纳小棺材，有时又看见穿着洗礼服的酣睡婴儿……

布莱的《以马内利生命中的一季》中有一位安多内特祖母，多少满足于沉浸在类似的思绪中：

> ……这些年头，葬礼那么多……那么多黑色的小尸体，冬天，总有孩子失踪，婴儿仅仅活了几个月……安多内特祖母被越来越多的死亡事件轻柔地震撼，突然涌出一种巨大、奇特的满足感……

因此，加拿大英语作家梅维斯·加兰特在她的短篇小说《伯纳黛特》结尾，让怀孕的加拿大法裔女佣出现几乎相同的视像，表现得非常到位：

> ……它会出生，会死。她从未怀疑过它会死，其他许多事情她都没个准数，她自己的身体是个谜，什么都说不清……她看见，就好像婴儿躺在她怀抱里看得那么清楚，她的孩子，她的天使，包在洁白的襁褓里，受洗后，等候死亡。

出生等于死亡，起拯救作用的婴儿变成了尸体。尽管这个"关于"魁北克的故事不是"出于"魁北克人的笔下，但它完美地演绎了魁北克文学的情绪。

死亡情结令人心情沉重，但不见得毛骨悚然，它不过是反映心灵状态的一个意象，该意象表明了魁北克的局面（或加拿大的局面）死气沉沉，因此，要真正对其有所了解，必须了解死亡。该意象也表现了受害者最后的结局就是没有子嗣，软弱无能。轻易就可以把棺材里的死者转换成自己死后入棺的意象，魁北克诗人能以令人困惑不安的方式想象自己死去。安娜·埃贝尔在《封闭的房间》里，想象自己殉道的画面，被摘除了心脏：

> 血的亮色
>
> 遮闭了空荡的拱顶
>
> 我的双手交叠
>
> 在这个被毁的空间上
>
> 渐渐变冷，迷恋于虚空

在另一首诗《当然有人》中，她起笔突兀，"肯定有人/杀死了我……"米歇尔·拉隆德[1]在《幻日》中淡定地说，"然而，我是一个死去的女孩。"圣–丹尼–加诺的诗歌遍布如此意象，在

1　米歇尔·拉隆德（Michèle Lalonde，1937–2021），加拿大诗人，剧作家，散文家，常针对魁北克地区的政治局势和语言议题发声。

《鸟笼》中，心脏被比作鸟儿和死亡。

> 我是一只鸟笼
> 一只骨架笼子
> 里面有只鸟
>
> 鸟在骨架笼子里
> 就是死亡建造它的巢穴⋯⋯

*

　　加拿大英语小说可以同时表现受害者对自己角色的默认和死亡情结，比如，科恩的《美丽的失败者》把印第安人当受害者，吉布森的《圣餐》把动物当受害者。魁北克法语小说中，有一本书也同时处理了这两个主题，那就是玛丽-克莱尔·布莱的《以马内利生命中的一季》。书中再次出现了贫困交加的农户，母亲被生育过多的孩子弄得筋疲力尽，男性粗野，野蛮地对待更弱者，孩子奄奄一息，女儿选择当修女逃离家庭。但是，该书明确揭示了这些人物永恒存在的痛苦，是由他们自愿介入造成的。两个男孩，注定要沦为罪犯的老七和早逝的让-勒·梅格，对他们自己的和别人的痛苦抱有极大的兴趣：

　　"我认识一个病得很重的人，"老七说（他不敢承认特别喜欢看拿破仑爷爷死时的痛苦），"病得比你还厉害，老是咳嗽，吐血。"（"我也吐血。"让-勒·梅格插嘴道，他像爱妹妹一样爱自己的病，如果别人表现得不够尊敬，就会让他非常不爽。）

他们累计挨打的次数，有如积攒奖章，乐于彼此坦白罪行，自己犯下的或假想的，并想象出痛苦的惩罚方法。沉溺于痛苦成了家庭消遣。一个哥哥自杀了，被大家遗忘的母亲疲惫不堪，在房子附近夜游，为连名字都记不太清楚的夭折婴儿而伤心。妹妹埃洛伊丝待在自己的房间，斋戒，用受虐的宗教性幻想折磨自己。外面的世界不过是家庭嗜好的延伸。两个男孩在一所差劲的教养院第一次体验了外面的生活，校长喜欢惩罚学生。让-勒·梅格后来在神学院死亡，那里的男生吃饭时以讲圣人受难的故事自娱，乐此不疲。因此，毫不奇怪，管理医务室的神父不动声色地加快了住院小病号的死亡，因为死亡令他兴奋，而且他暗地渴望用皮带抽打自己。在这样一个世界，疼痛几乎是唯一的强烈感觉，书里的人物从中得到快感。当埃洛伊丝以妓院来代替家庭和修道院，这不仅意味着从两个女族长掌权的机构换到第三个，也是肉体禁欲方式的改变。作家玛丽-克莱尔·布莱没有加害她的人物，但她的确通过噩梦般的镜头观察到他们的自我加害。

书名中的以马内利[1]是这家最小的孩子，虽以救赎者基督的

---

1 以马内利是《圣经》中耶稣基督的别称，意为：神与我们同在。

别称为名，但他显然什么也救赎不了。他从出生之日就开始接受其文化熏陶了：“……突然，他好像对饥寒熟悉已久，甚或连绝望也是。”后来，在书中，他坐在祖母的膝头，学习以苦为乐。她唠叨着各种各样的灾难，还是婴孩的以马内利出神地听着：

> ……但是，他酷爱坏消息。像哥哥们一样，他长大后就会爱上飓风、沉船、葬礼……

下面再谈谈魁北克文学常见的另外两个主题：受挫的乱伦之爱（在如此聚焦于家庭的文学中，没有几个爱恋对象）和彻底的困境。英裔加拿大人物为家人牵累的困境，和法裔加拿大人的相比，似乎要轻微些。在魁北克，你似乎根本离不开家庭；如果你离开了，不管原来在家生活多么痛苦，你总会想着回来。让-勒·梅格在医务室里弥留时，恍惚觉得自己为了回家在逃出神学院，他的幻觉随着死亡结束。实际上，许多离家出走的人物在回家时，无论是真的还是想象的，都忍受着类似的命运：比如，菲利勃在致命的车祸发生前夕，一直想着回家。在魁北克小说中，家庭是灾难频仍的炼狱，完全从情感上摆脱它，或在离开它后返回，同样都是不可能的。难怪，棺木似乎成了优先之选。

有趣的是，让-勒·梅格是一个早熟且有天赋的作家。加拿大英语作家的问题，是尽管没人明显阻挠，他们却像有创作困难，而他却很多产，哗哗写出许多阴郁的小诗，以及同样以死亡为中心的漫想散文。在家里，父亲和祖母撕毁了他的诗文；他被送到医务室时，已经濒临死亡了。他受到的阻力来自外部环境——他人和疾病，而非本身的心理闭塞。另外一本小说，休伯特·阿奎恩的《下一章》，也写了一位境遇类似的作家。这位作家真的身陷囹圄，被关在精神错乱罪犯的看守所，可以推测，他写的所有东西（他也多产）都被没收了，成为律师和精神病学家手里的"证据"。作为写作人，让-勒·梅格的疾病和被困，以及阿奎恩笔下无名主人公的受困和无助，可与第9章讨论的加拿大英语作家的病症相类比。加拿大法裔艺术家的优势在于不管碰到什么困难，都能落言于纸，问题是他如何在文字和信息被毁之前，让其流播到更广大的世界。

菲利勃默认了自己的受害者角色；让-勒·梅格也喜于接受这一定位；阿奎恩的主人公则全力加以摒弃，其尝试确实具有启示意义。他的《下一章》对魁北克的困境做了半寓言式的处理。主人公是在欧洲活动的魁北克独立分子、间谍和游击队员，有一个美丽的情妇K，被他不厌其烦地比作美丽的祖国魁北克。K交给他一项任务，让他杀掉一名敌人，这个敌人行踪不定，具有多重身份，能破坏革命者武装解放魁北克的计划。主人公跟踪并抓住了他，就在要扣动扳机时，这个敌人巧施迷魂二计：他先说自己是别人，令主人公自我怀疑，然后讲了一个他自己也是受害者的煽情故事，赚取主人公的同情。（有趣的是，他的故事几乎翻版了主人公先前告诉他的假故事。两人都在撒谎，都以加拿大传统的失败和痛苦主题为武器，妙的是，这两个假故事都奏效了。）主人公和敌人——后者可能代表英裔加拿大人，互相映照，甚至有迹象表明美女K可能同时和两人有染。

无论如何，主人公行动不力，没有毙敌，甚至识别不出敌人，使他付出了自由的代价。敌人逃走了，主人公失去了K，返回魁北克，被不知名的帮派出卖到当局手中。他拒绝承认受害者角色的信念崩塌了，因为他在关键时刻被另一个扮演受害者角色的人诱骗，导致革命失利。在监狱里，他思考失败的原因，展望将来。他想，下一次将会有不同的结果：他会杀死敌人，与恋人团聚，革命会取得成功。他把革命本身视作毁灭性的清洗大屠杀，或者世界末日的大决战，随后是不甚明朗但宜人的未来。这带我们进入了魁北克文学的下一个主题：纵火的或燃烧的庄园。

加拿大英语文学不十分依赖火的运用，但是魁北克作家喜欢让他们的人物放火，或死于火灾。《以马内利生命中的一季》中的两名少年因纵火烧毁校舍被送进了教养院，菲利勃死于火中，卡里埃的《弗洛拉丽，你在哪儿？》有教众在火灾中蒙难，阿奎恩书中的主人公虽然没有放火，但最想炸掉敌人居住的优美而空旷的别墅。对于火的偏爱部分源于宗教传统：火，可以清除疾病或罪恶。但是，这个主题还和古宅主题有关。古老的房子，代表了处在不同衰败阶段的魁北克传统或历史，诸如安娜·埃贝尔之诗《庄园生活》中的"庄园"，空荡，令人窒息，只能提供爱的模仿；阿奎恩小说中的别墅挤满了家具，令人感到威胁；菲利勃祖父母的房子出售给了陌生人，到处是猪。既然"房子"是传统，也是陷阱，那么，将其付之一炬，在有些人看来亦是快事。

净化的火和老房子，在雅克·费隆的短篇小说《卡迪厄》中融为一体。故事中的老房子可以"追溯到印第安时期"，是一个"古老的家园"，属于卡迪厄父亲的财产。卡迪厄出生时，这座房子已"凋敝不堪"，他是似乎呈几何级数增长的"五个、七个、十个"孩子中的老大，刚长大就离开了村庄。路上碰到了一个能对生育能力施法的古怪乞丐，问他想要几个孩子。他（肯定记起了人口拥挤的家）便说一个也不想要。很快，他染上了性病，羞愧不已，就改名换姓。最后，他成了发达的商人，仍然使用假名：

> 五六年后，我成功了——手套、礼帽，都有了，甚至有政府里的朋友。但是，我的原名仍然让我羞愧。我渴望回到祖先的名字，渴望重制家谱，拥有古老皮肤的庇护，皮肤上有微缩的文身，流血的心脏和鸢尾花[1]。

1　鸢尾花是法国王室的象征，也是加拿大魁北克省的省花。魁北克的省旗为蓝底白色十字，四角各有一朵鸢尾花。

他回到家人居住的村庄，父亲不认他。他买下了老房子，放火烧毁，"以便让它解脱"。在熊熊大火中，能卜算未来的乞丐重新现身，评价道，"好一把大火！"

烧毁房子，让它解脱，不只是魁北克文学才有的主题。希拉·沃特森在《双钩》中也有所运用，但是那书以婴儿的出生为结尾。卡迪厄从未振兴家道，乞丐或者他自己的性病让他丧失了那方面的能力。烧毁他家房子的大火是彻底的，有利有弊，也许如乞丐所说，是一把好火。渴望得到"古老皮肤"的庇护，暗示着希特勒党羽的人皮灯罩和受虐狂的文身[1]，大概不该沉迷其中。但是，两难之境是严峻的，要么回到古老的受害者之道，要么毁灭一切。

卡迪厄方法的极端性，戏剧化地表现了问题的极端性，也表现了积极怒对外界真正敌人的困难（他烧掉的是自己的房子），表现了对大火之后的想象的困难。

在许多方面，魁北克文学中反映的魁北克状况，概括了整个加拿大的状况。魁北克作家可能难以想象大火过后的世界，而加拿大英语作家则刚开始对火进行想象。

1　在奥斯威辛集中营，崇拜希特勒的纳粹看守用遇难犹太囚犯的人皮制成灯罩。

短书单：

休伯特·阿奎恩，《下一章》（*Prochain Episode*），新加拿大图书馆，
$1.95，潘妮·威廉姆斯（Penny Williams）译。

玛丽-克莱尔·布莱，《以马内利生命中的一季》，格罗塞茨环球图书馆，
$2.50，德瑞克·柯尔特曼（Derek Coltman）译。

洛克·卡里埃，《战争，是的，长官！》，阿南西出版社，$2.50，希
拉·费舍曼译。

约翰·格拉斯科编，《加拿大法语诗歌翻译集》（*The Poetry of French
Canada in Translation*，ed. John Glassco），牛津大学出版社，$4.00。

加布里埃尔·罗瓦，《锡笛》（*The Tin Flute*），新加拿大出版社，$1.95，
汉娜·约瑟夫森（Hannah Josephson）译。

长书单：

休伯特·阿奎恩，《下一章》，新加拿大图书馆。

杰拉德·贝塞特，《循环》（*Le Cycle*），一天出版社，尚未翻译。

玛丽-克莱尔·布莱，《以马内利生命中的一季》，格罗塞茨环球图书馆。

洛克·卡里埃，《弗洛拉丽，你在哪儿？》（*Floralie, Where Are You?*），
阿南西出版社。

洛克·卡里埃，《菲利勃，它是太阳吗？》（*Is It the Sun, Philibert?*），阿
南西出版社。

洛克·卡里埃，《战争，是的，长官！》，阿南西出版社。

莱昂纳德·科恩，《美丽的失败者》，班坦图书出版公司。

雅克·费隆，《卡迪厄》（*Cadieu*），《不确定之国的故事》（*Tales from the
Uncertain Country*），阿南西出版社。

梅维斯·加兰特，《伯纳黛特》（Bernadette），威弗第2集。

格雷姆·吉布森，《圣餐》，阿南西出版社。

安娜·埃贝尔，《庄园生活》（Manor Life），F. R. 斯科特（F. R. Scott）译。

安娜·埃贝尔，《封闭的房间》（The Closed Room），F. R. 斯科特译。

路易·埃蒙，《玛利亚·夏普德莱》（*Maria Chapdelaine*），麦克米兰出版社。

米歇尔·拉隆德，《幻日》（Le Jour Halluciné），亚瑟·J. M. 史密斯（A. J. M. Smith）译。

林盖，《三十英亩》（*Thirty Acres*），新加拿大图书馆。

加布里埃尔·罗瓦，《锡笛》，新加拿大出版社。

圣-丹尼-加诺，《鸟笼》（Bird Cage），F. R. 斯科特译。

本章引用诗歌均源自《加拿大法语诗歌翻译集》，约翰·格拉斯科编，牛津大学出版社。

若想更多了解对加拿大法语文学的比较研究，可参见《岩石上的蝴蝶》和《第二种意象》，以及《椭圆》期刊，该期刊可通过联系魁北克省舍布鲁克市舍布鲁克大学艺术系获得。

第 12 章

越狱和重新创造

你是谁……？他们问。

她答道：我是渴望旗帜的风。

我是映出你图像的镜子

直到你让我成为你生命中的奇迹。

是的，我是一和零、是松针和松树、白雪和舒缓、

是美国的阁楼、空荡的房间、

一个可能、一个机会、一支舞蹈

从未跳过的舞蹈。一个寒冷的王国。

……

那有什么关系……？他们问，有人不以为然，

那有什么关系……？他们问。

……

问题是诺言从来未被接受……

——帕特里克·安德森[1]《加拿大之诗》

因为我们是被征服的民族：从海洋到海洋，我们交换了

全部有价值的东西，直到我们

无可失去，除了我们祖先的愿望。

美丽的摆脱！

有人会选择吃帝国之肉，

1　帕特里克·安德森（Patrick Anderson, 1915-1979），英裔加拿大诗人，作家，教育家。

但是许多人会苏醒过来，因为

最后没有第三条道路可走……

——丹尼斯·李《平民的哀歌》

想想波兰人。他们建立了国家，如果不伟大，不强大，至少特
色鲜明。

……

类比永远不会完美，但是波兰人确实有我们想要的东西。想想
波兰人，想想他们一次次付出的代价。

——雷·史密斯[1]《布雷顿角是加拿大的思想控制中心》

傻瓜

　　你现在在家里

　　　　你一开始

就在家里了……

——米里亚姆·沃丁顿[2]《开车回家》

……在完整的征服文化里要写进什么

　　在当今，在明天，将来自

1　雷·史密斯（Ray Smith，1941-　　），加拿大作家，其作品以大胆的实验精神
著称。

2　米里亚姆·沃丁顿（Miriam Waddington，1917-2004），加拿大诗人，散文家，
也创作了一系列小说。

百万民众，他们的手将这些岩石

变成了孩子。

——弗·莱·斯科特[1]《劳伦琴地盾[2]》

1　弗·莱·斯科特（F. R. Scott，1899-1985），加拿大诗人，深刻影响了他之后的一代加拿大诗歌创作，同时致力于加拿大文学的发展和推广。
2　劳伦琴地盾（Laurentian Shield）是加拿大地盾的一部分，位于魁北克省境内。森林密布，矿藏丰富，湖泊众多，急流纵横，有伐木业、纸浆和造纸业、采矿业等，也是重要的旅游区。

我们国家的文学，不只是舶来的英国文学和有所缺失的美国文学，而是有自己鲜明的传统和形貌。这一发现令我震惊，既欢呼雀跃，又十分沮丧——稍后我会详析这两种反应，还掺杂了一种愤怒的惊讶：为什么以前无人告知？我们的作家显然循着这一传统，努力过些时日了，但他们的作品经常被混淆于其他传统的产物，或者拿来当批评的陪衬。加拿大作家没有书写美国或英国文学，没有失败，他们一直在书写加拿大文学。对这个事实普遍化的视而不见，表明我们现在需要的，不是讨论怎么创作加拿大文学，而是怎么解读加拿大文学。

我已经尽力澄清，加拿大文学不等同于"加拿大内容"，穿着皇家骑警制服的小伙子，碰上发间插着枫叶的罗斯·玛丽[1]，更像是美国的音乐喜剧，而不像加拿大小说。没有理由说，加拿大文学中的小伙子不能遇到姑娘，加拿大文学并不排斥普世性的内容，只是以独特的方式处理这些主题。构成加拿大文学特色的，不一定是"描写对象"——家庭、印第安人等等，而是对待他们的态度，以及与态度相随的意象类型和故事结局。但是，如果你耽于寻找不同的表征，你便读不出那个特色（也判断不了有那个特色的书写得是好，还是坏）。

换句话说，问题不在于小伙子应该在温尼伯还是纽约遇到姑娘，而是加拿大文学中的小伙子遇到姑娘后，发生了什么？

1 可能是指1936年的歌舞片《一代佳人》(*Rose Marie*)，讲述歌剧演员玛丽为需要寻找越狱的兄弟，与一名骑警一同前往加拿大荒野的故事。

什么样的小伙子？什么样的姑娘？如果你把这本书一直读到了这儿，大概可以预见，两人相遇时，姑娘得了癌症，小伙子被陨石击中……

这不单单是一个没水平的笑话，它表明一旦定义了传统，就存在陈词滥调的危险。反过来，也引出了一个重要问题：一旦你发现了传统的存在，该怎么对待它？就加拿大文学传统而言，答案会相当复杂，我先提两个简单的建议：

- ✓ 如果你是作家，你不必抛弃传统，亦不必屈从。即你不必说："加拿大传统全是关于受害者和失败，和我风马牛不相及。"你无需决定，为了显出真正的加拿大风味，你就得削足适履，让你的主人公在一棵树上吊死。你可以探索传统，这有别于仅仅对它进行反映，在探索的过程中，可以发现新的写作方式。
- ✓ 如果你是读者，你可以从传统本身的角度来解读反映传统的产品。你不会数落福克纳不是简·奥斯汀，不会数落那些只揭示了自身惰性的作家，因为参考的维度迥异。承认你自己的传统，不会弱化你的批判性，相反，应该会让你成为更好的评论家。（我不是说，你得把劣品说成佳作，或落入只要是加拿大作品就叫好的误区。）

我想深究一下写作和阅读这两个区域，与以往一样，从写作开始。最近出版的两部短篇小说显示出了探索传统的可能方向，以有趣的手法融合了我们的中心主题。他们的探索包括明晰地表现殖民主义文化中受害者的经历，自觉将之表现为一个文学主题。

第一个故事，为雷·史密斯所写，叫《布雷顿角是加拿大的思想控制中心》。该故事采用了史密斯称之为"编撰式小说"的形式，交叉呈现了三条线索：一对已婚夫妇的对话；一个关于游击队抵抗美国侵略加拿大的幻想；一段Z伯爵的虚构历史，他是憎恨把波兰割让给德国或俄国的波兰人。已婚夫妇在热烈讨论是否彼此相爱时，争论要不要迁居美国；抵抗运动部分的描写落入了电影和惊险故事的窠臼；可怜的Z伯爵，不愿将波兰出卖给德国或俄国，在率领骑兵冲锋陷阵时被砍落牺牲，随后两国坐在桌边，讨价还价，瓜分了波兰。

史密斯的短篇小说有意识地表现了加拿大作为集体受害者的主题，而不像加拿大其他许多文学作品，将之保留在沉潜状态。加尔文清教主义和殖民主义总是相辅相成，循环互动：加尔文主义引发了"我是命中注定"的态度，契合了被殖民的"我没有权力"的态度。但是，在我们早期的许多文学作品中，加尔文主义处在前景，殖民主义、带有文化自贬自轻的情感则作为背景。在史密斯的故事中，这些位置倒换了过来。它从三个角度展现了殖民主义的困境：从舒服的母巢中看到的国家形势，是模糊的，最终是不真实的；个人对帝国主义的抵抗带有虚幻的本质（没有实际发生的抵抗运动，个人抗"敌"只能是沃尔特·米蒂做的白日梦）[1]；夹在大国之间的小国，在历史上，如何尽力图存。波兰是他国争战掠夺的地方。史密斯评价道，"在这个意义上，波兰历史非常简单，波兰人也非常简单，他们热爱波兰。"史密斯的故事不仅指明了"敌人"（可以看出是美国），而且提出抵抗绝不可少，尽管可能失败，甚至流于荒唐。他在临行前开玩笑道，"为了庆祝百年，给约翰逊总统送去一份礼物：装在火柴盒里的美国游客的一只耳朵。更妙的是，连邮资都不用操心了。"

第二个短篇小说，为戴夫·戈弗雷所作，叫《冷静的收藏家》，同样采取了交叉叙述的写作手法。主要情节是七名男子为实现重要目标，踏上了史诗般的旅程，从西向东横穿神话般的加拿大。他们似乎是艺术家：歌手、诗人和雕刻家。在寻觅过程中，他们抵制不了各种各样的诱惑，纷纷半道退出。有的贪恋美食和秀色，沉溺于物质享受；有的被其他团体推作首领或牧师般的人物，应命去打仗；有的受困于不幸的环境，比如一个为妓院打工，以便偿还欠下的风流债务；还有一个受到小镇神父的虐待和阉割后，发现自己竟然乐在其中。只有一个人坚持到了旅程的终点。此时，我们才发现这七个人要寻觅什么。他们尽管有各自不同的本族裔姓名，却都来自夏洛特女王岛。

1　沃尔特·米蒂（Walter Mitty）是美国电影《白日梦想家》（*The Secret Life of Walter Mitty*）的主人公。

他们梦想锻造一把魔斧，砍伐大树，将它制成图腾柱，作为一个团结、祖先和身份的象征。但是，七人中唯一到达目的地的人，也来迟了。所有树木，不是毁于洪涝，就是成了伐木场的产品。他被派去做粗活，不久去世。一艘船来运送他的遗体，暗示他尽管失败了，但仍是亚瑟王般的英雄人物。

这则带有神话色彩的小说，穿插了一些《纽约时报》剪报，报道的是美国一位野心勃勃的资本家，即书名中的"冷静的收藏家"，他用股票和投资所得收藏艺术珍品，捐赠给美国，因为"在其他任何国家，我都无法成就我做到的这一切"。捐赠品陈列于华盛顿博物馆，而收购资金赚自加拿大的油井和铀矿。

如果单单阅读故事的神话部分，读者会觉得反对艺术家及其任务的力量好像仅仅来自社会内部：以提供面包和安全来换取娱乐回报的资本家、利用信用卡系统制服欠债人的妓女、造成战争的分裂主义、将艺术驭为己用的宗教狂热分子、充当卑鄙政客和截肢能手的小镇神父。然而，加上"收藏家"这部分后，就出现了意义的转移。收藏家生活在帝国的中心，从帝国的周边国家赚取钱财，其活动的最终结果就是把艺术和环境都简化为商品。那位留下的艺术家对伐木场的经理说："你对我发过的誓言是假的。"经理回答道："假誓言，蠢驴。条款就是条款。"伐木场是帝国的一部分，只认钱，实际上，它的存在就是为了把环境转换成金钱，而艺术家希望把环境变为艺术。在帝国的中心，艺术是不费吹灰之力就可收集和交换的东西。而在帝国的周边国家，艺术是无法产出的东西。多少鲜血白流了，这个周边国家在尚未缔造其身份之前，就被出售了。尽管社会内部的诸多因素合力反对给那个社会以完整的表达，然而，正是"收藏家"之流为这种合力创造了条件。

上述两个短篇小说都深植于我们一直在考察的传统，但都做出了重大的创新。二者都是关于失败和受害的故事，指明了加害的真正原因，而不是推诿给命运或宇宙。它们有别于其他大多数书籍，在探究加害原因的过程中，包括了美国作为帝国主人的政治现实。正如休伯特·阿奎恩的《下一章》所描绘，对这些原因的有效反抗，只能出现在幻想中，或者投射于未来：史密斯笔下的人物始终孱弱无力，陷于困境；戈弗雷笔下人物的寻求失败了，以死收场。在这里，我们感到，失败并非源于作者的文学传统的强求，而是因为失败刚好吻合了故事描绘的状况。成功的革命是目前无法想象的。正是在这样的时刻——文学写出了我们可以辨认的情形，作家和读者才能相会于我们所说的真正的生活：作家所谈所论的是我们的情况。（不否认麦克勒南和加纳的读者也会有同样的感觉。）当文学或现实显出艰难的样貌，我的一位朋友以两句话自解，一句是"这不过是本书罢了"，另一句是"这不过是我的生活罢了"。有时，这两句话可以互换使用。

我选择上述两个故事，是因为它们简短，具有实验性，以新的方式处理了加拿大的传统主题。它们选择的途径，新在其自觉性，使迄今隐晦不明的明朗化了。史密斯分析调查了作为美帝国殖民地的加拿大是什么样子；戈弗雷以神话的方式生动展现了同样的生活真实。还有其他一些作品，也以同样自觉的方式，处理了我们传统的不同领域，我已经在本书其他章节中提到过一些（如科恩的《美丽的失败者》和布莱的《以马内利生活中的一季》）。这些作品给予的启示是，作家不必一成不变地重复传统，而可以更进一步挖掘它全部的潜在意义。作家也可以改变传统，甚至背离传统，以主要传统为基础，改变多少，背离多少，都将产生影响力。

*

有没有人在诗歌中尝试史密斯和戈弗雷在小说中的做法，即用神话形式表现或分析国家成为政治牺牲品的困境？开始思考这个问题时，我回想起了许多单篇诗歌，但没有多少诗集。另外，加拿大英语地区的倾向，并不特别将个人的社会抗议与加拿大的国家困境相连，而是联系到某些社团或运动：二十世纪三十年代的工人；受压迫的少数族裔，如二战中被逐出家园的日裔移民[1]。英裔加拿大人认同核裁军运动、共产主义者、魁北

1　日本偷袭珍珠港后，美国政府在国内最贫瘠荒芜的地方，给日裔侨民划定聚居区。从1942年5月27日第一个集中营开设到1947年12月最后一个集中营关闭，共有12万日裔美国人被关押。同年，加拿大政府将境内几万日裔男人、女人和儿童，迁居到洛基山以东的荒漠，安置于劳动集中营。1949年，加拿大政府允许日裔加拿大人在有保证人的情况下，返回家庭原住地，恢复公民权。1988年9月22日，时任加拿大总理的梅隆尼（Brian Mulroney）就当年针对日裔的迫害隔离行动道歉，并向18 000名幸存者每人赔偿21 000加元。

克解放阵线[1]等等，但往往不认同彼此。毕竟，认同那些团体，至少能部分使自己有别于盎格鲁-撒克逊白人新教的加拿大人这一阴郁的整体，你担心自己变成他们。

但还是有四本诗集脱颖而出：多萝西·利夫赛[2]的《诗集》（尤其是《纪录片》和《三十年代》二诗）、米尔顿·阿考恩[3]的《我尝过自己的血》、比尔·比塞特的《无人拥有地球》和丹尼斯·李的《平民的哀歌》。这四位殊异的诗人有两个共同点：将个体压迫和集体压迫相连、将个体解放与集体解放相连、将社会解放和性解放相连，换言之，社会解放意味着不再强行把自然等同于死亡或妖魔。特别在阿考恩和比塞特的诗作中，这种解放还延伸到语言解放，包括使用不雅之词，比塞特还运用了语音式拼写。在这四位的作品中，解放的意思大体相同，即自由生活，充分享受人类提供的各种可能，在"自己的"地方欣然投入。对利夫赛和阿考恩来说，"自己的"地方（至少在其诗歌中），大概就是世界；对比塞特和李，则着重指向加拿大。既然本书探讨的主题是加拿大，我就集中谈谈后两位诗人，尽管任何一位用诗歌创作探讨加拿大社会理念和行动的人都必须承

1　魁北克解放阵线（the Front de libération du Québec），常使用法文缩写F.L.Q，是早期魁北克独立运动中，于1963年2月组成的抵抗运动组织。该组织意图推翻魁北克政府，从加拿大独立，建设工人阶级的社会。
2　多萝西·利夫赛（Dorothy Livesay, 1909-1996），加拿大诗人，短篇小说家，文学评论家，新闻写作者。其诗歌创作一方面反映了公共与政治议题，一方面投射了个人与亲密情感。
3　米尔顿·阿考恩（Milton Acorn, 1923-1986），加拿大诗人，在二战中受伤，后依靠残疾津贴生活，其诗作反映了激进的争议态度。

认对前人的借鉴。

比塞特诗集的惊人之处，是将伊甸园式的幸福和安宁，置入像《加拿大人》和《生活之爱，北纬49°线》这样愤怒的政治诗，后者很可能是目前最全面探讨美国越俎代庖行为的作品。然而，最终，愤怒和求变的前提是，假设一切会变得更好，个人自由和社会自由确实有可能兼得——这并非什么惊人之论。诗歌题目"无人拥有地球"预示着世界将不是"国家和国家组成的"，而是"超越国家的"，人们生活在地球上，爱地球，爱彼此，他的部分诗作让我们得以一瞥这样的大同世界。但其愤怒的"政治"诗则廓清我们并未生活在如此世界的事实，若是假想千禧年就这么到来的话，我们就会再度沦为受害者，被那些根本不承认地球无人"拥有"的人所拥有，即比塞特认定的"美国佬"。比塞特诗作呈现的充沛张力，来自第四种心态持有者的挫折体验，他们有生活的自由，和第五种心态的神秘主义相通，却又不得已见证了第二种心态对自己和身边人的影响。如威廉·布莱克一样，比塞特也是一位社会预言家，而要如此，肯定要有布莱克名作《经验之歌》和《天真之歌》所涉及的那种体验。在如今的加拿大，天堂意味着个体和性的正常发展，地狱则意味着社会和机械的钳制。社会不是不可以补救，在《无人拥有地球》的开头，"整个民族""一起／行动"就是非常有力的意象。

比塞特能够创造地狱和天堂这两极的意象，但是他确定不了我们怎样从地狱到天堂。丹尼斯·李的诗集《平民的哀歌》包含了同样的两极,地狱意味着被奴役,被"占有",天堂意味着某种自由。李没有简单地呈现两极的意象,而是对之进行探究,同时探究了从此极到彼极的转换过程,以及为触及天堂必须做出的抉择。比塞特和李的作品的重要区别,在于前者在一定程度上"游离于"社会之外,充当"异性恋的"加拿大和美国的反叛者,因此,他有可能达到性的自由和狂喜的想象。李则"置身于"社会之内,充当社会代言人,体现着社会的困境。由于帝国的控制包括文化阉割和抑制想象,他被隔离在距离光源更远的地方。

《平民的哀歌》在结尾处引用了乔治·格兰特之语:"人,本质上是政治动物,知道公民权的不可能,就意味着与其中一种最高的生活形式隔绝。"该诗集探讨的正是加拿大"公民权"的不可能,或近乎不可能,追溯困境的历史之根,并揭示其后果。加拿大从未属于居住在该国的人们,那些历史旗杆上毕竟一直飘扬着外国的旗帜,所以加拿大公民处于某种迷茫的状态,一种不真实的悬置状态。在这个国家,加拿大应该也必将属于加拿大人。李没有明言,哪一个优先,抵抗帝国的控制,还是培养为抵抗所必需的个体和群体自信(也可称之为信仰)。但是,如果我们不想永远居住在"被征服的土地上",两者似乎缺一不可。

和《无人拥有地球》里的许多诗作一样,《平民的哀歌》关注人类与土地的关系。对于两位诗人而言,自然不再是妖魔,而是未来的家园。两人都抗议对土地的盘剥,抗议人类操纵机器强取豪夺。两人都敦促我们掌控好自己的地理和文化空间，且必须带着爱意，否则就会沦为专制：加拿大人对所属物的做法，将不会迥异于地主对土地的耗竭，那个地主不在加拿大，却凌驾我们之上。（不揭露剥削，也不利于爱尔兰。）倘若做出了毁灭土地的选择，那么最后是谁做的选择已不甚重要。然而，外国人比本国人更有可能做出毁灭土地的选择，因为本国人住在这个国家，一旦选择了就必须承受后果。

我不是说，所有写作都应该是"实验性的"或"政治性的"。但是，值得提及的事实是，加拿大英语作家开始有意识地说出自己的困境，加拿大法语作家则先行了十年。对于这两个语种的作家群体，"说出"既是探索性地深入自己的传统，也是与之告别——这在二十年前是无法想象的。

*

上述是加拿大作家写作的一些转向。那么，读者呢？我先前说过，读者可以学会欣赏加拿大作品本身所形成的传统，而此举可以从双重视角进行。想象一幅风景画吧，整个画面都是深灰色——天空、湖泊、海岸，只有寥寥数个亮点——红花、火苗，或者人形。（就配色而言，蓝色、绿色和白色更好配深灰色，加拿大画作实际就是这样，而且许多画作配色相同。）你可以用两种心态欣赏加拿大画作。你可以认为灰色画面庞大而压抑，数个亮点几乎被吞没，乃至显得无足轻重。或者，你可以对比周围环境观看数个亮点，就会觉得深色背景把它们衬托得分外鲜明，赋予了明亮背景所不能赋予它们的含义。

　　加拿大文学的整体基调，当然就好比那深色的背景，读者必须面对如下事实，即加拿大文学是无可否认的沉静、消极，而这在很大程度上，是民族情感的反映和选择结果。（艺术家沾染了其环境的色彩，或许还会加入自身的一点黑暗。）然而，在这样的文学中，植根于消极之中的因素亦有超越之举——群体性的英雄，近乎绝望的被困人物破釜沉舟，拒绝屈服，那些确定既不否认也不向消极环境屈服的时刻。如此因素虽不很多，但正因为稀缺，它们才有意义。在加拿大文学中，成功生存后还大有作为的人物显得非常突兀，几乎为异类，而在其他国家的文学中（比如，那些常有欧洲王子出现的文学），这样的人物是不会引人注目的。

　　我在本章开头说过，当我摸清加拿大传统的形貌时，我心情低落，原因明摆着：这个必须努力接受的传统太沉重了。然而，我又颇为兴奋：脚下踏着荒地，强过一脚踏空。地图，只要准确，强过什么地图都没有。知道起点和参照物，就强过悬于虚空。传统的存在未必是要埋没你，也可用以准备新的征程。

　　本章的标题来自玛格丽特·阿维森的诗作，开头如下：

　　　　没有人把世界塞进你的眼睛。

　　　　视觉的心儿必须冒险：越狱

　　　　和重新创造……

这三行诗的潜台词是：不管我们做什么，哪怕是观看，我们都不是被动的。如果观看的事物要求我们参与并承担义务，而且无法更改，那么结果就会是"越狱"，逃出我们观看的老习惯，走向"重新创造"，以新的方式观看、体验、想象，而我们自己可以助力新方式的形成。

我留给你们两个问题，也是阅读本书手稿的人问我的两个问题：

我们生存下来了吗？

如果是，生存之后将会发生什么？

短书单：

比尔·比塞特，《无人拥有地球》（*Nobody Owns the Earth*），阿南西出版社，$2.50。
丹尼斯·李，《平民的哀歌》，阿南西出版社，$2.50。

长书单：

米尔顿·阿考恩，《我尝过自己的血》（*I've Tasted My Blood*），瑞特森出版社。

休伯特·阿奎恩，《下一章》，新加拿大图书馆。

玛格丽特·阿维森，《雪》（Snow），《冬阳》（*Winter Sun*），多伦多大学出版社。亦见葛、布。

比尔·比塞特，《无人拥有地球》，阿南西出版社。

玛丽-克莱尔·布莱，《以马内利生命中的一季》，格罗塞茨环球图书馆。

莱昂纳德·科恩，《美丽的失败者》，班坦图书出版公司。

戴夫·戈弗雷，《冷静的收藏家》（The Hard-Headed Collector），《死亡与可口可乐更相配》，鲍塞比出版社。亦见《加拿大短篇小说精品集》，卢卡斯编（*Great Canadian Short Stories*, ed. Lucas），戴尔出版社。

丹尼斯·李，《平民的哀歌》，阿南西出版社。

多萝西·利夫赛，《诗集》，瑞特森出版社。

雷·史密斯《布雷顿角是加拿大的思想控制中心》，《布雷顿角是加拿大的思想控制中心》（*Cape Breton is the Thought-Control Centre of Canada*），阿南西出版社。

引文出处

序言

Saint-Denys-Garneau, "The Body of This Death," translated by John Glassco; in *French Canadian Poetry in Translation*, (ed. Glassco). OUP.

Margaret Avison, "The Agnes Cleves Papers," *Winter Sun*; UTP, OP.

前言

Brian Moore, *The Luck of Ginger Goffey*: NCL, p. 214.

Germaine Warketin, "An Image In A Mirror," *Alphabet*, No. 8.

George Grant, *Technology and Empire*; AN, p. 68.

Northrop Frye, *The Bush Garden*; AN, p. 220.

Margaret Avison, "Not the Sweet Circely of Gerades Herball," *Winter Sun*; UTP, OP.

第1章

John Newlove, "If You Can," *Moving In Alone*; Contact Press, OP.

Al Purdy, "Autumn," *Wild Grape Wine*; M&S.

Russell Marois, *The Telephone Pole*; AN, p.14.

John Newlove, "Like a Canadian," *Black Night Window*; M&S.

D. G. Jones, "Beating the Bushes: Christmas 1963," *Phrases from Orpheus*; OUP.

第2章

Northrop Frye, *The Bush Garden*; AN, p. 225.

E. J. Pratt, *Towards the Last Spike*; Macmillan. (*Also Selected Poems*; Macmillan.)

Alice Munro, *Lives of Girls and Women*; R, p. 87.

Douglas LePan, "Coureurs de Bois," *The Book of Canadian Poetry* (ed. A. J. M. Smith); Gage.

D. G. Jones, "Soliloquy to Absent Friends," *The Sun Is Axeman*; UTP.

George Grant, *Technology and Empire*; AN, p. 24.

第3章

Ernest Thompson Seton, "Redruff," *Wild Animals I Have Known*; Schocken Books, p. 317.

John Newlove, "The Well-Travelled Roadway," *Moving In Alone*; Contact Press, OP.

Alden Nowlan, "A Night Hawk Fell With a Sound Like a Shudder," *Under the Ice*; R, OP.

Stuart MacKinnon, "On the Way to the Vivarium," Skydeck;
Oberon. (Also *The Broken Ark*, ed. Ondaatje, Oberon.)

Al Purdy, "The Sculptors," *North of Summer*; M&S. (Also *Selected Poems*, M&S.)

Graeme Gibson, *Five Leg*; AN, p. 112.

第4章

Charles Mair, *Tecumseh*, excerpt in *The Book of Canadian Poetry*
(ed. A. J. M. Smith); Gage.

E. J. Pratt, *Brébeuf and His Brethren*; Macmillan. (Also *Selected Poems*, Macmillan.)

James Reaney, "The Canadian Poet's Predicament," in *Masks of Poetry* (ed. A. J. M. Smith); NCL, p. 119.

A. M. Klein, "Indian Reservation: Caughnawaga," *The Rocking Chair*; R.

George Grant, *Technology and Empire*; AN, p. 17.

Leonard Cohen, *Beautiful Losers*; Bantam, p. 5.

第5章

Al Purdy, "The North West Passage," *Wild Grape Wine*; M&S.

George Bowering, "the oil," *Rocky Mountain Foot*; M&S.

Dennis Lee, *Civil Elegies*; AN.

Al Purdy, "The Country North of Belleville," *The Cariboo Horses*;

M&S.

Gwen MacEwen, *Terror and Erebus*; C.B.C play, not in print.

第6章

Elizabeth Brewster, "Local Graveyard," *Passage of Summer*; R.

Dorothy Roberts. "Cold," *Dazzle*; R, OP.

Hugh MacLennan, *Each Man's Son*; Macmillan, p. 64.

Margaret Laurence, *A Bird in the House*; NCL, p. 92.

Tom Wayman, "Opening the Family," *Mindscapes*; AN.

第7章

John Marlyn, *Under the Ribs of Death*; NCL, p. 24.

George Jonas, "Five More Lines," *The Absolute Smile*; AN, OP.

Walter Bauer, "Emigrants" (translated by Henry Beissel), *Volvox*;
    Sono Nis.

Alden Nowlan, "Alex Duncan," *Under the Ice*; R, OP.

第8章

Leonard Cohen, "A Migrating Dialogue," *Selected Poems*; M&S.

Dennis Lee, *Civil Elegies*; AN.

John Newlove, "Crazy Riel," *Black Night Window*; M&S.

George Grant, *Technology and Empire*; AN, p.67.

第9章

Anne Hébert, "Manor Life" (translated by F. R. Scott), *The Poetry of French Canada in Translation*; OUP.

A. M.Klein, "Portrait of the Poet as Landscape," *The Rocking Chair*; R. (also *Poets Between the Wars* ed. Wilson; NCL).

James Reaney, "The Upper Canadian," *Selected Poems*; N.

Elizabeth Brewster, "Gold Man," *Sunrise North*; Clarke Irwin.

第10章

Warren Tallman, "Wolf in the Snow," *Contexts of Canadian Criticism*; UTP.

Phyllis Webb, "Beachcomber," *Selected Poems*; Talonbooks.

James Reaney, One-Man Masque; *The Killdeer and Other Plays*; Macmillan.

Shiela Watson, *The Double Hook*; NCL, p. 49. Anne Wilkinson, "The Pressure of Night," *The Hangman Ties The Holly*; Macmillan. OP.

Jay Macpherson, "The Caverned Woman," *The Boatman*; OUP.

第11章

Gabrielle Roy, *The Tin Flute*; NCL, p. 256.

Saint-Denys-Garneau, "Spectacle of the Dance," translated by John

Glassco; in *French Canadian Poetry in Translation*; OUP.

Roch Carrier, *La Guerre, Yes Sir!*; AN, p. 41.

Hubert Aquin, *Prochain Episode*; NCL, p. 21.

Marie-Claire Blais, *A Season in the Life of Emmanuel*; Grosset's
　　Universal Library, p. 79.

第12章

Patrick Anderson, "Poem on Canada," excerpt in *The Blasted
　　Pine* (ed. F. R. Scott and A. J. M. Smith); Macmillan. Also
　　The Penguin Book of Canadian Verse, (ed. Gustafson; 1958
　　edition); Penguin.

Dennis Lee, *Civil Elegies*; AN.

Ray Smith, "Cape Breton is the Thought-Control Centre of
　　Canada," *Cape Breton is the Thought-Control Centre of
　　Canada*; AN.

Miriam Waddington, "Driving Home," *Say Yes*; OUP.

F. R. Scott, "Laurentian Shield," *Poets Between the Wars* (ed.
　　Milton Wilson); NCL.

作家索引

Acorn, Milton　米尔顿·阿考恩　309

Aquin, Hubert　休伯特·阿奎恩　291-293，307

Atwood, Margaret　玛格丽特·阿特伍德　156

Austen, Jane　简·奥斯汀　303

Avision, Margaret　玛格丽特·阿维森　76，313

Bauer, Walter　沃尔特·鲍尔　189

Beauvoir, Simone de　西蒙娜·德·波伏娃　253

Berton, Pierre　皮埃尔·波顿　218

Bessette, Gérard　杰拉德·贝塞特　285

Birney, Earle　厄尔·伯尼　60-64，68-69，141，255

Bissett, bill　比尔·比塞特　74，91，309-311

Blais, Marie-Claire　玛丽—克莱尔·布莱　264，266，288-290，292，308

Blaise, Clarke　克拉克·布莱斯　199

Bodsworth, Fred　弗雷德·鲍兹沃斯　89

Bolt, Carol　卡罗尔·波尔特　12，212，215-216，218

Bowering, George　乔治·鲍威林　126，168

Brown, E. K.　爱·基·布朗　227，229-230

Browning, Robert　罗伯特·勃朗宁　140

Buckler, Ernest　恩斯特·巴克勒　33，76，164，233-234，237，241-242，244

Burke, Edmund　埃德蒙·伯克　52

Callaghan, Morley　莫利·卡拉汉　171，188-189，262

Carr, Emily　艾米莉·卡尔　116-117，125-126

Carrier, Roch　洛克·卡里埃　33，76，220，262，280-283，292-293

Carroll, Lewis　刘易斯·卡罗尔　85

Clarke, Austin　奥斯丁·克拉克　190-191，194

Cohen, Leonard　莱昂纳德·科恩　122-125，288，308

Cohen, Matt　马特·科恩　146

Conrad, Joseph　约瑟夫·康拉德　140

Cooper, James Fenimore　詹姆斯·费尼莫·库柏　109，150

Coulter, John　约翰·库尔特　210

Crawford, Isabella　伊莎贝拉·克劳福德　60

Dickens, Charles　查尔斯·狄更斯　209，229

Dickey, James　詹姆斯·迪基　86

Doyle, Sir Arthur Conan　亚瑟·柯南·道尔爵士　28

Emerson, Ralph Waldo　拉尔夫·沃尔多·爱默生　52

Engel, Marian　玛丽安·恩格尔　173-174，176，226-267

Faulkner, William　威廉·福克纳　3，10，86，118，303

Ferron, Jacques　雅克·费隆　95，293-294

Fiedler, Leslie　莱斯利·费德勒　263，284

Fletcher, Phineas　菲尼斯·弗莱切　30

Franklin, Benjamin　本杰明·富兰克林　110

Frye, Northrop　诺思洛普·弗莱　11，67，96，112，209，217

Gallant, Mavis　梅维斯·加兰特　165-166，286-287

Galsworthy, John　约翰·高尔斯华绥　163

Garner, Hugh　休·加纳　120-122，171，176，307

Gibson, Graeme　格雷姆·吉布森　33，76，97-101，123，235-237，241-242，265，288

Godfrey, Dave　戴夫·戈弗雷　92，122，305-308

Grahame, Kenneth　肯尼思·格雷厄姆　85

Grant, George　乔治·格兰特　72，152，311

Graves, Robert　罗伯特·格雷夫斯　252，253，254，267

Grove, Frederick Philip 弗雷德里克·菲利普·格罗夫 62，75，76，141，153-154，264

Gutteridge, Don 唐·格特里奇 210-217

Haggard, H. Rider 亨·瑞德·哈葛德 140

Hall, Radclyffe 雷德克利芙·霍尔 10

Hawthorne, Nathaniel 纳撒尼尔·霍桑 109

Hébert, Anne 安娜·埃贝尔 238，261，287，293

Helwig, David 大卫·赫尔维希 268

Hemingway, Ernest 厄内斯特·海明威 86，149

Hémon, Louis 路易·埃蒙 170，278-280

Hesse, Hermann 赫尔曼·黑塞 3

Homer 荷马 207

Howe, Joseph 约瑟夫·豪 111

Hunt, Leigh 利·亨特 55

James, Henry 亨利·詹姆斯 149

Jones, D. G. 道·戈·琼斯 77

Joyce, James 詹姆斯·乔伊斯 8，234，236，253

Kipling, Rudyard 鲁德亚德·吉卜林 85，139

Klein, A. M. 亚·摩·克莱恩 10，76，120-121，141-142，230-231，242，244

Knister, Raymond 雷蒙德·尼斯特 164

Lampman, Archibald 阿奇博尔德·兰普曼 71，75

Lane, Pat 帕特·莱恩 91

Laurence, Margaret 玛格丽特·劳伦斯 33，118-120，170，175-177，179，252，261，265，266-267

Layton, Irving 欧文·莱顿 73，91，101-103，238-239

Lee, Dennis 丹尼斯·李 69，154，219，309-312

LePan, Douglas 道格拉斯·勒庞 56-59，66，146

Livesay, Dorothy 多萝西·利夫赛 309

London, Jack　杰克·伦敦　87

Lorenz, Konrad　康拉德·罗伦兹　92

Lowry, Malcolm　马尔科姆·劳里　10

Lucas, Alec　阿莱克·卢卡斯　85，89

MacEwen, Gwendolyn　格温多林·麦克尤恩　143-145，148，150，255

MacLennan, Hugh　休·麦克勒南　171-172，176，229，265，307

Macpherson, Jay　杰伊·麦克弗森　76，268

Mailer, Norman　诺曼·梅勒　86

Mair, Charles　查尔斯·梅尔　111

Mandel, Eli　埃里·曼德尔　147-148，165

Marlyn, John　约翰·马林　33，192-194，196，264

Marois, Russell　鲁塞尔·马洛斯　174

Marshall, Joyce　乔伊斯·马歇尔　61，259-261

Mathews, Robin　罗宾·马修斯　217

McLachlan, Alexander　亚历山大·麦克拉克兰　55

Melville, Herman　赫尔曼·梅尔维尔　86，87，217

Mitchell, W. O.　威·奥·米切尔　179

Montgomery, Lucy M.　露西·莫·蒙哥马利　261

Moodie, Susanna　苏珊娜·穆迪　53-54，187，189

Moore, Brian　布莱恩·摩尔　192

Moore, Mavor　马弗·莫尔　210

Morris, Desmond　戴斯蒙德·莫里斯　94，96

Mowat, Farley　法利·莫瓦特　90，115-116

Munro, Alice　艾丽丝·门罗　76，172-173，177，243，261，268

Newlove, John　约翰·纽罗夫　127-129，146

Nowlan, Alden　艾尔登·诺兰　51，75，91-94，122，263

Ondaatje, Michael　迈克尔·翁达杰　90，101

Page, P. K.　帕·凯·佩奇　75，239，261

Parkman, Francis　弗朗西斯·帕克曼　109

Poe, Edgar Allen　埃德加·爱伦·坡　26

Polk, James　詹姆斯·波尔克　88

Potter, Beatrix　毕翠克丝·波特　85

Pratt, E. J.　埃·约·普拉特　32，64-67，87，112-114，141，208，209-210，218，254

Purdy, Al　艾尔·蒲迪　91，115，116，138，154-155

Reaney, James　詹姆斯·里尼　29，177-179，231，239，256，258-259，262，264，265

Richardson, John　约翰·理查德森　114

Richler, Mordecai　莫迪凯·里奇勒　188，196-197，240

Ringuet　林盖　165，170，279

Robert, Marika　玛莉卡·罗伯特　200

Roberts, Charles G. D.　查尔斯·G. D.罗伯茨　26，85，87，88，90

Roche, Mazo de la　玛泽·德拉·罗奇　261

Rosenblatt, Joe　乔·罗森布拉特　101

Ross, Sinclair　辛克莱·罗斯　33，60，232-233，237，241，263，267

Roy, Gabrielle　加布里埃尔·罗瓦　96，240，280，285-286

Ryga, George　乔治·里加　118-119

Saint-Denys-Garneau, Hector de　赫克托·德·圣—丹尼—加诺　238，287-288

Salutin, Rick　里克·萨鲁丁　221

Sangster, Charles　查尔斯·桑斯特　55

Scott, Duncan Campbell　邓肯·坎贝尔·斯科特　60，71，149

Scott, Federick George　弗雷德里克·乔治·斯科特　142

Scott, Sir Walter　沃尔特·司各特爵士　26，111，229

Seton, Ernest Thompson　欧内斯特·汤普森·西顿　26，27，28，85，87，88，90，95，96

Shakespeare, William　威廉·莎士比亚　207，209，220

Shelley, Percy Bysshe　珀西·比希·雪莱　230

Smith, A. J. M.　亚瑟·J. M.史密斯　71

Smith, Ray　雷·史密斯　304-305，307-308

Somers, Harry　哈里·索默斯　210

Souster, Raymond　雷蒙德·苏斯特　171

Stegner, Wallace　华莱士·斯泰格纳　154

Such, Peter　彼得·萨奇　69

Symons, Scott　斯科特·西蒙斯　238-239

Tallman, Warren　沃伦·托尔曼　254

Tennyson, Alfred　阿尔弗雷德·丁尼生　140

Thoreau, Henry David　亨利·大卫·梭罗　10，52，110

Thurber, James　詹姆斯·瑟伯　305

Twain, Mark　马克·吐温　109，118

Warkentin, Germaine　日曼尼·沃肯丁　9

Watson, Sheila　希拉·沃特森　257-258，261，262，264，294

Whitman, Walt　沃尔特·惠特曼　52

Wilson, Edmund　埃德蒙·威尔逊　10

Wilson, Ethel　伊瑟尔·威尔逊　252

Wiseman, Adele　阿黛尔·怀斯曼　192，194-196

Wolfe, Thomas　托马斯·沃尔夫　163

Wordsworth, William　威廉·华兹华斯　52，70，217

译后记：
旧雨新知话《生存》[1]

（一）

对于一般中国读者来说，加拿大文学意味着什么呢？

大多数人可能会挠挠头，答不出子丑寅卯。

小读者们会举起手，报出《绿山墙的安妮》《西顿野生故事集》……之类脍炙人口的加拿大儿童读物。

年轻人可能会想到"加拿大科幻教父"罗伯特·索耶、"赛伯朋克"科幻流派宗师威廉·吉布森风靡全球的作品。

年长一些的读者或许会想到幽默作家斯蒂芬·里柯克、畅销书作家阿瑟·黑利。前者的幽默随笔《小镇艳阳录》，后者的行业小说《钱商》《航空港》《大饭店》……曾在20世纪80年代，随着改革开放的春潮，在千万读者中激起了兴奋的漩涡，余波流衍至今。2014年11月21日，李克强总理考察浙江泰隆商业银行杭州分行，董事长王钧汇报了抵押担保难等服务小微企业的举措。李克强便问王钧"你读过加拿大作家阿瑟·黑利的《钱商》吗？"见后者摇头，李克强说，"《钱商》讲的就是银行怎样

1　此译后记属于江苏省社会科学基金项目"加拿大文学在中国的接受和批评史论"（项目号22 WW B002）

为小企业服务，作者的结论是：银行服务小企业能获得更长久、稳定的回报。希望你们也读一读，做这样的'钱商'。"[1]

提到加拿大文学，还有一些读者可能会脱口而出："门罗！艾丽丝·门罗！2013年拿了诺贝尔奖。"这位有小镇情结、善造杯水波澜的女作家，曾在中国度过50岁生日，80岁问鼎诺奖，打破了该国在诺贝尔文学奖上的零纪录。我在加拿大东部多伦多访学期间，曾乘飞机、搭车、渡海，跨越几千公里，远赴加拿大西陲的温哥华岛，走进入境华人最早聚居的维多利亚市，把门罗的中译本赠送给该市的一处文学胜地——门罗当年经营现在仍在开业的门罗书店。

再有一些读者，会联想到叶嘉莹、痖弦、洛夫、梁锡华、丁果……这样的大诗家大名士，他们属于加拿大文学中的华人文学部分。

喜欢影视的读者，可能会记得奥斯卡获奖影片《英国病人》和《少年派的奇幻漂流》，以及风靡全球的美剧《使女的故事》，但未必记得原著作者分别是加拿大作家迈克尔·翁达杰、扬·马特尔、玛格丽特·阿特伍德。

总之，加拿大文学，对于中国广大的非专业读者来说，大体是比较陌生的，就连"加拿大文学女王"玛格丽特·阿特伍德、本书《生存：加拿大文学主题指南》的作者，也不例外。

1 《李克强推荐的小说〈钱商〉究竟是本什么书？》，中央政府门户网站，www.gov.cn，2014-11-22。

以嗜读闻名的作家叶兆言在《枕边的书》中戏谑道:"短短几年,阿特伍德在中国出了二十多本书,我不想用数量来说明火爆。事实上,她一点也不流行,书一本一本出,出了也就出了,并没有多大反响,很多人谈起她,都是说点皮毛……"[1]

然而,阿特伍德在加拿大却家喻户晓,在国际文坛也名声煊赫,在中国的外国文学研究圈更算得上"红人",成就了若干高头大章和硕博学位论文。

(二)

"加拿大文学女王"玛格丽特·阿特伍德1939年出生,父亲是森林昆虫学家,母亲受过大学教育。她6岁开始写作,中学时立志做专业作家。1957年进入多伦多大学,师从文论大家诺思洛普·弗莱,获文学学士学位,并发表文学作品。1962年获哈佛大学硕士学位,后来在不列颠哥伦比亚大学、乔治·威廉姆斯爵士大学、艾伯塔大学、约克大学等大学执教,被加拿大、美国、澳大利亚多所大学聘为驻校作家、名誉教授。

阿特伍德集作家、学者、影视制作人和社会活动家于一身,创作力异常旺盛,出版了17部长篇小说、18部诗集、8部短篇小说集和10部评论集,主编了《牛津加拿大英语诗歌》《牛津

1　叶兆言:《枕边的书》,济南:山东人民出版社,2018年,第77页。

加拿大英语短篇小说》等有影响的文集，还积极进行广播电视剧本、儿童文学，甚至歌词创作。她汲汲于文学活动，参创了立足加拿大本土文化的阿南西出版社，担任过加拿大作家协会主席，现任国际笔会的副会长，在多个国家朗诵、演讲。同时，她关注环保，是野生鸟类协会资深会员；关注国际政治，曾参与20世纪80年代末反对美加自由贸易法案运动，推动一些国际组织在加拿大的发展。

　　阿特伍德获奖无数，囊括了加拿大总督奖、加拿大勋章、英国布克国际奖、法国政府文艺勋章、挪威文学才华勋章、卡夫卡文学奖、《悉尼时报》文学杰出奖、哈佛大学百年勋章等几乎所有的世界文学大奖——似乎就缺一个诺贝尔文学奖了。她的作品被译成了几十种文字，为普通读者写的加拿大文学导读《生存：加拿大文学主题指南》（*Survival: A Thematic Guide to Canadian Literature*，1972）已成为屡版不衰的经典，甚至成了加拿大的象征，而根据其反乌托邦小说《使女的故事》（*The Handmaid's Tale*，1985）改编的同名美剧，则风靡全球。

　　阿特伍德携手近半世纪的伴侣，格雷姆·吉布森（1934—2019），也是一位作家，她在《生存》中引用了其数部小说来说明加拿大文学中的"受害者"模式。他于2019年9月去世，数月后，阿特伍德便像全球各地人们一样，进入了新冠疫情下的居家隔离，同时不辍创作和世态关注。她和妹妹用家中的东西，包括消毒洗手液，制作木偶，以爱伦·坡的经典小说《红死病的假面舞会》为蓝本，在英国广播公司的《晚间前排》（*Front Row Late*）节目中，表演了"隔离木偶剧"。2020年在接受采访时，她表示："从去年9月开始，我的生活就一直很艰难，但我一直在练习独处。是的，这很难，但我在这个星球上并不孤单。"

在中国的翻译文学界，阿特伍德备受青睐，作品被中译的种类雄踞加拿大作家榜首，中译时间跨度近40年。她最早被介绍到中国是在20世纪80年代初，1983年第6期的《世界文学》刊登了其短篇小说《从火星上来的人》（"The Man from Mars"）。此后，她的其他短篇《盥洗室里的风波》（《世界文学》1994年1期）、《女性身体》（《世界文学》1994年5期）、《幸福的结局》（《译林》2009年3期）等和诗歌《拓荒者的理智渐渐失去》（《译林》1994年4期）、《现在让咱们来称赞愚蠢的女人吧》（《世界文学》1998年6期）等，屡见于国内重要的翻译文学期刊。

除了她的大量短篇作品和诗作被中译外，她的十几部长篇小说几乎全被中译，有的小说，如《可以吃的女人》（*The Edible Woman*, 1969）、《浮现》（*Surfacing*, 1972）、《盲刺客》（*The Blind Assassin*, 2000）还不止一个译本，流行于中国大陆（内地）和台港地区。

中国的加拿大文学学人也追星般地研究她。在收录硕博论文的中国知网上，在加拿大文学领域，90篇优秀硕士学位论文中，聚焦阿特伍德研究的竟有35篇之多，超过该领域优秀硕士学位论文总量的三分之一，余者为艾丽丝·门罗（17篇）、玛格丽特·劳伦斯（11篇）、加拿大华裔文学（8篇）、诺思洛普·弗莱（3篇）、欧·汤·西顿（1篇）、露西·蒙哥马利（1篇）、斯蒂芬·里柯克（1篇）、埃·约·普拉特（1篇）、迈克尔·翁达杰（1篇）、其他（11篇）。加拿大文学领域的14篇博士学位论文，按研究对象来统计依次为：玛格丽特·阿特伍德（6篇）、艾丽丝·门罗（5篇）、迈克尔·翁达杰（1篇）、诺思洛普·弗莱（1篇）、加拿大华裔文学（1篇）。[1]可以说，在中国探讨加拿大文学的硕博论文方面，阿特伍德尽显王者风范。

而且，关于加拿大作家，中国出专著研究最早最多的也是阿特伍德，包括南京师范大学傅俊的《玛格丽特·阿特伍德研究》（2003）、吉林大学潘守文的《民族身份的建构与解构——阿特伍德后殖民文化思想研究》（2007）、南京师范大学袁霞的《生态批评视野中的玛格丽特·阿特伍德》（2010）和《玛格丽特·阿特伍德：加拿大文学女王》（2020）。

阿特伍德创作生涯超过70年，诗歌、小说、散文、剧本、评论……诸体皆备，量多质高，加拿大同道中无可俦匹。她受到中国外国文学界如此密集的关注，与她在世界文学中的地位相一致。她不但是加拿大文学的一面旗帜，也是当代世界英语文坛三位元老级女作家之一，另外两位是英国的多丽丝·莱辛和

1　中国知网中国优秀硕士学位和博士学位论文库https://kns.cnki.net/kns/brief/result.aspx?dbprefix=CDFD.

美国的乔伊斯·卡罗尔·欧茨。

（三）

半个多世纪前，加拿大人曾经问阿特伍德，加拿大文学是什么样子？有哪些优秀作家？今天，中国读者恐怕也会提出类似的问题。

如果有哪位心血来潮，想了解加拿大文学（尽管这种可能性不大），想找一本可以闲读的书，一本在乘地铁时既消遣又增知的纸质书或电子书，那么，有哪些可供选择呢？

除了翻翻加拿大文学选读、加拿大文学简史、畅销读物外，还有一本最好不要错过的，当数阿特伍德1972年首版的经典之作《生存：加拿大文学主题指南》（下简称《生存》）。加拿大1867年立国后，长期承受着英、美的同化压力。一般加拿大人对本国文学不甚了解，甚至没有信心，学校也不教授本国文学作品。加拿大文学史专家F. W.瓦特曾幽默地写道："也只是从20世纪40年代起，加拿大文学才崭露头角，打个譬喻说吧，和麦子、木材、红鳟鱼一道成为外销的商品。"[1]而从20世纪60年代起，加拿大开始涌现出玛格丽特·劳伦斯、玛格丽特·阿特伍

1　F. W. Watt. "The Literature in Canada." *The Commonwealth Pen*. ed. A. L. Mcleod, 1961, p.14. 转引黄仲文、张锡麟：《加拿大英语文学背景初探》，载《当代外国文学》1988年第3期，第117页。

德、罗伯逊·戴维斯、艾丽丝·门罗等一批具有国际声望的作家和诺思洛普·弗莱这样的批评大家，加拿大文学才算真正走向世界。当加拿大同胞迷茫而渴望做独立独特的"加拿大人"时，阿特伍德的《生存》恰恰给了他们以幽暗中的曙光，以骨血里的力量，也给了西人，尤其是欧美中心论者，以正视加拿大文学的窗口。

在这位博雅睿智的女作家看来，关系紧密的英国、美国和加拿大各有鲜明的文化象征：英国的象征是"岛屿"（island），独立自足，等级森严，安于现状；美国的象征是"边疆"（frontier），幅员辽阔，不断扩张，锐意求新和征服；至于加拿大，自然环境严酷寒冷，文化上处于被殖民被歧视状态，因此，活命上升为第一要素，追求文化保存和独立成了每个族裔的梦想。于是，"生存"（survival）成了加拿大文化和民族性格的象征。

围绕"生存"主题，阿特伍德构建了全书的框架，指出加拿大文学"不仅存在，而且独具风采"，拥有关于"生存"的丰富多彩的诗歌、戏剧、小说等多文类作品。

1972年版的《生存》分为12章。第1章阐明"生存"主题，提出加拿大文学的基本形象为"受害者"，然后，逐章说明各种类型的受害者：在自然界中遇难的人、可怜的动物、衰减的原住民、失败的探险家和定居者、压抑个体的几代人家庭、缺少选择的移民、背运的英雄、郁郁不得志的艺术家，以及丧失爱和生育能力的女性。第11章则专门探讨加拿大的法语文学，生动地描绘法裔文化面临着英裔文化的围攻，"在英语新教徒敌意丛生的汪洋大海上，法裔加拿大人必须死死抓住语言和宗教的筏子，才能免遭吞没。"

最后一章，第12章，表现了阿特伍德对加拿大文学的乐观态度。虽然，加拿大文学反复表现"生存"主题，描写的多半是生存不下来的悲剧，但这正表明加拿大文学已然形成了自己沉重而独特的传统，使其在主题呈现和民族心理上，不同于经常与之比较的英国文学、美国文学、法国文学等。阿特伍德语重心长地鼓舞同胞："脚下踏着荒地，强过一脚踏空。地图，只要准确，强过什么地图都没有。"

的确，《生存》成了加拿大民众喜爱的本国文学导读图，通俗易懂，明晰诙谐。

20世纪60年代初，在加拿大，诗集的销量一般在几百册，小说卖到上千册，就非常不错了。1967年，加拿大立国100周年，世界博览会在蒙特利尔成功举办，加拿大人重新树立了民族自信心。加拿大文学的读者稳步增加，也希望更多地了解本国文学。天时、地利、人和，1972年《生存》一夜成名。谁也不曾料到，它出版后仅一年，破天荒卖出了30 000册，而且屡版不衰，直至现在。

对《生存》的批评之声不是没有，有的还来势汹汹。为了躲避舆论的纷扰，静心创作，阿特伍德和同好观察野生鸟类的伴侣不得不从多伦多市搬到乡下居住。在2004年《生存》再版的序言中，她自嘲"就像游乐场里供人射击的机械鸭子"。《加拿大百科全书》评介该书：

> 对于《生存》，众说纷纭，有时争论还很激烈。阿特伍德的专著认为，加拿大文学大多描写各种受害者，以"凄凉的生存"为中心主题。不同意她的读者认为，这个观点不免武断，而且她只挑选有利于自己论证的作品。但是，认为她论述有价值的人觉得，此书富有挑战性，令人激动。不管哪种情形，《生存》都是一本睿智、真诚、风趣的作品，极大地影响了加拿大文学的读者。[1]

(四)

经过时间的考验，《生存》生存下来了：不仅成为加拿大文学史上雅俗共赏的经典，而且被译成多种语言，流播海内外，让世界读者走近了地广人稀但作家济济的加拿大及其文学。

二十世纪八九十年代，中国改革开放方兴未艾，中国外国

1　www.thecanadianencyclopedia.ca/en/article/survival-a-thematic-guide-to-canadian-literature. 原文为 Survival has enjoyed a controversial, sometimes heated reception. Readers who disagree with Atwood find her thesis-that most Canadian literature deals with victims of various types and that "grim survival" is its central theme-forced, and argue that she has selected works which will support her argument. But those who see more merit in Atwood's thesis find the book challenging and exciting. In either case, Survival is written with intelligence, candour and wit and has had a powerful influence on readers of Canadian literature。

文学界重新关注加拿大，加拿大政府资助中国学者开展加拿大研究。中国加拿大研究会（The Association for Canadian Studies in China）1984年成立，几十所大学里的加拿大研究中心陆续成立，加拿大文学的译介和研究也日渐增多起来。

《生存》于1991年被引进中译，由中国文联出版公司出版，是中国首套加拿大文学丛书中的一本，得到了加拿大使馆文化处、哈尔滨工业大学外文系等机构，以及专家学者的支持。基于阿南西出版社（House of Anansi Press）1972年推出的英文原版，首个《生存》中译本约17.3万字，共256页，定价4.15元。30年过去了，这个译本如今已不易获得，在中国最大的旧书网"孔夫子旧书网"已无出售，已售出的数本标价高达200元。另外，该译本还存在漏印、错印的遗珠之憾，比如：

扉页和版权页上的"ANSI出版公司"的英文名称应为ANANSI。

前言第1页，"境子里的一个形象"，应为"镜子"。

前言第4页，"但直到最近作家一直只被当成个人来看待，"根据原文 but until recently our authors were treated *only* as private people，应该是"只"字下加上表示强调的圆点，而不是"被"字。

前言第5页，"这些主要形式合在一起便构成了加拿大文学的轮廓，这种形式也是民族心理习惯的反射。"该句原文如下：These key patterns, taken together, constitute the shape of

Canadian literature insofar as it is *Canadian* literature, and that shape is also a reflection of a national habit of mind。原文中以斜体字母拼出第二个Canadian（加拿大的）这个单词，表示对"加拿大文学"的强调，但译文平铺直叙，遗憾地忽略了对这种强调的表达。

……

在247页的"引言出处"中，原著第11章的书目共列出6本，该译本只印出第1本；原著第12章的书目共列出5本，该译本则全部漏印……

为了方便广大读者和学者，也为了还全璧之貌，重译《生存》似乎顺理成章了。

重译依据的是阿南西出版社2012年出版的《生存》版本。该版本不仅包括了1972年版《生存》的全书，而且包括了阿特伍德为2004年版《生存》、2012版《生存》撰写的序言，娓娓道来了《生存》的诞生过程、引起的轩然大波、她与阿南西出版社多年风雨同舟的情缘……这家小小的出版社，1967年由几个诗人和作家凑钱建立，阿特伍德受邀加盟。此后几年，靠出园艺、普法、性病防治之类的通俗读物，勉强维持纯文学书籍的出版。为解决财政短绌，阿德伍德灵光一现，对发愁的同行叫道："我们做一个'花柳版'的加拿大文学！"结果，《生存》以它的亲和、睿智和畅销帮助阿南西出版社度过了捉襟见肘的岁月。为庆祝成立45周年，该社在2012年重版自家推出过的10

本优秀文学书籍,《生存》自然榜上有名。

因此,《生存》的第二个中译本,就内容而言,更为丰富完整,在行文上则力求再现原著的明晰、优美和诙谐。然而,绠短汲深,还请方家不吝赐教,也期待广大读者朋友分享阅读感受……希望《生存》进入中国后,能获得持久的良好的生存空间。

(五)

《生存》的第二个中译本得以问世,忝为译者的我,心中充满了谢意:

感谢中国在阿特伍德研究领域的开拓者:南京师范大学的傅俊教授、南京财经大学的赵慧珍教授,其论著是我最先详解阿特伍德及其《生存》的津梁;

感谢《生存》首个中译本的译者秦明利教授,为该书和加拿大文学走进中国立下拓荒之功;

感谢加拿大的汉学家、讲一口纯正汉语的石峻山(Josh Stenberg)博士,就原著个别的英、法语表达及时释疑;

感谢加拿大使馆学术和文化交流处官员王荔女士多年的鼓励和帮助;

感谢中国青年出版总社编审庄志霞老师和中国国际广播电台高级记者孙建和老师练我文笔,广我阅历,拓我识见;

感谢父母、家人的倾力付出、小友Cindy的直言感评，使我能在繁重的教研之外，挤出时间打磨译稿……

感谢阿特伍德的同道译者陈晓菲女史守诺解困！2019年，我曾应其邀约译完了《生存》全书，而她事先联系的出版社却因重组等原因无法将之付梓，历经波折，她最终联系妥了上海译文出版社。众所周知，这是翻译界一家多么有水平有活力的老字号。我从上海译文出版社的粉丝读者，第一次升级为她的译者，可谓载欣载奔。

最后，由衷感谢上海译文出版社，感谢责编杨懿晶老师兰心蕙质，敬业守责，和我一起增加了原著中没有的若干脚注，让广大读者再次见到了阿特伍德的传世好书。

"书似青山常乱叠，灯如红豆最相思。"2023年，加拿大文坛常青树阿特伍德八十有四了。在此，谨以《生存》中译本向她遥致中国读者的祝福和敬意，并祈愿中加两国人民的友谊世代长传。

译者

2021年5月20日于南京大学119周年校庆初稿

2022年11月定稿

MARGARET ATWOOD
Survival: A Thematic Guide to Canadian Literature
Copyright: © 1972 BY O. W. TOAD LTD., INTRODUCTION © 2004, 2012 BY O. W. TOAD LTD.
This edition arranged with HOUSE OF ANANSI PRESS INC.
Through Big Apple Agency, Inc., Labuan, Malaysia.
Simplified Chinese edition copyright:
2023 SHANGHAI TRANSLATION PUBLISHING HOUSE
All rights reserved.

图字：09−2021−156号

图书在版编目（CIP）数据

生存 /（加）玛格丽特·阿特伍德
（Margaret Atwood）著；赵庆庆译. — 上海：上海译
文出版社，2023.5
（玛格丽特·阿特伍德作品系列）
书名原文：Survival: A Thematic Guide to
Canadian Literature
ISBN 978−7−5327−9131−6

Ⅰ.①生… Ⅱ.①玛…②赵… Ⅲ.①文学研究 — 加
拿大 — 现代 Ⅳ.①I711.06

中国国家版本馆CIP数据核字（2023）第066728号

生存
［加］玛格丽特·阿特伍德　著　赵庆庆　译
责任编辑 / 杨懿晶　　装帧设计 / 尚燕平

上海译文出版社有限公司出版、发行
网址：www.yiwen.com.cn
201101 上海市闵行区号景路 159 弄 B 座
苏州市越洋印刷有限公司印刷

开本 850×1168　1/32　印张 11.75　插页 5　字数 170,000
2023 年 7 月第 1 版　2023 年 7 月第 1 次印刷
印数：0,001 — 6,000 册

ISBN 978−7−5327−9131−6/I·5673
定价：88.00 元